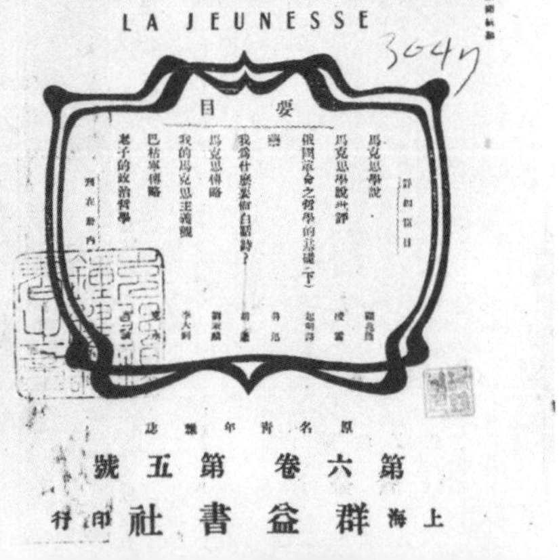
新青年
LA JEUNESSE
要目
原名青年雜誌
第六卷第五號
上海群益書社印行

敬告青年
陳獨秀

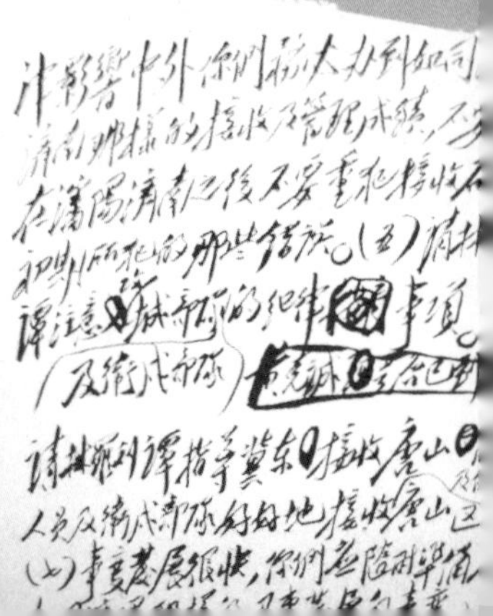

红色记忆·丛书

HONGWEN

YIBAIPIAN

红文一百篇

◎ 陈志红/主编

南方日报出版社
NANFANG DAILY PRESS
中国·广州

图书在版编目（CIP）数据

红文一百篇 /陈志红主编. -- 广州 :南方日报出版社，2011.6
（红色记忆丛书）
ISBN 978-7-5491-0222-8

Ⅰ. ①红… Ⅱ. ①陈… Ⅲ. ①散文集－中国－现代②杂文集－中国－现代③散文集－中国－当代④杂文集－中国－当代 Ⅳ. ①I266

中国版本图书馆CIP数据核字(2011)第112116号

红文一百篇 陈志红 主编

出版发行： 南方日报出版社
地　　址： 广州市广州大道中 289 号
电　　话：（020）83000502
经　　销： 全国新华书店
印　　刷： 广州市怡升印刷有限公司
开　　本： 889mm×1194mm　1/16
印　　张： 18　插页：0.25
字　　数： 200 千字
版　　次： 2011 年 6 月第 1 版
印　　次： 2011 年 6 月第 1 次印刷
定　　价： 38.00 元

投稿热线：（020）83000503　读者热线：（020）83000502

网址：http://nf.nfdaily.cn/press/

《红色记忆丛书》编委会

总　序

林　雄

一个半多世纪之前，“天朝”中国不堪利炮一击，堕入被西方列强瓜分豆剖的长夜噩梦。知耻而后勇，一代代先进的中国人，上下求索民族振兴之路，洋务运动、戊戌维新、辛亥革命、新文化运动……古老中国被动走上现代化之旅。但不触及根本社会制度的变法图强，屡试屡败。没有一个独立、统一的中国，就不可能真正开始中国的现代化。90年前，中国共产党诞生，率领中国人民进行反帝、反封建的新民主主义革命，通过28年的浴血奋战，建立了新中国，为中国的现代化奠定了基础。从此，中国共产党率领全国各族人民艰苦开拓社会主义现代化道路。30多年前的改革开放，更使中国迈上了现代化建设的快车道。经济腾飞，世人瞩目。中华民族挥去百年萎靡，展现现代化的灿烂前景。

中国共产党领导中国走向现代化的努力，革命先烈为民族振兴奋斗的历史，融入了我们脚下的这块土地，成为抹不去的红色记忆。这些红色记忆或为文载口传的红色故事、逸事、歌谣、诗文，或以革命纲领、标语、证章、服饰、货币、票据呈现的红色符号，或以物质形态留存的革命历史遗址、革命纪念地。当初作为革命隐喻或者指代中国共产党的一些革命符号，例如五星红旗、镰刀、锤子等，随着中国共产党的执政，被确立为国家的国旗、国徽、国号、国歌等，成为国家的象征。一些红色记忆复活于革命成功前后创作的小说、电影、戏剧、歌曲、诗文、美术作品之中，成为永不退色的红色经典……这些红色记忆构成中国红色文化最外显和最鲜活的部分。

中国红色文化是中国共产党领导中国人民在长期的革命和建设中积淀起来的一种特殊的文化类型。包括革命遗址、纪念地及革命遗物等物质文化，革命理论、纲领、路线、方针、政策等制度文化，革命和建设过程中形成的知识、信仰、价值、精神、制度和规范等观念文化。它是中国共产党领导中国人民在血与火的革命实践中，吸取中国传统文化和世界文明菁华，锤炼、升华民族精神而成的先进文化。

中国红色文化具有值得弥足珍视的独特价值。

它是独特的政治资源，具有很高的政治价值。一部红色文化史忠实地记载了中国共产党为人民利益而奋斗的历史，雄辩地证明了“没有共产党就没有新中国”、“只有社会主义才能救中国”、“只有共产党才能领导中国”。红色文化蕴涵的先进理念、革命精神和优良传统，是永葆我们党先进性和创造力的精神之源，是引导社会前进的强劲动力，更是提高党的执政能力的有力武器。

它是独特的文化资源，具有很高的文化价值。革命遗址、遗迹、纪念地，革命遗物、文物，革命博物馆、纪念馆、展览馆、烈士陵园，革命精神和革命传统，已形成具有世界意义的红色文化遗产。根据革命记忆创作的小说、电影、戏剧、歌曲、诗文、美术作品是中国现当代文化的一道亮丽的风景，成为中华民族文化宝库的重要组成部分。

它是独特的教育资源，具有很高的教育价值。党在长期的革命和建设实践中，将中华民族的优良道德传统和风尚，化育成自强不息、奋发进取、谦虚谨慎、求真务实、清正廉洁的精神和理论联系实际、密切联系群众、批评与自我批评的作风。充分利用红色文化资源，潜移默化地对人们进行理想、信念、情操教育，进行爱国主义、集体主义教育，将有利于人民群众树立正确的世界观、人生观和价值观，有利于增强社会凝聚力。

它是独特的经济资源，具有很高的经济价值。红色文化中蕴含丰富的经济思想。红色文化资源作为稀缺的精神文化产品具有良好的知名度和品牌效应，以红色文化促旅游发展，将红色文化资源推进市场，有利于把红色文化转变为经济资源，能推动革命老区经济发展。对红色文化资源进行出版、影视、网络、动漫游戏的多媒体深度开发，能产生很好的经济效益。

但是，随着革命硝烟在人们视野中消散，革命话语在人们的耳边远去，红色记忆在人们特别是在年青一代中日渐淡漠，红色文化在新时代并没有挖潜其价值、发挥其强大的“软实力”作用。这需要我们珍重红色文化，强化红色文化的传播意识，扩大红色文化传播力，通过各种文化传播媒介宣传红色文化，通过各种文化创造和社会活动重建人们的红色记忆。

红色文化的传播离不开人际传播和组织传播，但在全球化的时代，更需要充分利用大众媒介这个主渠道。在红色文化的传播上，一是报纸、电视、网络、书刊等主流媒体要足够重视，做到有载体传播；二是要尽力制作出更多的红色文化产品，做到有东西传播；三是红色文化产品要受众愿意接受，做到有效传播。我们要通过精心创造和广泛传播群众喜闻乐见的红色文化产品，通过多种形式的体验活动，重温红色记忆，传扬红色文化。

《红色记忆丛书》讲述中国共产党在革命和建设中的红色故事、红色经典、红色符号、红色歌谣、红色艺术、红色诗文、红色书简，以新颖的视角、别致的体裁、通俗的语言，展示红色文化的丰富内涵、思想精髓和独特价值。作为广东省传播红色文化的一次实际行动，有裨于广大读者特别是青少年了解红色历史、增强红色记忆、传承红色文化精神。该丛书在中国共产党成立90周年之际适时推出，更显其出版意义和价值。

是为序。

2010年5月6日

（作者为中共广东省委常委、宣传部长）

前　言

1921年7月1日，中国共产党成立了。90年来，优秀的中国共产党人在中国革命和建设的伟大进程中，用红色的血、墨色的笔，谱写了可歌可泣、至大而刚的正气之歌，更留下了许多口口相传、纵横捭阖的诗文。这些作品或勉友抒怀，或忧国思民，或借景抒情，或咏物明志，至今读来，仍能深刻地感触到其时其人其诗其文的温度，即便对于当下的共产党员和广大青年朋友，依然具有启发和指导意义。为此，我们精心编选了《红诗一百首》、《红文一百篇》二书。

何谓红诗、红文？简而言之，一切共产党人所写的诗文均在此列，其作品数量极为庞大，因此只能好中选优，优中选精。在这里，我们从已故的党和国家领导人、优秀共产党员、革命烈士、革命文学家的作品中遴选出136首诗、101篇文，以飨读者。

若说编选有何标准？则红色即是标准。红色是一种令人振奋的、昂扬的颜色。红色代表了年轻与激情、理想与信念、执着与追求。因此，在诗文的编选方面，我们更多地选入有关于个人修养、理想追求、坚持信念、为人处世等方面的作品，希望读者诸君通过阅读这些红色经典，增强修养，砥砺学行，淬沥文心政胆，共同追求进步。

在这里略说一下编选情况：

一、《红诗一百首》、《红文一百篇》二书各自收录百余篇诗文，虽名百首百篇，不外状其多，实际并不以确切的100之数为限。

二、二书收录的作品均为已故共产党员及部分革命文学家的作品。

三、二书作品排序以作者的出生年份为序，排名不分先后。

四、限于篇幅，二书所选作品以短小精悍为主，因此长诗（如长篇叙事诗等）、长文（如长论、长篇小说、剧本等）只能割爱。

五、在作品选择上注意体裁的多样性。百余首红诗中既有古体诗，也有词和新体诗等，百余篇红文中则政论、时评、杂文、散文、通讯等。

六、这两种选本是白文本，每篇诗文之后不做赏析、注释及说明等，只在诗文之前附有作者简介。

历来的诗文选本，多有以选见史、以选见全的雄心，好让读者尝一脔而知味，窥一斑而识豹，我们不敢存此奢望，只是希望以此选本作为建党90周年的一份微薄献礼，并冀望读者在此阅读中有所裨益，于愿足矣！

鉴于编者的识见和时间有限，挂一漏万，沧海遗珠，应属难免，其中舛误也或不少，敬请识者多加谅宥，方家不吝指正！

编　者

2011年6月

目 录

目录

目录

目录

目录

【陈独秀】

陈独秀（1879—1942），安徽怀宁（今安庆）人。原名乾生，字仲甫，号实庵。曾留学日本。1915年9月创办《青年》杂志（后改名《新青年》），是新文化运动的主要倡导者。1917年任北京大学文科学长。1918年与李大钊等创办《每周评论》。1919年参加领导五四运动。1920年发起组织上海共产主义小组和筹备成立中国共产党，并指导成立中国社会主义青年团。1921年在中国共产党第一次全国代表大会上被选为中央局书记，此后又被选为中共第二、三届中央执行委员会委员长，第四、五届中央委员会总书记。1927年八七会议后被撤销总书记职务。后被开除出党。1932年在上海被国民党政府逮捕。抗战爆发后出狱。主要著作编为《独秀文存》、《陈独秀文章选编》。

敬告青年

窃以少年老成，中国称人之语也；年长而勿衰（Keep young while growing old），英、美人相勖之辞也，此亦东西民族涉想不同、现象趋异之一端欤？青年如初春，如朝日，如百卉之萌动，如利刃之新发于硎，人生最可宝贵之时期也。青年之于社会，犹新鲜活泼细胞之在人身。新陈代谢，陈腐朽败者无时不在天然淘汰之途，与新鲜活泼者以空间之位置及时间之生命。人身遵新陈代谢之道则健康，陈腐朽败之细胞充塞人身则人身死；社会遵新陈代谢之道则隆盛，陈腐朽败之分子充塞社会则社会亡。

准斯以谈，吾国之社会，其隆盛耶？抑将亡耶？非予之所忍言者。彼陈腐朽败之分子，一听其天然之淘汰，雅不愿以如流之岁月，与之说短道长，希冀其脱胎换骨也。予所欲涕泣陈词者，惟属望于新鲜活泼之青年，有以自觉而奋斗耳！

自觉者何？自觉其新鲜活泼之价值与责任，而自视不可卑也。奋斗者何？奋其智能，力排陈腐朽败者以去，视之若仇敌，若洪水猛兽，而不可与为邻，而不为其菌毒所传染也。

呜呼！吾国之青年，其果能语于此乎！吾见夫青年其年龄，而老年其身体者十之五焉；青年其年龄或身体，而老年其脑神经者十之九焉。华其发，泽其容，直其腰，广其膈，非不俨然青年也；及叩其头脑中所涉想，所怀抱，无一不与彼陈腐朽败者为一丘之貉。其始也未尝不新鲜活泼，寝假而为陈腐朽败分子所同化者，有之；寝假而畏陈腐朽败分子势力之庞大，瞻顾依回，不敢明目张胆作顽狠之抗斗者，有之。充塞社会之空气，无往而非陈腐朽败焉，求些少之新鲜活泼者，以慰吾人窒息之绝望，亦杳不可得。

循斯现象，于人身则必死，于社会则必亡。欲救此病，非太息咨嗟之所能济，是在一二敏于自觉、勇于奋斗之青年，发挥人间固有之智能，决择人间种种之思想，——孰为新鲜活泼而适于今世之争存，孰为陈腐朽败而不容留置于脑里，——利刃断铁，快刀理麻，决不作牵就依违之想，自度度人，社会庶几其有清宁之日也。青年乎！其有以此自任者乎？若夫明其是非，以供决择，谨陈六义，幸平心察之。

自主的而非奴隶的

等一人也，各有自主之权，绝无奴隶他人之权利，亦绝无以奴自处之义务。奴隶云者，古之昏弱对于强暴之横夺，而失其自由权利者之称也。自人权平等之说兴，奴隶之名，非血气所忍受。世称近世欧洲历史为“解放历史”——破坏君权，求政治之解放也；否认教权，求宗教之解放也；均产说兴，求经济之解放也；女子参政运动，求男权之解放也。

解放云者，脱离夫奴隶之羁绊，以完其自主自由之人格之谓也。我有手足，自谋温饱；我有口舌，自陈好恶；我有心思，自崇所信；绝不认他人之越俎，亦不应主我而奴他人；盖自认为独立自主之人格以上，一切操行，一切权利，一切信仰，唯有听命各自固有之智能，断无盲从隶属他人之理。非然者，忠孝节义，奴隶之道德也〔德国大哲尼采（Nietzsche）别道德为二类：有独立心而勇敢者曰贵族道德（Morality of Noble），谦逊而服从者曰奴隶道德（Morality of Slave）〕；轻刑薄赋，奴隶之幸福也；称颂功德，奴隶之文章也；拜爵赐第，奴隶之光荣也；丰碑高墓，奴隶之纪念物也；以其是非荣辱，听命他人，不以自身为本位，则个人独立平等之人格，消灭无存，其一切善恶行为，势不能诉之自身意志而课以功过；谓之奴隶，谁曰不宜？立德立功，首当辨此。

进步的而非保守的

人生如逆水行舟，不进则退，中国之恒言也。自宇宙之根本大法言之，森罗万象，无日不在演进之途，万无保守现状之理；特以俗见拘牵，谓有二境，此法兰西当代大哲柏格森（H. Bergson）之“创造进化论”（L’Evolution Creatrice）所以风靡一世也。以人事之进化言之，笃古不变之族，日就衰亡；日新求进之民，方兴未已；存亡之数，可以逆睹。矧在吾国，大梦未觉，故步自封，精之政教文章，粗之布帛水火，无一不相形见拙，而可与当世争衡？举凡残民害理之妖言，率能征之故训，而不可谓诬，谬种流传，岂自今始！固有之伦理、法律、学术、礼俗，无一非封建制度之遗，持较皙种之所为，以并世之人，而思想差迟，几及千载；尊重廿四朝之历史性，而不作改进之图，则驱吾民于二十世纪之世界以外，纳之奴隶牛马黑暗沟中而已，复何说哉！于此而言保守，诚不知为何项制度文物，可以适用生存于今世。吾宁忍过去国粹之消亡，而不忍现在及将来之民族，不适世界之生存而归削灭也。

鸣呼！巴比伦人往矣，其文明尚有何等之效用耶？“皮之不存，毛将焉传？”世界进化，未有已焉。其不能善变而与之俱进者，将见其不适环境之争存，而退归天然淘汰已耳，保守云乎哉！

进取的而非退隐的

当此恶流奔进之时，得一二自好之士，洁身引退，岂非希世懿德。然欲以化民成俗，请于百尺竿头，再进一步。夫生存竞争，势所不免，一息尚存，即无守退安隐之余地。排万难而前行，乃人生之天职。以善意解之，退隐为高人出世之行；以恶意解之，退隐为弱者不适竞争之现象。欧俗以横厉无前为上德，亚洲以闲逸恬淡为美风，东西民族强弱之原因，斯其一矣。此退隐主义之根本缺点也。

若夫吾国之俗，习为委靡：苟取利禄者，不在论列之数；自好之士，希声隐沦，食粟衣帛，无益于世，世以雅人名士目之，实与游惰无择也。人心秽浊，不以此辈而有所补救，而国民抗往之风，植产之习，于焉以斩。人之生也，应战胜恶社会，而不可为恶社会所征服；应超出恶社会，进冒险苦斗之兵，而不可逃循恶社会，作退避安闲之想。呜呼！欧罗巴铁骑，入汝室矣，将高卧白云何处也？吾愿青年之为孔、墨，而不愿其为巢、由；吾愿青年之为托尔斯泰与达噶尔（R. Tagore，印度隐遁诗人），不若其为哥伦布与安重根！

世界的而非锁国的

并吾国而存立于大地者，大小凡四十余国，强半与吾有通商往来之谊。加之海陆交通，朝夕千里，古之所谓绝国，今视之若在户庭。举凡一国之经济政治状态有所变更，其影响率被于世界，不啻牵一发而动全身也。立国于今之世，其兴废存亡，视其国之内政者半，影响于国外者恒亦半焉。以吾国近事证之：日本勃兴，以促吾革命维新之局；欧洲战起，日本乃有对我之要求；此非其彰彰者耶？投一国于世界潮流之中，笃旧者固速其危亡，善变者反因以竞进。

吾国自通海以来，自悲观者言之，失地偿金，国力索矣；自乐观者言之，倘无甲午庚子两次之福音，至今犹在八股垂发时代。居今日而言锁国闭关之策，匪独力所不能，亦且势所不利。万邦并立，动辄相关，无论其国若何富强，亦不能漠视外情，自为风气。各国之制度文物，形式虽不必尽同，但不思驱其国于危亡者，其遵循共同原则之精神，渐趋一致，潮流所及，莫之能违。于此而执特别历史国情之说，以冀抗此潮流，是犹有锁国之精神，而无世界之智识。国民而无世界知识，其国将何以图存于世界之中？语云：“闭户造车，出门未必合辙。”今之造车者，不但闭户，且欲以“周礼”“考工”之制，行之欧美康庄，其患将不止不合辙已也！

实利的而非虚文的

自约翰弥尔（J. S. Mill）“实利主义”唱道于英，孔特（Comte）之“实验哲学”唱道于法，欧洲社会之制度，人心之思想，为之一变。最近德意志科学大兴，物质文明，造乎其极，制度人心，为之再变。举凡政治之所营，教育之所期，文学技术之所风尚，万马奔驰，无不齐集于厚生利用之一途。一切虚文空想之无裨于现实生活者，吐弃殆尽。当代大哲，若德意志之倭根（R. Eucken），若法兰西之柏格森，虽不以现时物质文明为美备，咸揭橥生活（英文曰Life，德文曰Leben，法文曰Lavie）问题，为立言之的。生活神圣，正以此次战争，血染其鲜明之旗帜。欧人空想虚文之梦，势将觉悟无遗。

夫利用厚生，崇实际而薄虚玄，本吾国初民之俗；而今日之社会制度，人心思想，悉自周、汉两代而来，——周礼崇尚虚文，汉则罢黜百家而尊儒重道。——名教之所昭垂，人心之所祈向，无一不与社会现实生活背道而驰。倘不改弦而更张之，则国力莫由昭苏，社会永无宁日。祀天神而拯水旱，诵“孝经”以退黄巾，人非童昏，知其妄也。物之不切于实用者，虽金玉圭璋，不如布粟粪土。若事之无利于个人或社会现实生活者，皆虚文也，诳人之事也。诳人之事，虽祖宗之所遗留，圣贤之所垂教，政府之所提倡，社会之所崇尚，皆一文不值也！

科学的而非想象的

科学者何？吾人对于事物之概念，综合客观之现象，诉之主观之理性，而不矛盾之谓也。想象者何？既超脱客观之现象，复抛弃主观之理性，凭空构造，有假定而无实证，不可以人间已有之智灵，明其理由，道其法则者也。在昔蒙昧之世，当今浅化之民，有想象而无科学。宗教美文，皆想象时代之产物。近代欧洲之所以优越他族者，科学之兴，其功不在人权说下，若舟车之有两轮焉。今且日新月异，举凡一事之兴，一物之细，罔不诉之科学法则，以定其得失从违；其效将使人间之思想云为，一遵理性，而迷信斩焉，而无知妄作之风息焉。

国人而欲脱蒙昧时代，羞为浅化之民也，则急起直追，当以科学与人权并重。士不知科学，故袭阴阳家符瑞五行之说，惑世诬民，地气风水之谈，乞灵枯骨。农不知科学，故无择种去虫之术。工不知科学，故货弃于地，战斗生事之所需，一一仰给于异国。商不知科学，故惟识罔取近利，未来之胜算，无容心焉。医不知科学，既不解人身之构造，复不事药性之分析，菌毒传染，更无闻焉；惟知附会五行生克寒热阴阳之说，袭古方以投药饵，其术殆与矢人同科；其想象之最神奇者，莫如“气”之一说，其说且通于力士羽流之术，试遍索宇宙间，诚不知此

"气"之果为何物也！

凡此无常识之思惟，无理由之信仰，欲根治之，厥为科学。夫以科学说明真理，事事求诸证实，较之想象武断之所为，其步度诚缓，然其步步皆踏实地，不若幻想突飞者之终无寸进也。宇宙间之事理无穷，科学领土内之膏腴待辟者，正自广阔。青年勉乎哉！

主义与努力

我看见有许多青年只是把主义挂在口头上不去做实际的努力，因此我曾说："我们改造社会是要在实际上把他的弊病一点一滴一椿一件一层一层渐渐的消灭去，不是用一个根本改造底方法，能够叫他立时消灭的。"又曾说："无论在何制度之下，人类底幸福，社会底文明，都是一点一滴地努力创造出来的，不是象魔术师画符一般把制度改了那文明和幸福就会从天上落下来。"

现在有一班妄人误会了我的意思，主张办实事，不要谈什么主义什么制度。主义制度好比行船的方向，行船不定方向，若一味盲目的努力，向前碰在礁石上，向后退回原路去都是不可知的。

人生的真义

人生在世，究竟为的甚么？究竟应该怎样？这两句话实在难得回答的很，我们若是不能回答这两句话，糊糊涂涂过了一生，岂不是太无意识吗？自古以来，说明这个道理的人也算不少，大概约有数种：第一是宗教家，像那佛教家说：世界本来是个幻象，人生本来无生；"真如"本性为"无明"所迷，才现出一切生灭幻象；一旦"无明"灭，一切生灭幻象都没有了，还有甚么世界，还有甚么人生呢？又像那耶稣教说：人类本是上帝用土造成的，死后仍旧变为泥土；那生在世上信从上帝的，灵魂升天；不信上帝的，便魂归地狱，永无超生的希望。第二是哲学家，像那孔、孟一流人物，专以正心、修身、齐家、治国、平天下，做一大道德家、大政治家，为人生最大的目的。又像那老、庄的意见，以为万事万物都应当顺应自然；人生知足，便可常乐，万万不可强求。又像那墨翟主张牺牲自己，利益他人为人生义务。又像那杨朱主张尊重自己的意志，不必对他人讲甚么道德。又像那德国人尼采也是主张尊重个人的意志，发挥个人的天才，成功一个大艺术家、大事业家、叫做寻常人以上的“超人”，才算是人生目的；甚么仁义道德，都是骗人的说话。第三是科学家。科学家说人类也是自然界一种物质，没有甚么灵魂；生存的时候，一切苦乐善恶，都为物质界自然法则所支配；死后物质分散，另变一种作用，没有联续的记忆和知觉。

这些人所说的道理，各个不同。人生在世，究竟为的甚么，应该怎样呢？我想佛教家所说的话，未免太迂阔。个人的生灭，虽然是幻象，世界人生之全体，能说不是真实存在吗？人生“真如”性中，何以忽然有“无明”呢？既然有了“无明”，众生的“无明”，何以忽然都能灭尽呢？“无明”既然不灭，一切生灭现象，何以能免呢？一切生灭现象既不能免，吾人人生在世，便要想想究竟为的甚么，应该怎样才是。耶教所说，更是凭空捏造，不能证实的了。上帝能造人类，上帝是何物所造呢？上帝有无，既不能证实；那耶教的人生观，便完全不足相信了。孔、孟所说的正心、修身、齐家、治国、平天下，只算是人生一种行为和事业，不能包括人生全体的真义。吾人若是专门牺牲自己，利益他人，乃是为他人而生，不是为自己而生，决非个人生存的根本理由，墨子的思想，也未免太偏了。杨朱和尼采的主张，虽然说破了人生的真相，但照此极端做去，这组织复杂的文明社会，又如何行得过去呢？人生一世，安命知足，事事听其自然，不去强求，自然是快活得很。但是这种快活的幸福，高等动物反不如下等动物，文明社会反不如野蛮社会；我们中国人受了老、庄的教训，所以退化到这等地步。科学家说人死没有灵魂，生时一切苦乐善恶，都为物质界自然法则所支配，这几句话倒难以驳他。但是我们个人虽是必死的，全民族是不容易死的，全人类更是不容易死的了。全民族全人类所创的文明事业，留在世界上，写在历史上，传到后代，这不是我们死后联续的记忆和知觉吗？

照这样看起来，我们现在时代的人所见人生真义，可以明白了。今略举如下：

（一）人生在世，个人是生灭无常的，社会是真实存在的。

（二）社会的文明幸福，是个人造成的，也是个人应该享受的。

（三）社会是个人集成的，除去个人，便没有社会；所以个人的意志和快乐，是应该尊重的。

（四）社会是个人的总寿命，社会解散，个人死后便没有联续的记忆和知觉；所以社会的组织和秩序，是应该尊重的。

（五）执行意志，满足欲望（自食色以至道德的名誉，都是欲望），是个人生存的根本理由，始终不变的（此处可以说“天不变，道亦不变”）。

（六）一切宗教、法律、道德、政治，不过是维持社会不得已的方法，非个人所以乐生的原意，可以随着时势变更的。

（七）人生幸福，是人生自身出力造成的，非是上帝所赐，也不是听其自然所能成就的。若是上帝所赐，何以厚于今人而薄于古人？若是听其自然所能成就，何以世界各民族的幸福不能够一样呢？

（八）个人之在社会，好像细胞之在人身，生灭无常，新陈代谢，本是理所当然，丝毫不足恐怖。

（九）要享幸福，莫怕痛苦。现在个人的痛苦，有时可以造成未来个人的幸福。譬如有主义的战争所流的血，往往洗去人类或民族的污点。极大的瘟疫，往往促成科学的发达。

总而言之，人生在世，究竟为的甚么？究竟应该怎样？我敢说道：“个人生存的时候，当努力造成幸福，享受幸福；并且留在社会上，后来的个人也能够享受。递相授受，以至无穷。”

【谢觉哉】

谢觉哉（1884—1971），湖南宁乡人。又名焕南。1921年参加新民学会。1925年加入中国共产党。1928年春到上海负责编辑《红旗报》和《上海报》。1931年秋到湘鄂西革命根据地，先后任中共湘鄂省委政治秘书长、《工农日报》主编、省委党校教务长。1933年到中央革命根据地，任毛泽东秘书、中央工农民主政府秘书长、内务部部长。1934年参加长征。1939年后，任中共中央党校副校长、西北局副书记、陕甘宁边区政府秘书长等。新中国成立后，曾任内务部部长、最高人民法院院长、全国政协副主席等。

科举与选举

“天子重英豪，文章教尔曹；万般皆下品，惟有读书高！”

什么是高，秀才举人比平常人高一等；高有什么好？对一切平民可以作威作福。

我还只有十四岁就“出考”——“出考”那时是一个名词——似乎那时候十四岁的乡里小孩，远不及现在的小孩调皮，然而脑子里已装进了秀才举人的幻梦，戴着租来的无顶红纬帽，颈上挂一“卷袋”，袋上写上自己的名字，半夜随着大队挤进“仪门”，劈剥劈剥的竹片——竹片上一节劈，打得响——在头上飞舞。我没有看清“学台”是什么样子，接着卷，即被一强壮者拖向黑角里，像搜小偷似的，然后一掌推进冷清清的院落（即考棚），好容易找到坐位，人也相当疲倦了。心想“考”有什么味道？忽然，学台巡场，拿着一个人跪着打手心，劈剥劈剥一声声钻入耳朵：“考，不是人干的”，心又想到另一高人的道路：“不是父母在，决不再来入场。”虽然，很知道不打屁股打手心，是皇上待遇读书人的特殊恩典。

后来听到或读到，什么大将张广泗征服了泰家，仍然是当“听差”；什么某参将被左宗棠打了，得意洋洋地说：“今天宫保亲手赏了我几个耳光”……等，才知道考棚外耀武扬威的秀才举人，便是考棚内挨竹片手心的家伙，正因挨过竹片和手心，所以耀武扬威愈耀得起劲，扬得起劲。

后来又渐渐知道奴隶主统治大群奴隶，必须训练一批奴隶总管，奴隶总管的资格，便是对奴隶主恭顺无所不至，对奴隶们却又能大摆其臭架子。

这便是科举主义的真髓！

科举废了，国也名义上成民国了，但是统治阶级因为需要的原故，总迷惑着科举的遗骸。普通考试啦，高等文官考试啦，而以十年前南京的“抡才大典”请出还未死光的科举时代的“礼房”，把“弥封”，“誊录”，一直到“点牌”、“放号”，都一模一样地复活起来。“猗欤盛哉”！然而毕竟是民国，一举以后，不见再举。

这原来里面有一小小矛盾：统治阶级要的是科举，人民要的是选举，如果用偷天换日的手段，把科举纳在选举里面，岂不两得！满洲皇帝毕竟是傻子，若早公布一个“县参议员及乡镇民代表候选人考试暂行条例”，也许还能稳坐龙庭。鲁迅说过：“选举人者旬‘举人’也；被选举人者被选之‘举人’也”。于是挨过竹片和手心，够得上奴才总管的举人秀才，一摇身变成了奴隶们自己所拥戴的“代议士！”

把颈骨硬起来

延安市府人员说，“不遵守法令的，大都是公务人员”；“市府职权低弱，党、政、军、学人员藐视市府法令”；“要求政府提高市府职权”。（见一日本报）“提高市府职权”，完全应该；边府帮助市府提高职权，也完全应该。不过，边府从没有允许党、政、军、学人员可以藐视市府法令的规定；而边府再来一次提高市府职权的命令：纸上的东西隔具体的实现，还是相当远。

应该认定：延市超过土著居民三四倍的党政军学人员，是为建立革命秩序来的，基本上是愿遵守革命的法令，否则就不成其为革命的延安。至于其中不肯遵守法令的人，是由于不懂得，没有习惯，而各部分负责同志也缺乏注意所致。

“懂得”，“养成习惯”，不是容易的。要“三令五申”，要给他些钉子碰，才能做到。

因此，市政府应该：

首先，每一法令，都要慎重考虑，顾到各方面，而且要经过一定的法定手续。要知道这些人不是愚民，知道讲理，而我早就准备任何会讲歪道理的人来，都能用有理的话驳斥。

其次，要忍耐。每一法令，不仅张贴，且要登在报上；不仅文字解释，且要口头宣传；头一次犯的，不仅耐心指出，恕其无知，而且要告知该机关的首长，请其约束。“令”至“三”“申”至“五”，再还不懂，那就怪不得别人了。

最后是坚持。应罚的罚，应拘的拘，任何人的威胁，不屈；任何大头子的说情，不理。“硬起颈骨来”。做得几次，威信建立了，人们的习惯也就逐渐养成了。

从前，京城的官最难做，皇亲国戚，是不能管的。汉朝有个刚直的京兆尹，一天把皇帝姐姐的“姘头”，当街打了一顿屁股。这位公主哭诉于皇帝。皇帝召京兆尹来，京兆尹说：“我没有错，我是执行皇帝的法令。”皇帝说：“虽没有错，但你得罪了贵人，应该磕个头（道歉的意思）。”可是这位京兆尹硬起颈骨，几个人压也压不下。皇帝说：“原来这家伙有病，颈骨硬了。”——古话叫“强项”，是一种颈骨不能转侧的病。

大概这位皇帝怕对不住姐姐，就这样解释。

皇帝时代，尚可“强项”，何况乎民主的延安！

【董必武】

董必武（1886—1975），湖北黄安（今红安）人。名贤琮，字洁畲，号壁伍，学名用威。1911年加入中国同盟会，同年参加辛亥革命。五四时期开始接触马克思主义。1920年与陈潭秋等在武汉建立共产主义小组，成为中国共产党最早的党员之一。1921年到上海出席中国共产党第一次全国代表大会。后回武汉建立和发展湖北省的中共党组织。1928年赴莫斯科学习，回国后在江西中央革命根据地任中共中央党校校长、中央党务委员会书记、最高法院院长等职。1934年参加长征，到陕北后，任陕甘宁边区政府代理主席。抗战爆发后，长期参加同国民党的谈判。1945年曾代表中国解放区参加联合国制宪会议。新中国成立后，曾任中央财经委员会主任、政务院副总理、最高人民法院院长、全国政协副主席、中华人民共和国副主席和代理主席等。主要著作编为《董必武选集》。

从毛儿盖到班佑

（《长征纪事》之二）

从毛儿盖到班佑，是所谓小草地，我们一共走了六天，每天大约走七八十里路。出毛儿盖向北行，路在半山腰渐走渐平坦，到七里桥约二十余里。路的左边，有矮小草房，约莫百十间，远望矮得好象不能容人进出的样子，到了跟前一看，人不昂头亦可以进去。这些矮小草房，听说是游牧人屯牛的所在，所以叫做牛房。墙壁是用小木杠支持，隔成许多格子，格内涂上一些牛粪，不很坚厚，色是黝黑的，在壁旁烧火，壁很容易被火引燃。内面除牛粪外一无所有，不知牧牛的人怎样居住。过这里以后，连牛房也看不见了。经分水岭，系沿着一列的小山头，转过了一个山头，又是一个山头，数目大约二十余个，下来才是草地边。

我们初听这个草地名字，以为不过是人烟很少，草木郁密的地方。谁知草地真是草地，在地上看不见泥土，只看见草和水，不但没有人烟，简直没有人迹，所以也没有路，没有树木。山上的树木也少，间或在绿茸茸的丛草间看得见这里一堆、那里一堆的黝黑的牛粪。草在水中，确是长得茂盛。

我们所经过的只是草地边。有时走一段地方，两边都是不很高的童山，有时或只一边倚山，没有路。草是一丛一丛的长在水中，这一丛与另一丛中间，就是很深的水。丛草在水中枯了死了腐了，就在这腐草上面生长起新的草丛来。茂密的青草下面，是重重叠叠的腐草，浸在水里，不知经过了若干年月。所以走在丛草上，脚底下是软软的，但也有点滑，走时若不小心，一踏虚了脚，即没有踏在丛草上面，陷入丛草间隙中，要很费力才爬得起来，马竟有爬不起来的呢！山边也看不见泥土，也是重重叠叠腐草上生出的青草，走在上面活活动动，脚板觉得舒服。山上偶然有几片树林。我们宿营能找得着一片树林，那已是喜之不尽了。

离开毛儿盖，第一天，直到晚才走到草地边。我们在一处很好的树林里宿营。第二天也找着一处树林。以后几天，便是在灌木下搭棚子过夜。直到班佑，才在牛房里宿了一晚。有一晚在灌木下搭棚子，到夜晚找不着柴火，竟没有举火，只吃了一点干粮，就睡觉。

过草地边的那几天，天天都遇着雨，雨不小。脚在水草丛里走，不待说是湿的。有雨具的人身上稍好一点，可是带有雨具的人不多，没有雨具的人全身都湿透了。不下雨时天气总是阴沉沉的，风刮得厉害，气候冷，须着棉衣。我没有遇着一个熟习此地气候的人，不能一问，每年夏季，是否象我们经过的那几天一样，每天都要刮风下雨呢？在草丛上走虽有点滑，比走泥泞路还好得多。

色既坝是一条河水流过的地方，河两岸稀疏地长了些树木，两边草地宽广的约一二十里，据说坝有一百里长，我们走过的约四十余里，觉得这块地方很肥沃，为什么没有一户人家？将来人口繁殖，这个坝子怕不能听其自然了。

草地大约高出海面在五千公尺以上，所谓雪线地带，气候是很冷的。我们夏天从这上通过，尚非着棉衣不可。一入秋冬自然更要冷些。那里气候虽很寒冷，但草却能那样的茂盛，别种于人类有用的植物，一定在这个地方有生长的可能。不过我不是研究植物土壤学的人，不能详细来考究，行军中仓卒一瞥，也无暇考察。革命胜利后，有专门人才来这地方考察一次，一定有许多适用于人类的东西发现出来。

【朱　德】

朱德（1886—1976），四川仪陇人。原名代珍，字玉阶。中国人民解放军创始人之一。早年加入同盟会，并参加辛亥革命。1922年加入中国共产党。1927年参加领导八一南昌起义。1928年率领起义军上井冈山，同毛泽东领导的部队会师。1934年参加长征。抗日战争爆发后，任八路军总司令。解放战争时期任中国人民解放军总司令、中央军委副主席。新中国成立后，任中共中央副主席、中央人民政府副主席等职，是中国共产党、中华人民共和国和中国人民解放军的主要领导人之一。1955年被授予中华人民共和国元帅军衔。主要著作编为《朱德选集》等。

回忆我的母亲

得到母亲去世的消息，我很悲痛。我爱我母亲，特别是她勤劳一生，很多事情是值得我永远回忆的。

我家是佃农。祖籍广东韶关，客籍人，在“湖广填四川”时迁移四川仪陇县马鞍场。世代为地主耕种，家境是贫苦的，和我们来往的朋友也都是老老实实的贫苦农民。

母亲一共生了十三个儿女。因为家境贫穷，无法全部养活，只留下了八个，以后再生下的被迫溺死了。这在母亲心里是多么惨痛悲哀和无可奈何的事情啊！母亲把八个孩子一手养大成人。可是她的时间大半被家务和耕种占去了，没法多照顾孩子，只好让孩子们在地里爬着。

母亲是个好劳动。从我能记忆时起，总是天不亮就起床。全家二十多口人，妇女们轮班煮饭，轮到就煮一年。母亲把饭煮了，还要种田，种菜，喂猪，养蚕，纺棉花。因为她身体高大结实，还能挑水挑粪。

母亲这样地整日劳碌着。我到四五岁时就很自然地在旁边帮她的忙，到八九岁时就不但能挑能背，还会种地了。记得那时我从私塾回家，常见母亲在灶上汗流满面地烧饭，我就悄悄把书一放，挑水或放牛去了。有的季节里，我上午读书，下午种地；一到农忙，便整日在地里跟着母亲劳动。这个时期母亲教给我许多生产知识。

佃户家庭的生活自然是艰苦的，可是由于母亲的聪明能干，也勉强过得下去。我们用桐子榨油来点灯，吃的是豌豆饭、菜饭、红薯饭、杂粮饭，把菜籽榨出的油放在饭里做调料。这类地主富人家看也不看的饭食，母亲却能做得使一家人吃起来有滋味。赶上丰年，才能缝上一些新衣服，衣服也是自己生产出来的。母亲亲手纺出线，请人织成布，染了颜色，我们叫它“家织布”，有铜钱那样厚。一套衣服老大穿过了，老二老三接着穿还穿不烂。

勤劳的家庭是有规律有组织的。我的祖父是一个中国标本式的农民，到八九十岁还非耕田不可，不耕田就会害病，直到临死前不久还在地里劳动。祖母是家庭的组织者，一切生产事务由她管理分派，每年除夕就分派好一年的工作。每天天还没亮，母亲就第一个起身，接着听见祖父起来的声音，接着大家都离开床铺，喂猪的喂猪，砍柴的砍柴，挑水的挑水。母亲在家庭里极能任劳任怨。她性格和蔼，没有打骂过我们，也没有同任何人吵过架。因此，虽然在这样的大家庭里，长幼、伯叔、妯娌相处都很和睦。母亲同情贫苦的人——这是朴素的阶级意识，虽然自己不富裕，还周济和照顾比自己更穷的亲戚。她自己是很节省的。父亲有时吸点旱烟，喝点酒；母亲管束着我们，不允许我们染上一点。母亲那种勤劳俭朴的习惯，母亲那种宽厚仁慈的态度，至今还在我心中留有深刻的印象。

但是灾难不因为中国农民的和平就不降临到他们身上。庚子年（一九〇〇）前后，四川连年旱灾，很多的农民饥饿、破产，不得不成群结队地去“吃大户”。我亲眼见到，六七百穿得破破烂烂的农民和他们的妻子儿女被所谓官兵一阵凶杀毒打，血溅四五十里，哭声动天。在这样的年月里，我家也遭受更多的困难，仅仅吃些小菜叶、高粱，通年没吃过白米。特别是乙未（一八九五）那一年，地主欺压佃户，要在租种的地上加租子，因为办不到，就趁大年除夕，威胁着我家要退佃，逼着我们搬家。在悲惨的情况下，我们一家人哭泣着连夜分散。从此我家被迫分两处住下。人手少了，又遇天灾，庄稼没收成，这是我家最悲惨的一次遭遇。母亲没有灰心，她对穷苦农民的同情和对为富不仁者的反感却更强烈了。母亲沉痛的三言两语的诉说以及我亲眼见到的许多不平事实，启发了我幼年时期反抗压迫追求光明的思想，使我决心寻找新的生活。

我不久就离开母亲，因为我读书了。我是一个佃农家庭的子弟，本来是没有钱读书的。那时乡间豪绅地主的欺压，衙门差役的横蛮，逼得母亲和父亲决心节衣缩食培养出一个读书人来“支撑门户”。我念过私塾，光绪三十一年（一九〇五）考了科举，以后又到更远的顺庆和成都去读书。这个时候的学费都是东挪西借来的，总共用了二百多块钱，直到我后来当护国军旅长时才还清。

光绪三十四年（一九〇八）我从成都回来，在仪陇县办高等小学，一年回家两三次去看母亲。那时新旧思想冲突得很厉害。我们抱了科学民主的思想，想在家乡做点事情，守旧的豪绅们便出来反对我们。我决心瞒着母亲离开家乡，远走云南，参加新军和同盟会。我到云南后，从家信中知道，我母亲对我这一举动不但不反对，还给我许多慰勉。

从宣统元年（一九〇九）到现在，我再没有回过一次家，只在民国八年（一九一九）我曾经把父亲和母亲接出来。但是他俩劳动惯了，离开土地就不舒服，所以还是回了家。父亲就在回家途中死了。母亲回家继续劳动，一直到最后。

中国革命继续向前发展，我的思想也继续向前发展。当我发现了中国革命的正确道路时，我便加入了中国共产党。大革命失败了，我和家庭完全隔绝了。母亲就靠那三十亩地独立支持一家人的生活。抗战以后，我才能和家里通信。母亲知道我所做的事业，她期望着中国民族解放的成功。她知道我们党的困难，依然在家里过着勤苦的农妇生活。七年中间，我曾寄回几百元钱和几张自己的照片给母亲。母亲年老了，但她永远想念着我，如同我永远想念着她一样。去年收到侄儿的来信说：“祖母今年已有八十五岁，精神不如昨年之健康，饮食起居亦不如前，甚望见你一面，聊叙别后情景。”但我献身于民族抗战事业，竟未能报答母亲的希望。

母亲最大的特点是一生不曾脱离过劳动。母亲生我前一分钟还在灶上煮饭。虽到老年，仍然热爱生产。去年另一封外甥的家信中说：“外祖母大人因年老关系，今年不比往年健康，但仍不辍劳作，尤喜纺棉。”

我应该感谢母亲，她教给我与困难作斗争的经验。我在家庭中已经饱尝艰苦，这使我在三十多年的军事生活和革命生活中再没感到过困难，没被困难吓倒。母亲又给我一个强健的身体，一个勤劳的习惯，使我从来没感到过劳累。

我应该感谢母亲，她教给我生产的知识和革命的意志，鼓励我以后走上革命的道路。在这条路上，我一天比一天更加认识：只有这种知识，这种意志，才是世界上最可宝贵的财产。

母亲现在离我而去了，我将永不能再见她一面了，这个哀痛是无法补救的。母亲是一个平凡的人，她只是中国千百万劳动人民中的一员，但是，正是这千百万人创造了和创造着中国的历史。我用什么方法来报答母亲的深恩呢？我将继续尽忠于我们的民族和人民，尽忠于我们的民族和人民的希望——中国共产党，使和母亲同样生活着的人能够过快乐的生活。这是我能做到的，一定能做到的。

愿母亲在地下安息！

【周建人】

周建人（1888—1984），浙江绍兴人。字松寿，又字乔峰。鲁迅胞弟。1920年入北京大学。1921年任商务印书馆编辑，兼任《东方杂志》、《妇女杂志》、《自然》杂志编辑。后在上海大学、暨南大学、安徽大学任教。1932年参加中国民权保障同盟的筹备工作，并被推举为调查员。抗战期间，在上海从事革命工作。曾参加发起中国民主促进会。1948年加入中国共产党。新中国成立后，曾任出版总署副署长、高等教育部副部长、浙江省省长、民进中央副主席和代主席、民盟中央常委、全国人大常委会副委员长、全国政协副主席等职。著有《回忆鲁迅》、《论优生学与种族歧视》等。

民族的衰颓

——社会的反优生的选择作用

这是我们“亲见目睹”的事实：民族日久必渐渐的衰颓，或者甚至于终归灭亡。岂命运上天铸定，民族亦有老死，不能幸免的么？

命运虽不足信，但因果关系是有的。自然，民族衰老的因果关系很复杂，分析很是不易，只是据我们的知识所及，其中至少含有以下两个原因，而且是很重要的。

（一）社会的反优生的选择作用；

（二）阻滞进步的旧习惯的堆积。

现在先说第一项：什么是反优生的选择？

英国的优生学的建设者法兰西斯•戈尔登曾发表过一篇文字，后来收在他的论文集里，我曾把它译出来，在《新青年》上登过。题目是《合群与奴隶性》，大意是说澳洲某地有野牛，成群的生活于草原上。但其地又多猛兽，不时出来袭击它们的。牛群中也有独立性比较丰富的，则常常喜欢游散开去，但每被虎所搏食。只有奴隶性重的，不敢离开群众一步，却独得安全。猛兽如园丁般的在旁修剪，剪取个性较独立，较大胆的牛，而留下缺乏独立性的，富于奴隶性的个体在那里！并且他表示在人间社会里也有这种情形。他仅仅汁算法兰西一国，只从一八五一年二月二日起到一八七〇年十月十七日止这几年中，他说被捕的政治犯多至一万四千一百十八人！这些人有的处徒刑，有的被流放。要之，虽然不都死掉，而总是生活在困难之中。

他这样讽示我们：社会有这样一种反优生的过程在那里作动，即淘汰其富于独立性的，而优容其奴隶性的！

如果他的推论不错：人在社会生活中，确于无意之间急进的，好改革的，容易被淘汰；又真勇者难得长寿，道德商人不易致富一类的话，也不是违反事实的。那么，有利于社会的人，有比较不适于生存的倾向是真实存在的。其结果于是成为：因袭的，服从权威的，狡诈的，圆滑的适于生存！是的，从来在社会上做人没有比媚上骄下的更少危险和安全，也没有比代行权威者的命令的有势力，替旧道德说话的得多数人信从，和因袭做人的省气力了。

中国人做了许多年代专制王帝手下的百姓且不说，又几次的被征服，几次被大杀戮，留存到今日的人自然是最精选的无疑。就智识阶级而论，多数是极稳健，多方面适应的。又许多是极善趋奉和有策略的，还有“东倒吃羊头，西倒吃猪头”的。自然中国人的性质当然也有好的方面，但问问外国的留学生，英法德美及日本诸国似乎商店都少有像中国的好说虚价；电车上和别处也少有像中国的善于“揩油”；官吏既少有像中国的好营私舞弊；有钱的人也少有这样喜欢将钱存放在外国银行里；蓄产业的人又少有这样喜欢挂洋商招牌的。

诸如此类，笔难尽述。这又是什么缘故呢？

自利，对社会缺乏热情，以及殚于改革等等，这些是民族衰老的表象，也便是社会的自然选择作用指导他们走这样的路，因为这才更适于生存。

但是人和别的生物不同，别的生物是各个站在自然的面前的，利于自己的生存也就是利于种族的生存。人生却还要复杂些，人是生在社会里面的，奴隶性和自利性适于自己的生存但不利于群的固结；利他和牺牲有利于社会，但不利于自己的生存。个人的利益和社会的利益常常这样相冲突。到社会失其固结力而破坏时，同时这不幸便落到个体上来了。

上面所举出来的只是反优生作用使民族呈老态的一方面的情形。但个人和社会是互相影响的，不容易分开来讲。个人往往如一面镜子，能照见社会的一切，自己的行为又从这里复写出来；所以许多可以被认为反社会的行为并不是都发生于个人性质的不良，只是社会的腐败所致。不过我们从遗传学上看，不良个性的人容易作反社会行为这也是的确的事。

如果有兴致写，日后当说第二项，即阻滞进步的旧习惯堆积之为害。

【李大钊】

李大钊（1889—1927），河北乐亭县人。原名耆年，字寿昌，号龟年，后改字守常。早年赴日留学，1916年回国。1918年参加《新青年》编辑工作，与陈独秀等创办《每周评论》，曾先后发表《庶民的胜利》、《布尔什维主义的胜利》、《我的马克思主义观》等文章。1920年3月领导组织马克思学说研究会，同年10月组建北京共产主义小组。1924年6月率中国共产党代表团到莫斯科参加共产国际第五次代表大会。1925年任中共北方区委书记。1926年领导"三一八"请愿示威活动。1927年4月6日在苏联大使馆旧俄兵营内被军阀张作霖逮捕，28日在北京京师看守所被秘密绞杀。遗著编为《李大钊选集》、《李大钊文集》。

青　春（节选）

春日载阳，东风解冻，远从瀛岛，反顾祖帮，肃杀郁塞之象，一变而为清和明媚之象矣；冰雪冱寒之天，一幻而为百卉昭苏之天矣。每更节序，辄动怀思，人事万端，那堪回首，或则幽闺善怨，或则骚客工愁。当兹春雨梨花，重门深掩，诗人憔悴，独倚栏杆之际，登楼四瞩，则见千条垂柳，未半才黄，十里铺青，遥看有色。彼幽闲贞静之青春，携来无限之希望，无限之兴趣，飘然贡其柔丽之姿于吾前途辽远之青年之前，而默许以独享之权利。嗟吾青年可爱之学子乎，彼美之青春，念子之任重而道远也，子之内美而修能也，怜子之劳，爱子之才也，故而经年一度，展其怡和之颜，饯子于长征迈往之途，冀有以慰子之心也。纵子为尽瘁于子之高尚之理想，圣神之使命，远大之事业，艰巨之责任，而夙兴夜寐，不遑启处，亦当于千忙万迫之中，偷隙一盼，霁颜相向，领彼恋子之殷情，赠子之韶华，俾以青年纯洁之躬，饫尝青春之甘美，浃浴青春之恩泽，永续青春之生涯，致我为青春之我，我之家庭为青春之家庭，我之国家为青春之国家，我之民族为青春之民族。斯青春之我，乃不枉于遥遥百千万劫中，为此一大因缘，与此多情多爱之青春，相邂逅于无尽青春中之一部分空间与时间也。

块然一躯，渺乎微矣，于此广大悠久之宇宙，殆犹沧海之一粟耳。其得永享青春之幸福与否，当问宇宙自然之青春是否为无尽。如其有尽，纵有彭聃之寿，甚且与宇宙齐，亦奚能许我以常享之福？如其无尽，吾人奋其悲壮之精神，以与无尽之宇宙竞进，又何不能之有？而宇宙之果否为无尽，当问宇宙之有无初终。宇宙果有初乎？曰，初乎无也。果有终乎？曰，终乎无也。初乎无者，等于无初。终乎无者，等于无终。无初无终，是于空间为无限，于时间为无极，质言之，无而已矣，此绝对之说也。若由相对观之，则宇宙为有进化者。既有进化，必有退化。于是差别之万象万殊生焉。惟其为万象万殊，故于全体为个体，于全生为一生。个体之积，如何其广大，而终于有限。一生之命，如何其悠久，而终于有涯。于是有生即有死，有盛即有衰，有阴即有阳，有否即有泰，有剥即有复，有屈即有信，有消即有长，有盈即有虚，有吉即有凶，有祸即有福，有青春即有白首，有健壮即有颓老，质言之有而已矣。庄周有云："朝菌不知晦朔，蟪蛄不知春秋。"又云："小知不如大知，小年不如大年。"夫晦朔与春秋而果为耶，何以菌蛄以外之有生，几经晦朔几历春秋者皆知之，而菌蛄独不知也？其果为无耶，又何以菌蛄虽不知，而菌蛄以外之有生，几经晦朔几历春秋者，皆知之也？是有无之说，亦至无定矣。以吾人之知，小于宇宙自然之知，其年小于宇宙自然之年，而欲断空间时间不能超越之宇宙为有为无，是亦朝菌之晦朔，蟪蛄之春秋耳。秘观宇宙有二相焉。由佛理言之，平等与差别也，空与色也。由哲理言之，绝对与相对也。由数理言之，有与无也。由"易"理言之，周与易也。周易非以昭代立名，宋儒罗泌尝论之于"路史"，而金氏圣叹，序"离骚经"，释之尤近精微，谓"周其体也，易其用也。约法而论，周以常住为义，易以变易为义。双约人法，则周乃圣人之能事，易乃大千之变易。大千本无一有，更立不定，日新、日日新、又日新之谓也。圣人独能以忧患之心周之，尘尘刹刹，无不普遍，又复尘尘周于刹刹，刹刹周于尘尘，然后世界自见其易，圣人时得其常，故云周易。"仲尼曰："自其异者视之，肝胆楚越也；自其同者视之，万物皆一也。"此同异之辨也。东坡曰："自其变者而观之，则天地曾不能以一瞬；自其不变者而观之，造物与吾皆无尽藏也。"

此变不变之殊也。其变者青春之进程，其不变者无尽之青春也。其异者青春之进程，其同者无尽之青春也。其易者青春之进程，其周者无尽之青春也。其有者青春之进程，其无者无尽之青春也。其相对者青春之进程，其绝对者无尽之青春也。其色者差别者青春之进程，其空者平等者无尽之青春也。推而言之，乃至生死、盛衰、阴阳、否泰、剥复、屈信、消长、盈虚、吉凶、祸福、青春白首、健壮颓老之轮回反复，连续流转，无非青春之进程，而此无初无终、无限无极、无方无体之机轴，亦即无尽之青春也。青年锐进之子，尘尘刹刹，立于旋转簸扬循环无端之大洪流中，宜有江流不转之精神，屹然独立之气魄，冲荡其潮流，抵拒其势力，以其不变应其变，以其同操其异，以其周执其易，以其无持其有，以其绝对统其相对，以其空驭其色，以其平等律其差别，故能以宇宙之生涯为自我之生涯，以宇宙之青春为自我之青春。宇宙无尽，即青春无尽，即自我无尽。此之精神，即生死肉骨、回天再造之精神也。此之气魄，即慷慨悲壮、拔山盖世之气魄也。惟真知爱青春者，乃能识宇宙有无尽之青春。惟真能识宇宙有无尽之青春者，乃能具此种精神与气魄。惟真有此种精神与气魄者，乃能永享宇宙无尽之青春。

今

我以为世间最可宝贵的就是“今”，最易丧失的也是“今”。因为他最容易丧失，所以更觉得他可以宝贵。

为什么“今”最可宝贵呢？最好借哲人耶曼孙所说的话答这个问：“尔若爱千古，尔当爱现在。昨日不能唤回来，明天还不确实，尔能确有把握的就是今日。今日一天，当明日两天。”

为什么“今”最易丧失呢？因为宇宙大化，刻刻流转，绝不停留。时间这个东西，也不因为吾人贵他爱他稍稍在人间留恋。试问吾人说“今”，说“现在”，茫茫百千万劫，究竟哪一刹那是吾人的“今”，是吾人的“现在”呢？刚刚说他是“今”是“现在”，他早已风驰电掣的一般，已成“过去”了。吾人若要糊糊涂涂把他丢掉，岂不可惜！

有的哲学家说，时间但有“过去”与“未来”，并无“现在”。有的又说，“过去”、“未来”皆是“现在”。我以为“过去未来皆是现在”的话倒有些道理。因为“现在”就是所有“过去”都埋没于“现在”的里边。故一时代的思潮，不是单纯在这个时代所能凭空成立的。不晓得有几多“过去”时代的思潮一一凑合而成的。吾人投一石子于时代潮流里面，所激起的波澜声响，都向永远流动传播，不能消灭。屈原的《离骚》，永远使人人感泣。打击林肯头颅的枪声，呼应于永远的时间与空间。一时代的变动，绝不消失，仍遗留于次一时代，这样传演，至于无穷，在世界中有一贯相连的永远性。昨日的事件与今日的事件，合构成数个复杂事件。势力结合势力，问题牵起问题。无限的“过去”都以“现在”为归宿，无限的“未来”都以“现在”为渊源。“过去”、“未来”的中间全仗有“现在”以成其连续，以成其永远，以成其无始无终的大实在。一掣现在的铃，无限的过去未来皆遥相呼应。这就是过去未来皆是现在的道理。这就是“今”最可宝贵的道理。

现实有两种不知爱“今”的人：一种是厌“今”的人，一种是乐“今”的人。

厌“今”的人也有两派。一派是对于“现在”一切现象都不满足，因起一种回顾“过去”的感想。他们觉得“今”的总是不好，古的都是好。政治、法律、道德、风俗，全是“今”不如古。此派人唯一的希望在复古。他们的心力全施于复古的运动。一派是对于“现在”一切现象都不满足，与复古的厌“今”派全同。但是他们不想“过去”，但盼“将来”。盼“将来”的结果，往往流于梦想，把许多“现在”可以努力的事业都放弃不做，单是耽溺于虚无飘渺的空玄境界。这两派人都是不能助益进化，并且很足阻滞进化的。

乐“今”的人大概是些无志趣无意识的人，是些对于“现在”一切满足的人。他们觉得所处境遇可以安乐优游，不必再商进取，再为创造。这种人丧失“今”的好处，阻滞进化的潮流，同厌“今”派毫无区别。

原来厌“今”为人类的通性。大凡一境尚未实现以前，觉得此境有无限的佳趣，有无疆的福利；一旦身陷其境，却觉不过尔尔，随即起一种失望的念，厌“今”的心。又如吾人方处一境，觉得无甚可乐；而一旦其境变易，却又觉得其境可恋，其情可思。前者为企望“将来”的动机；后者为反顾“过去”的动机。但是回想“过去”，毫无效用，且空耗努力的时间。若以企望“将来”的动机，而尽“现在”的势力，则厌“今”思想，却大足为进化的原动。乐“今”是一种惰性（inertia），须再进一步，了解“今”所以可爱的道理。全在凭他可以为创造“将来”的努力，决不在得他可以安乐无为。

热心复古的人，开口闭口都是说“现在”的境象若何黑暗，若何卑污，罪恶若何深重，祸患若何剧烈。要晓得“现在”的境象倘若真是这样黑暗，这样卑污，罪恶这样深重，祸患这样剧烈，也都是“过去”所遗留的宿孽，断断不是“现在”造的；全归咎于“现在”，是断断不能接受的。要想改变他，但当努力以回复“过去”。

照这个道理讲起来，大实在的瀑流，永远由无始的实在向无终的实在奔流。吾人的“我”，吾人的生命，也永远合所有生活上的潮流，随着大实在的奔流，以为扩大，以为继续，以为进转，以为发展。故实在即动力，生命即流转。

忆独秀先生曾于《一九一六年》文中说过，青年欲达民族更新的希望，“必自杀其一九一五年之青年，而自重其一九一六年之青年。”我尝推广其意，也说过人生唯一的蕲向，青年唯一的责任，在“从现在青春之我，扑杀过去青春之我；促今日青春之我，禅让明日青春之我。”“不仅以今日青春之我，追杀今日白首之我，并宜以今日青春之我，豫杀来日白首之我。”实则历史的现象，时时流转，时时变易，同时还遗留永远不灭的现象和生命于宇宙之间，如何能杀得？所谓杀者，不过使今日的“我”不仍旧沈滞于昨天的“我”。而在今日之“我”中，固明明有昨天的“我”存在。不止有昨天的“我”，昨天以前的“我”，乃至十年二十年百千万亿年的“我”，都俨然存在于“今我”的身上。然则“今”之“我”，“我”之“今”，岂可不珍重自将，为世间造些功德。稍一失脚，必致遗留层层罪恶种子于“未来”无量的人，即未来无量的“我”。永不能消除，永不能忏悔。

我请以最简明的一句话写出这篇的意思来：

吾人在世，不可厌“今”而徒回思“过去”，梦想“将来”，以耗误“现在”的努力；又不可以“今”境自足，毫不拿出“现在”的努力，谋“将来”的发展。宜善用“今”，以努力为“将来”之创造。由“今”所造的功德罪孽，永久不灭。故人生本务，在随实在之进行，为后人造大功德，供永远的“我”享受，扩张，传袭，至无穷极，以达“宇宙即我，我即宇宙”之究竟。

【郭沫若】

郭沫若（1892—1978），四川乐山人。原名开贞，字鼎堂，号尚武。早年赴日留学，1921年出版诗集《女神》，并与郁达夫等组织创造社。1924年后逐渐接受马克思主义，并倡导革命文学。1927年参加南昌起义，后在南下途中加入中国共产党。1928年受通缉旅居日本，从事中国古代史和甲骨文、金文的研究。抗战爆发后回国，从事抗战工作，先后任《救亡日报》社社长、中华全国文艺界抗敌协会理事等职，其间创作了《屈原》、《虎符》等历史剧和诗文。抗战胜利后在重庆、南京、上海等地从事民主活动。新中国成立后，曾任中央人民政府委员、政务院副总理兼文化教育委员会主任、中国科学院院长兼哲学社会科学部主任、全国人大常委会副委员长等职。著有《青铜时代》、《奴隶制时代》等，有《沫若文集》、《郭沫若全集》行世。

梦与现实

上

昨晚月光一样的太阳照在兆丰公园的园地上。一切的树木都在赞美自己的幽闲。白的蝴蝶、黄的蝴蝶，在麝香豌豆的花丛中翻飞，把麝香豌豆的蝶形花当作了自己的姊妹。你看它们飞去和花唇亲吻，好像在催促着说："姐姐妹妹们，飞吧，飞吧，莫尽站在枝头，我们一同飞吧。阳光是这么和暖的，空气是这么芬芳的。"

但是花们只是在枝上摇头。

在这个背景之中，我坐在一株桑树脚下读泰戈尔的英文诗。

读到了他一首诗，说他清晨走入花园，一位盲目的女郎赠了他一只花圈。

我觉悟到他这是一个象征，这盲目的女郎便是自然的三美室。

我一悟到了这样的时候，我眼前的蝴蝶都变成了翩翩的女郎，争把麝香豌豆的花茎作成花圈，向我身上投掷。

我埋没在花圈的坟垒里了。——

我这只是一场残缺不全的梦境，但是，是多么适意的梦境呢！

下

今晨一早起来，我打算到静安寺前的广场去散步。

我在民厚南里的东总弄，面着福煦路的门口，却看见了一位女丐。她身上只穿着一件破烂的单衣，衣背上几个破孔露出一团团带紫色的肉体。她低着头踞在墙下把一件小儿的棉衣和一件大人的单衣，卷成一条长带。

一个四岁光景的女儿踞在她的旁边，戏弄着乌黑的帆布背囊。女丐把衣裳卷好了一次，好像不如意的光景，打开来重新再卷。

衣裳卷好了，她把来围在腰间了。她伸手去摸布囊的时候，小女儿从囊中取出一条布带来，如像漆黑了的一条革带。

她把布囊套在颈上的时候，小女儿把布带投在路心去了。

她叫她把布带给她，小女儿总不肯，故意跑到一边去向她憨笑。

她到这时候才抬起头来，啊，她才是一位——瞎子。

她空望着她女儿笑处，黄肿的脸上也隐隐露出了一脉的笑痕。

有两三个孩子也走来站在我的旁边，小女儿却拿她的竹竿来驱逐。

四岁的小女儿，是她瞎眼妈妈的唯一的保护者了。

她嬉玩了一会，把布带给了她瞎眼的妈妈，她妈妈用来把她背在背上。瞎眼女丐手扶着墙起来，一手拿着竹竿，得得得地点着，向福煦路上走去了。

我一面跟随着她们，一面想：

唉！人到了这步田地也还是要生活下去！那围在腰间的两件破衣，不是她们母女两人留在晚间用来御寒的棉被吗？

人到了这步田地也还是要生活下去！人生的悲剧何必向莎士比亚的杰作里去寻找，何必向川湘等处的战地去寻找，何必向大震后的日本东京去寻找呢？

得得得的竹竿点路声……是走向墓地去的进行曲吗？

马道旁的树木，叶已脱完，落时在朔风中飘散。

啊啊，人到了这步田地也还是要生活下去！……

我跟随她们走到了静安寺前面，我不忍再跟随她们了。在我身上只寻出了两个铜元，这便成了我献给她们的最菲薄的敬礼。

1923年冬，在上海

银　杏

银杏，我思念你，我不知道你为什么又叫公孙树。但一般人叫你是白果，那是容易理解的。

我知道，你的特征并不专在乎你有这和杏相仿佛的果实，核皮是纯白如银，核仁是富于营养——这不用说已经就足以为你的特征了。

但一般人并不知道你是有花植物中最古老的先进，你的花粉和胚珠具有着动物般的性态，你是完全由人力保存下来的奇珍。

自然界中已经是不能有你的存在了，但你依然挺立着，在太空中高唱着人间胜利的凯歌。

你这东方的圣者，你这中国人文的有生命的纪念塔，你是只有在中国才有呀，一般人似呼也并不知道。

我到过日本，日本也有你，但你分明是日本的华侨，你侨居在日本大约已有中国的文化侨居在日本那样久远了吧。

你是真应该称为中国的国树的呀，我是喜欢你，我特别的喜欢你。

但也并不是因为你是中国的特产，我才特别的喜欢，是因为你美，你真，你善。

你的株干是多么的端直，你的枝条是多么的蓬勃，你那摺扇形的叶片是多么的青翠，多么澄洁，多么的精巧呀！

在暑天你为多少的庙宇戴上了巍峨的云冠，你也为多少的劳苦人撑出了清凉的华盖。

梧桐虽有你的端直而没有你的坚牢；

白杨虽有你的葱茏而没有你的庄重。

熏风会媚抚你，群鸟时来为你欢歌，上帝百神——假如是有上帝百神，我相信每当皓月流空，他们会在你脚下来聚会。

秋天到来，蝴蝶已经死了的时候，你的碧叶要翻成金黄，而且又会飞出满园的蝴蝶。

你不是一位巧妙的魔术师吗？但你丝毫也没有令人掩鼻的那种的江湖气息。

当你那解脱了一切，你那搓枒的枝干挺撑在太空中的时候，你对于寒风霜雪毫不避易。

那是多么的嶙峋而洒脱呀，巩怕自有佛法以来再也不会产生过象你这样的高僧。

你没有丝毫依阿取容的姿态，但你也并不荒伧，你的美德象音乐一样洋溢入荒，但你也并不骄傲，你的名讳似乎就是"超然"，你超在乎一切的草木之上，你超在乎一切之上，但你并不隐遁。

你果实不是可以滋养人，你的木质不是坚实的器材，就是你的落叶不也是绝好的引火的燃料吗？

可是我真有点奇怪了，奇怪的是中国人似乎大家都忘记了你，而且忘记得很久远，似乎是从古以来。

我在中国的经典中找不出你的名字，我没有读过中国的诗人咏赞过你的诗。我没有看见过中国的画家描写过你的画。

这究竟是怎么一回事呀，你是随中国文化以俱来的恒古的证人，你不也是以为奇怪吗？

银杏，中国人是忘记了你呀，大家虽然都在吃你的白果，都喜欢吃你的白果，但的确是忘记了你呀。

世间上也仅有不辩菽麦的人，但把你忘记得这样普遍，这样久远的例子，从来也不曾有过。

真的啦，陪都不是首善之区吗？但我就很少看见你的影子，为什么遍街都是洋槐，满园都是幽加里树呢？

我是怎样的思念你呀，银杏！我可希望你不要把中国忘记吧。

这事情是有点危险的，我怕你一不高兴，会从中国的地面上隐遁下去。

在中国的领空中会永远听不着你赞美生命的欢歌。

银杏，我真希望呀，希望中国人单为能更多吃你的白果，总有能更加爱慕你的一天。

一九四二年五月二十三日

【毛泽东】

毛泽东（1893—1976），湖南湘潭人。字润之（原作咏芝，后改润芝）。1921年7月出席中国共产党第一次全国代表大会。1926年主持广州农民运动讲习所。1927年8月，领导湘赣边界秋收起义，在井冈山创立了农村革命根据地。1930—1933年，领导红军连续粉碎了国民党反动派的四次军事“围剿”。1935年遵义会议后，确立了在党中央的领导地位，率领红军完成长征。此后又领导抗日战争和第三次国内革命战争，取得了伟大胜利。新中国成立后在推动社会主义事业的发展上，建立了不可磨灭的功勋。是中国共产党、中国人民解放军和中华人民共和国的主要缔造者和领袖，毛泽东思想的主要创立者。主要著作编为《毛泽东选集》等。

为人民服务

我们的共产党和共产党所领导的八路军、新四军，是革命的队伍。我们这个队伍完全是为着解放人民的，是彻底地为人民的利益工作的。张思德同志就是我们这个队伍中的一个同志。

人总是要死的，但死的意义有不同。中国古时候有个文学家叫做司马迁的说过：“人固有一死，或重于泰山，或轻于鸿毛。”为人民利益而死，就比泰山还重；替法西斯卖力，替剥削人民和压迫人民的人去死，就比鸿毛还轻。张思德同志是为人民利益而死的，他的死是比泰山还要重的。

因为我们是为人民服务的，所以，我们如果有缺点，就不怕别人批评指出。不管是什么人，谁向我们指出都行。只要你说得对，我们就改正。你说的办法对人民有好处，我们就照你的办。“精兵简政”这一条意见，就是党外人士李鼎铭先生提出来的；他提得好，对人民有好处，我们就采用了。只要我们为人民的利益坚持好的，为人民的利益改正错的，我们这个队伍就一定会兴旺起来。

我们都是来自五湖四海，为了一个共同的革命目标，走到一起来了。我们还要和全国大多数人民走这一条路。我们今天已经领导着有九千一百万人口的根据地，但是还不够，还要更大些，才能取得全民族的解放。我们的同志在困难的时候，要看到成绩，要看到光明，要提高我们的勇气。中国人民正在受难，我们有责任解救他们，我们要努力奋斗。要奋斗就会有牺牲，死人的事是经常发生的。但是我们想到人民的利益，想到大多数人民的痛苦，我们为人民而死，就是死得其所。不过，我们应当尽量地减少那些不必要的牺牲。我们的干部要关心每一个战士，一切革命队伍的人都要互相关心，互相爱护，互相帮助。

今后我们的队伍里，不管死了谁，不管是炊事员，是战士，只要他是做过一些有益的工作的，我们都要给他送葬，开追悼会。这要成为一个制度。这个方法也要介绍到老百姓那里去。村上的人死了，开个追悼会。用这样的方法，寄托我们的哀思，使整个人民团结起来。

纪念白求恩

白求恩同志是加拿大共产党员，五十多岁了，为了帮助中国的抗日战争，受加拿大共产党和美国共产党的派遣，不远万里，来到中国。去年春上到延安，后来到五台山工作，不幸以身殉职。

一个外国人，毫无利己的动机，把中国人民的解放事业当作他自己的事业，这是什么精神？这是国际主义的精神，这是共产主义的精神，每一个中国共产党员都要学习这种精神。列宁主义认为：资本主义国家的无产阶级要拥护殖民地半殖民地人民的解放斗争，殖民地半殖民地的无产阶级要拥护资本主义国家的无产阶级的解放斗争，世界革命才能胜利。白求恩同志是实践了这一条列宁主义路线的。我们中国共产党员也要实践这一条路线。我们要和一切资本主义国家的无产阶级联合起来，要和日本的、英国的、美国的、德国的、意大利的以及一切资本主义国家的无产阶级联合起来，才能打倒帝国主义，解放我们的民族和人民，解放世界的民族和人民。这就是我们的国际主义，这就是我们用以反对狭隘民族主义和狭隘爱国主义的国际主义。

白求恩同志毫不利己专门利人的精神，表现在他对工作的极端的负责任，对同志对人民的极端的热忱。每个共产党员都要学习他。不少的人对工作不负责任，拈轻怕重，把重担子推给人家，自己挑轻的。一事当前，先替自己打算，然后再替别人打算。出了一点力就觉得了不起，喜欢自吹，生怕人家不知道。对同志对人民不是满腔热忱，而是冷冷清清，漠不关心，麻木不仁。这种人其实不是共产党员，至少不能算一个纯粹的共产党员。从前线回来的人说到白求恩，没有一个不佩服，没有一个不为他的精神所感动。晋察冀边区的军民，凡亲身受过白求恩医生的治疗和亲眼看过白求恩医生的工作的，无不为之感动。每一个共产党员，一定要学习白求恩同志的这种真正共产主义者的精神。

白求恩同志是个医生，他以医疗为职业，对技术精益求精；在整个八路军医务系统中，他的医术是很高明的。这对于一班见异思迁的人，对于一班鄙薄技术工作以为不足道、以为无出路的人，也是一个极好的教训。

我和白求恩同志只见过一面。后来他给我来过许多信。可是因为忙，仅回过他一封信，还不知他收到没有。对于他的死，我是很悲痛的。现在大家纪念他，可见他的精神感人之深。我们大家要学习他毫无自私自利之心的精神。从这点出发，就可以变为大有利于人民的人。一个人能力有大小，但只要有这点精神，就是一个高尚的人，一个纯粹的人，一个有道德的人，一个脱离了低级趣味的人，一个有益于人民的人。

愚公移山

我们开了一个很好的大会。我们做了三件事：第一，决定了党的路线，这就是放手发动群众，壮大人民力量，在我党的领导下，打败日本侵略者，解放全国人民，建立一个新民主主义的中国。第二，通过了新的党章。第三，选举了党的领导机关——中央委员会。今后的任务就是领导全党实现党的路线。我们开了一个胜利的大会，一个团结的大会。代表们对三个报告发表了很好的意见。许多同志作了自我批评，从团结的目标出发，经过自我批评，达到了团结。这次大会是团结的模范，是自我批评的模范，又是党内民主的模范。大会闭幕以后，很多同志将要回到自己的工作岗位上去，将要分赴各个战场。同志们到各地去，要宣传大会的路线，并经过全党同志向人民作广泛的解释。

我们宣传大会的路线，就是要使全党和全国人民建立起一个信心，即革命一定要胜利。首先要使先锋队觉悟，下定决心，不怕牺牲，排除万难，去争取胜利。但这还不够，还必须使全国广大人民群众觉悟，甘心情愿和我们一起奋斗，去争取胜利。要使全国人民有这样的信心：中国是中国人民的，不是反动派的。中国古代有个寓言，叫做“愚公移山”。说的是古代有一位老人，住在华北，名叫北山愚公。他的家门南面有两座大山挡住他家的出路，一座叫做太行山，一座叫做王屋山。愚公下决心率领他的儿子们要用锄头挖去这两座大山。有个老头子名叫智叟的看了发笑，说是你们这样干未免太愚蠢了，你们父子数人要挖掉这样两座大山是完全不可能的。愚公回答说：我死了以后有我的儿子，儿子死了，又有孙子，子子孙孙是没有穷尽的。这两座山虽然很高，却是不会再增高了，挖一点就会少一点，为什么挖不平呢？愚公批驳了智叟的错误思想，毫不动摇，每天挖山不止。这件事感动了上帝，他就派了两个神仙下凡，把两座山背走了。现在也有两座压在中国人民头上的大山，一座叫做帝国主义，一座叫做封建主义。中国共产党早就下了决心，要挖掉这两座山。我们一定要坚持下去，一定要不断地工作，我们也会感动上帝的。这个上帝不是别人，就是全中国的人民大众。全国人民大众一齐起来和我们一道挖这两座山，有什么挖不平呢？

昨天有两个美国人要回美国去，我对他们讲了，美国政府要破坏我们，这是不允许的。我们反对美国政府扶蒋反共的政策。但是我们第一要把美国人民和他们的政府相区别，第二要把美国政府中决定政策的人们和下面的普通工作人员相区别。我对这两个美国人说：告诉你们美国政府中决定政策的人们，我们解放区禁止你们到那里去，因为你们的政策是扶蒋反共，我们不放心。假如你们是为了打日本，要到解放区是可以去的，但要订一个条约。倘若你们偷偷摸摸到处乱跑，那是不许可的。赫尔利已经公开宣言不同中国共产党合作，既然如此，为什么还要到我们解放区乱跑呢？

美国政府的扶蒋反共政策，说明了美国反动派的猖狂。但是一切中外反动派的阻止中国人民胜利的企图，都是注定要失败的。现在的世界潮流，民主是主流，反民主的反动只是一股逆流。目前反动的逆流企图压倒民族独立和人民民主的主流，但反动的逆流终究不会变为主流。现在依然如斯大林很早就说过的一样，旧世界有三个大矛盾：第一个是帝国主义国家中的无产阶级和资产阶级的矛盾，第二个是帝国主义国家之间的矛盾，第三个是殖民地半殖民地国家和帝国主义宗主国之间的矛盾。这三种矛盾不但依然存在，而且发展得更尖锐了，更扩大了。由于这些矛盾的存在和发展，所以虽有反苏反共反民主的逆流存在，但是这种反动逆流总有一天会要被克服下去。

现在中国正在开着两个大会，一个是国民党的第六次代表大会，一个是共产党的第七次代表大会。两个大会有完全不同的目的：一个要消灭共产党和中国民主势力，把中国引向黑暗；一个要打倒日本帝国主义和它的走狗中国封建势力，建设一个新民主主义的中国，把中国引向光明。这两条路线在互相斗争着。我们坚决相信，中国人民将要在中国共产党领导之下，在中国共产党第七次大会的路线的领导之下，得到完全的胜利，而国民党的反革命路线必然要失败。

一九四五年六月十一日

【潘梓年】

潘梓年（1893—1972），江苏宜兴人。又名宰木、定思。1927年加入中国共产党。1927年调赴上海主编《北新》、《洪流》等进步刊物。1930年任社会科学家联盟的负责人，后调任左翼文化总同盟书记兼文化工作委员会的领导人。曾与丁玲在上海被捕入狱。后从事教育工作。1954年调中国科学院筹建社会科学部和哲学研究所，任中国科学院哲学社会科学部副主任，兼哲学研究所所长。“文革”期间受迫害入狱，病逝于狱中。著有《物质与精神的关系》、《大家来学点哲学》等。

论学术思想的自由问题

关于学术思想的自由问题，近来各方人士颇多论列。一般的讲，大家是认为学术思想应当自由，大都认为这种自由是民主国家重要表征之一。间或也有提出不同的论调的，但已甚少从正面来加以反对，他们只能从侧面来反对，说这种自由不能是绝对的，总或多或少地应当加以某些限制。这也可以说是时代潮流所趋，没有人能够过分违逆它。

我们觉得，讨论这个问题时首先须弄清楚一点，就是这个问题要从政治上来提出，来讨论；要把它当做具体问题来处理，不能把它当做抽象的东西看。就是说，主张学术思想应有自由，是说学术思想不应受到政治力量的干涉，应当让它循着自身的规律去展开，去发展，不是说学术思想应象野马行云那样，漫无规律地乱闯乱撞。例如有些反对思想自由的人说，若思想绝无规矩准绳的限制，就是思想的自杀，说，某一种限制也可以促进思想的发展。他问：思想若不受逻辑的限制，则不合逻辑的思想是我们所需要的吗？若不受道德的限制，则不道德的思想是我们所需要的吗？若不受国家民族利益的限制，则危害国家民族利益的思想是我们所需要的吗？等等。

这种反对论就是有意把问题弄混乱了，好来混水摸鱼，就是先把别人所提的具体问题拖到玄虚之中去，再对它鞭打一阵的办法。

目前主张思想自由的人，谁也不会认为不合逻辑的思想也是好的，危害国家民族利益的思想也是好的，不道德的思想也是好的。他们只是认为，某一思想的合不合逻辑，是不是不道德，是否危害到国家民族的利益，学术思想自有它自己的规律，应让学术思想自己来解决，不应由外力来干涉，由政治力量从外面来加以干涉。就拿逻辑来讲吧，没有了逻辑或不合逻辑的思想，它自身就站立不住，如果有人硬要提出这种思想来，也不能为思想界容忍而要受到唾弃，更不要说这种思想能否算是一种学术了。危害国家民族利益的思想，更要引起思想界的愤怒，一经发现，大家就要起来加以猛烈的攻击。试问目前有人敢把汪逆精卫之流妥协投降的思想，破坏团结的思想，主张中国人打中国人的思想推荐到大后方来吗？果然有人这样来推荐的话，思想界有不立刻把他打得头破血流的吗？

道德不道德的问题更是如此。在抗战建国时期，妥协投降的思想就是最不道德的思想，破坏团结的思想也是最不道德的思想，一心想着发点国难财的思想也是最不道德的思想。这些思想，尽管会在有些人的脑子内萦回奔腾，却没有人敢明目张胆地提到论坛上来；尽管会有些人不声不响地，遮遮掩掩地在那样做，却没有人敢于公然提出那样的主张来。为什么？就是因为思想界断然不会容许这种思想出头露面的缘故。所以我们说，思想自有它自己的规律。

主张思想自由的人，是认为思想的是非曲直，应让它在自由发展中自己来解决，不要用政治力量从外面来加以干涉，而不是抽象地来主张思想自由，把思想当做漫无规律的东西。这一点，是谈思想自由问题时，首先就要弄清楚的。

进一步来讨论，所以要主张思想自由，正是为的要来加强思想自身的规律，要让这个规律在思想的自由开展、自由发展之中壮健起来，坚强起来。思想愈能自由，它的是非曲直，愈能明晰而周密。譬如，上述那种危害国家民族利益的思想，不道德的思想，敢于公然提到论坛上来的固然不会有，但很可能穿着伪装来出现，或弯弯曲曲来偷运，或强词夺理地来武断，或甚至凭借某种优越的势位来欺凌。遇有这样的情形时，在思想自由的社会里就自然会有人出来加以剖析，揭露，勾微，发隐，使它须眉毕现，无所形遁；或群起而攻，使它恃强难逞。否则赵高指鹿为马，也无人敢加指斥，那就连是非曲直也不会有，还讲什么道德，讲什么国家民族的利益呢？

至于逻辑，更要明显，真理因愈辩而愈明，逻辑也就是思想愈自由而愈臻完密。思想的规律是蕴藏于思想自身，正如身体的康强蕴藏于身体自身一样。要求得身体的康强，必须首先解除有碍于身体的自由生长的一切束缚如束胸、裹足等等。要求得思想规律的壮健与坚强，必须首先解脱障碍思想自由发展的一切束缚如政治力量的干涉等等。

从这一点上来看，目前民主国家的反法西斯战争，这个空前惨烈的世界大战，可以说就是要来把人类的思想自由从法西斯的瘟疫中拯救出来，民主国家所以不惜抛掷这样巨大的生命财产来扑灭法西斯恶魔，因为它是人类思想自由最凶狠的死敌，也是重要原因之一。关于这一层，蒙巴顿将军就曾指点得异常明确，他说："我们的敌人法西斯，当它走上政治舞台时，首先所做的第一件事，就是剥夺人民的言论自由，思想自由。"所以照他说来，我们再也不能做这样的蠢事，一方面在用战争来反对法西斯，另一方面却又以为不能让人民有思想上的自由。他这样说话的确是非常明智的，却也是非常平凡的。我们所以对法西斯誓不两立，所以对于反法西斯侵略战争生死以之，对这战争看做是我们生死存亡的关头，固然是因为法西斯侵略者要侵占我领土，掠夺我财产，奴役我人民，荼毒我生灵，而且也是因为它还要剥夺我自由，窒息我思想，破灭我文化，毁坏我文明。那么，一方面在用战争来反对法西斯，另一方面却以为不能让人民有思想上的自由，那不是再愚蠢也没有的事吗？

也有人这样说，思想自由是要有的，但在战时又当别论，因为战争须要力量集中，从而须要意志集中，从而须要思想集中，从而思想就不能讲自由。这种说法，真所谓失之毫厘，差以千里。在这一问题上，美副总统华莱士曾提供我们一个很贤明的意见。他在上月二十二日中美文化协会成立五周年时向中国广播，其中有一段说："中国和美国在战时必须努力保存每一公民尽力贡献于时代学术和解决社会问题的权利。实现法律下的个人自由，思想自由和学术自由的诸大原则。中美人民以独裁者的行为为殷鉴，都知道我们如果在战斗过程中失去个人自由，那么，决没有战胜法西斯主义可言；如果富于创造才能的人士，没有提供其批评的思想以及谋我共同福利的良法，那么，也没有建设新世界的可能。"华莱士这话还说得不明白吗？如果没有思想自由，学术自由，不但没有战后建设新世界的可能，而且就连目前的反法西斯战争也没有胜利可言。

华莱士这一段话，在有些人听来，也许要以为不过是那么说说而已，事实上并不见得是如此，那么就请看看事实吧。试问我们到底凭什么来和法西斯强盗作战呢？我们凭什么能够确信自己的反法西斯战争一定能够胜利呢？靠武器精良，兵力雄厚，军事工业发达吗？是的，这一些自然在必要条件之中的。但是，在我们的抗日战争爆发之初，这些条件远比敌人差，为什么我们竟敢接受敌人的挑战，而且坚信最后胜利一定属于我们呢？就是到了现在，我们在这些条件上仍然还是劣势，为什么我们的胜利信心仍然还是屹立不摇？苏联在这些条件上，至少在对德抗战之初并不见得比德国为优，为什么苏联人民以及全世界人士一致相信苏联必胜，而且现在苏联确已大捷频传，快把敌人完全逐出国境了呢？没有别的，这里有一个关键，就是民主，苏联的人民向来保有思想自由、学术自由等等的民主权利。民主国家所以要用战争来反对法西斯统治的理由在此。法西斯国家必败，民主国家必胜的根据也就在此。

国家的战斗力是要从人民身上获得的。只有广大的人民都能发挥出自己的力量时，国家才算是真正有了力量。否则就算你侥幸取得了大量的机械化部队，高度现代化的军事工业，也终于是枉然。前者的典型例子则是苏联。后者的典型例子是希特勒德国。苏联就因为他每一个公民都已有了尽力贡献于时代学术和解决政治社会问题的权利，都已有了提供其批评的思想以谋共同福利的自由，所以富于创造才能的人士能够泉涌而出，所以能在短短廿余年之中，把贫穷愚昧的帝俄一变而为文化甲天下、富庶近英美的苏联，所以能在抗德战争之中生产突飞猛扬，战术精进，兵源泉涌，战士的英勇和牺牲精神和人民的爱国热诚，使全世界都为之惊叹不置。

因此，我们可以明了，华莱士那种说法，确乎完全是从事实中探究出来的真理，丝毫也不是随便说说的。

华莱士所指出的这个真理，对于我们中国，特别值得珍视。我们所需要解决的政治社会问题正多，需要人民尽力贡献于时代学术，需要人民提供其批评的思想正殷，需要富于创造才能的人士正切。不但为了要建立三民主义新中国，亟需要有学术自由，思想自由，就是为了要能战胜法西斯日寇，为了要能和同盟诸民主国家并驾齐驱，也同样亟需要有学术自由，思想自由，就是为了要在武装、战术、军事工业等等条件上，使我们的对敌劣势有所改进，更是亟需要有学术自由，思想自由。

学术思想的自由，决不是和作战不相容，恰恰相反，是大有助于作战能力的提高的。

还有一层，学术思想的自由，不能只是指自然科学来讲，是要包括自然科学，社会科学以至哲学等一切学术思想来说的。目前一般人士，对自然科学可说已开始重视。不过实际上的重视的还是偏在自然科学的技术方面，对于自然科学理论，科学思想，科学态度等等，还未免重视得很不够，还是让少数自然科学家在四向呼吁。至于社会科学，那就更是有人把它看做不急之需。这实在是莫大的缺陷。这两种科学实是同样的重要，不宜有所偏倚。

如果一定要说对目前中国不能不有个轻重缓急的话，那么，社会科学暂时有比自然科学更值得被人重视的理由。因为要求得自然科学的发展，尤其是为要求得自然科学的发展不致误入歧途，必须首先在各种社会问题上能够找到解决的途径——正确的解决途径，作为基础才行。

同样的自然科学，在有些先进国家就发展得迟慢以至于停滞，在苏联等民主国家就发展得非常之快；同样的自然科学，在苏联等民主国家发展起来就真正成为国利民福，在法西斯国家发展起来就适足以祸国殃民；这里的差别，正就在于一方面的各种社会问题都能正确地解决了，另一方面的各种社会问题则还没有能够解决，或没有能够正确地解决。

社会问题的解决有需乎社会科学做武器。所以，如政治、经济、历史等社会科学，对于目前的中国是迫切需要的。

学术思想的自由对社会科学也比对自然科学更为重要。在目前，尤其在中国，在社会科学方面可能引起的争论，要比在自然科学方面可能引起的繁复得多。争论愈多，愈复杂，它所需要的自由发展也就愈大，愈迫切。因为是非是愈争愈分明，真理是愈辩愈深透，这个道理是谁都知道的。

学术思想需要自由，一般的讲，是指一切学术来说的，特殊一点来讲，尤其要指社会科学来说。

学术自由，思想自由，是把民主国家和法西斯国家区别开来的重要特征，也是战胜法西斯日寇建立新中国的必要条件。我们迫切需要有学术思想的自由。

【邓中夏】

邓中夏（1894—1933），湖南宜章人。字仲澥，又名邓康。1917年入北京大学国文门学习，1919年投身五四运动。1920年3月，发起成立北京大学马克思学说研究会。同年10月加入北京共产主义小组。1922年8月当选为第二届社会主义青年团中央执行委员会委员，任临时中央局委员长，中央局委员、组织部主任等职。后来从事工人运动。1927年参加八七会议，被选为临时中央政治局候补委员。1933年5月被捕，同年9月就义于南京雨花台。

新诗人的棒喝

我常对朋友说："凡是想做新诗人的都是懒惰和浮夸两个病症的表现。"闻者以为太过。我现在修正了说："凡是想做新诗人的多半都是懒惰和浮夸两个病症的表现。"大约是没有什么语病的了。

新文化运动以后，青年们什么都不学，只学做新诗；最后连长诗也不愿做，只愿做短诗。今日办一个弥洒，明天办一个湖光；今日出一本繁星，明天出一本雪朝，……真是风靡一时几乎把全中国的青年界都被他们占为领域了。

原来科学这件东西，实在太干燥无味了，实在太艰深难学了，比方达尔文要证验他的"物种由来说"，马克思要证验他的"剩余价值论"，都经过数十年的辛苦，到后来他们的学说出世的时候，都已是白发星星，面上都有极深的皱纹了，这种艰苦吃力的生活，那里是根器薄弱的人所能过所愿过的呢？自然只有"易为而又易得名的新诗是他们唯一无二的"终南捷径"了。

"坐在草地上做新诗"（吴稚辉先生语）的，便是混沌的欣赏自然；厮混男女交际场中做新诗的，便是肉麻的讴歌恋爱；饱食终日坐在炉阁安乐椅上做新诗的，便是想入非非的赞颂虚无；他们什么学问都不研究，唯其如此，所以他们几乎都是薄学寡识；唯其如此，所以他们几乎没有一个人把人生观和社会观弄个明白；唯其如此，所以他们的作品，即使行子写得如何整齐，辞藻选得如何华美，句调造得如何铿锵，结果是以之遗毒社会则有余，造福社会则不足。然而他们却挂上什么“新浪漫主义”和什么“为艺术求艺术”的招牌；以为掩饰的护身符，这是多么可怜可恼的一椿事呵。

有人以为这些都是胡适之辈作俑之过，其实胡先生辈提倡新诗，何曾教人不研究学问。即就胡先生个人而论，固然高兴时有感触时做几首新诗，然而他全副的精神却在做他的中国留学史大纲。为什么他研究学问的这一点好处他们不学呢？

我们不反对新诗，我们亦不反对人们要做新诗人，我们反对的是这稍不研究正经学问不注意社会问题，而专门做新诗的风气。如果这种风气长延下去，将来中国青年界后演成一个什么样子，是我们此时所不忍预言的了。所以我们在此垂涕泣的叫喊道：

青年们！醒来哟！
谁在你们的四围！
虎视鹰瞵的，
磨牙吮血的，
你们是处在一种什么环境？
你们是负了一种什么责任？
春花般的青年们哟，
朝暾般的青年们哟！
烈火般的青年们哟！
新中华的改造只仗你们了，
却不是仗你们几首新诗。
青年们！醒来哟！

【恽代英】

恽代英（1895—1931），原籍江苏武进，生于湖北武昌。字子毅。1920年参与创办利群书社，1921年加入中国共产党。曾任共青团中央执行委员兼宣传部部长和《中国青年》主编。曾任黄埔军校政治部主任教官。大革命失败后，参与领导南昌起义和广州起义。1928年后到上海，任中共中央宣传部、组织部秘书长。在中共六届二中全会上，被补选为中央委员。1929年后，任中共沪中区、沪东区行委书记。1930年被捕。1931年被国民党当局杀害于南京监狱。

怎样才是好人

人人都说他要做好人，有些人居然已经被人家认为是好人了。

学校的操行分数列甲等，而且特别的颁发过操行奖状，这不十足的证明了，他成为一个好人么？

但若把这种事证明自己是好人，终未免太可笑了。

流俗的所谓好人，只是不杀人不放火。他虽然没有大的好处，但是谦慎和平，却很不惹人家嫌怨，人家亦找不出他的大错来。

学校所谓操行好的学生，更只是不犯校规，不麻烦惹事的学生。这样，教职员便自然要觉得他驯良而可爱了。

无论有许多所谓不犯校规的学生，他在校规以外，或者教职员严格监视的范围以外，不免仍要做许多虚伪不正当的事情，便令他能完全不做这些事情，他那种盲目的，被动的服从校规与教职员，根本原谈不上甚《道德的价值》的一类话。

校规与教职员的命令，我们应当有一番判断，然后去服从他。我们亦不一定完全是服从，若是有不合理而应当反抗的地方，我们量自己的能力，有时候亦可以反抗。即使事实，不能反抗，我们亦只是忍辱而屈服，不一定都是像乖顺的儿子一样的去服从他。

孟子说，“以顺为正者，妾妇道也。”现在学校里最提倡这一类妾妇之道。别的职业界亦很有些这种情形。但是妾妇之道，终是妾妇之道，不能因有合于这一道，遂自命为好人。

至于流俗所谓好人，正如孔子孟子所说的乡愿。孔子会说“乡愿德之贼也”。我们要拿这个“贼”的言语行动，来与今日一般流俗所谓好人相比，最好请注意孟子所描写的。

孟子说，“非之无举也，刺之无刺也。同乎流俗，合乎污世。居之似忠信，行之似廉洁。众者悦之，自以为是，而不可与入尧舜之道，是乡愿也。”你看过几句话，活显出一个好好先生的“贼”样子来。

便是孔子不得中行而与之，亦只赞成进取的狂者，有所不为的狷者。他从来不肯饶恕那些混世虫的乡愿先生。活活的一班乡愿先生，偏要说他们是好人，他们自己亦相信是好人，大概这正是孟子所说“众皆悦之，自以为是”八个字的好注脚罢！

然则怎样才是好人呢？

第一好人是有操守的。好人不因为许多人都做坏事，他亦做坏事。好人亦不因为许多人都不做好事，她亦不做好事。好人是自动的选他应做的事情。他不是刚愎专断，但是他决不因为人家的讥笑诮骂，而无理由的改变他的行为。他看父兄师长，都只是一个人，至多是一个应当受他尊敬的人。但他决不能做他们的奴隶。他不能把他的行为，完全受他们盲目的或者谬误的支配，以丧失了他独立自主的人格。

第二好人是有作为的。好人若是没有作为，他的好有甚么用处？好人不是我们的玩具，不是我们拿来炫耀人家的装饰品。而且在今天复杂而不良的经济组织之下，一个只配做玩具装饰品的好人，他结果终不能保持其为好人。因为他很容易的被卖，或逼到自己不能不改变节操。所以好人不是一味老实的忠厚。好人少不了有眼光，有手腕。好人能正确的应付一切的问题，然后能够保持自己的好名誉，且做得出一些好事来。

第三好人是要能为社会谋福利的。好人要有操守，但有了操守，若只做一个与世无关的独行者，这种好人要他有何用处？好人要有作为，但有了作为，若只拿去做一些损人利已的事情，这简直是一个坏人了。好人要有操守以站脚，能站脚然後能做事。好人要有作为以做事，能做事然後可以谈到为社会。好人的做事，要向着为社会谋福利的一个自标。好人的好，是说于社会有益。不于社有益，怎样会称为好？

你愿意做好人么？做好人总要注意上面三件事。仅仅不坏的人，不能算好人。因为第一他不久要坏的。第二他这种好于社会毫无关系。

切不要把乡愿误认为好人。亦莫以为循妾妇之道？是甚么做好人的法子。要做好人，先硬起你的脊梁，多做事，多研究，多存心为社会谋福利。除了这，没有可以成好人的道理。中国要有一万个好人，便可以得救。因为一个这样的好人，很容易引导指挥几万的庸才——亲爱的读者！你愿意加入做一万个中间的一个好人么？

文学与革命

秋　心:

你的意思是很值得尊重的。倘若中国今天，真有你所述的石达开、唐才常、谭嗣同的诗文，有知识的人都不能不称颂拜服，我敢说那是没有用么？我还记得在我做学生的时候，我亦曾钞录古今悲壮雄伟的诗歌若干首，以自己锻炼精神，可惜现在已散失了。你能搜集这种材料，我十二分的盼望你的成功。至于期望这一般青年做革命诗歌呢，我却不作这种妄想。我虽不知道文学是甚么，亦相信文学是“人类高尚圣洁的感情的产物”；既如此说来，自然是要先有革命的感情，才会有革命文学的。现在的青年，有几个真可称为有革命的感情呢？普通的人，脑筋里只装满了金钱、虚荣与恋爱，他们偶然写几个“奋斗”、“革命”的字样，亦不过是鹦鹉学舌，中间并不包含任何意思。他们亦配做得出革命的文学么？倘若他们做出那些完全不是高尚圣洁感情所产生的所谓革命的文学，那亦配称为文学么？我相信最要紧是先要一般青年能够做脚踏实地的革命家；在这些革命家中，有些情感丰富的青年，自然能写出革命的文学。“诗人是生的，不是做的。”那便说是，诗人是由于他的情感自然成功的，不是没有那种情感矫揉造作所产生得出来的。现在的青年，许多正经问题不研究，许多正经事不做，自己顺着他那种浅薄而卑污的感情，做那些象有神经病，或者甚至于肉麻的哼哼调，自命为是文学，自命为是文学家，这却不怪我们藐视而抹煞了。倘若你希望做一个革命文学家，你第一件事是要投身于革命事业，培养你的革命的感情。

代　英

【邹韬奋】

邹韬奋（1895—1944），原名邹恩润，乳名荫书，曾用名李晋卿。祖籍江西余江，生于福建永安。早年入圣约翰大学学习，1921年毕业。1926年接编《生活》周刊。1938年与胡愈之创办生活书店。1933年初参加中国民权保障同盟。同年7月被迫流亡国外。1935年回国后，参加上海和全国各级救国联合会领导工作。1936年11月被国民党政府逮捕，为七君子之一。抗日战争爆发后获释。后在上海、武汉、重庆相继创办并主编《大众生活》等报刊。1941年皖南事变后，再度出走香港。1942年到苏北解放区。1944年7月24日病逝。后中共中央追认他为中共正式党员。主要著作编为《韬奋文集》。

卧着拿薪水

据报载最近冯玉祥氏对新闻记者谈话，有“国家将亡，应卧薪尝胆，但他们正在卧着拿薪水”等语，末了一句颇饶幽默意味。我们做老百姓的看惯了当今所谓要人也者，往往上台时干得乱七八糟，下台后却说得头头是道，所以我们对于大人先生们的高论，常觉得要大大的打个折扣。但像冯氏说的这句话，对于国难中老爷们的泄泄沓沓醉生梦死好像已倒在棺材里的心理形态，似乎描摹得颇有几分似处。拿应拿可拿的薪水，原不算什么罪过，可是一定要不客气的“卧着拿”，那撤烂污的程度未免太高明了！

但是我们如略再仔细的研究一下，便觉得仅仅拿薪水的仁兄们，就是“卧着”拿的，大概都是藉此勉强糊口活家的可怜虫。讲到国家民族的元恶大憝，却是那些不靠薪水过活，所拿的远超出于薪水，你虽求他们仅仅安安分分的“卧着”而不可得的一大堆宝贝！

诚然，现在有一班全靠着显亲贵戚，在衙门里挂个衔头吃现成饭的官僚老爷们，拿着薪水无事可做，只须“卧着”就行，他们只要靠得着封建的残余势力，尤其是有做小舅子资格以及能和这种资格发生直接间接关系的人们，都有便宜可扇，都只须“卧着拿薪水”！

但是他们不得不求生存，这样的社会既不能容纳这许多求生者，他们只得往比较可以糊口的路上钻。对这种人我们仍只觉得怜悯，认为是社会制度造成的罪恶。

至于上等的贪官污吏和搜括无厌还要打着玩玩的军阀，那是“卧着拿薪水”并非他们所屑为的。“捐税名称之繁，既已无奇不备；勒借预征之酷，复又遍及灾区。”（见国府请求川军停战命令）这比“拿薪水”要高明得千万倍了。但他们却不愿安分的“卧着”，却要“罔顾国难，藉故交兵，军旅因内战而捐精英，黎庶因兵劫而膏锋镝。”就是客客气气的请求他们“引咎互让，立止干戈”（亦见上令），他们仍充耳不闻，玩得起劲，这就请求他们“卧着”而不可得了！

我们的灯塔

（《大众生活》创刊词）

我们为什么要办“大众生活”周刊？

我们提起“大众生活”这四个字，就不免引起无限的感触，尤其是想到目前中国的现状，因为“大众”和“生活”简直是在一天一天地脱离关系；在这种惨酷的现状下面，徒然长吁短叹，呼号着“民不聊生”的口头禅，是没有用的，我们必得要明白中国大众所处的实际地位，明白中国大众一天一天地和生活脱离关系之所由来，障碍物弄清楚之后，才能对着目标，共同努力来死里求生，寻找出路。致中国大众死命的最大敌人是什么，换句话说，剥削中国大众压迫中国大众的最大敌人是什么？倘把中国大众看作一个大集体，背上负着千万钧压力的这个大集体上面，有封建残余的遗物——军阀官僚地主豪绅——有帝国主义卵翼下的买办和准买办阶层；在这两大派剥削者上面（这两大派当然还有混合体的可能，例如有不少军阀官僚地主豪绅也可加入做买办或准买办），便高踞着勾结中国的封建残余，利用买办和准买办阶层，以吮吸中国大众脂膏的帝国主义。帝国主义在中国往往扶持看一派军阀以抗别派，使中国常发生内乱，永不能统一；操纵中国经济命脉，使民族工业不能发达。听以中国大众的唯一生路是在力求民族解放的实现，从侵略者的剥削压迫中解放出来。这是中国大众的生死问题，也是我们所要特别注意的重要目标。关于这方面，记者会在所著的“萍踪寄语”三集的“弁言”里提出两点：

“……第一点是这种斗争的中心力量在哪裹？……中国是世界的一环，中国自己说不上帝国主义，但有帝国主义在中国；因此中华民族解放的斗争，决不能依靠帝国主义的代理人和附生虫；中心力量须在和帝国主义的利益根本不两立的中国的勤劳大众的组织。这样的中心力量才有努力斗争的决心和勇气，因为他们所失的就只不过是一条锁链！

第二点是帝国主义自身的矛盾日益尖锐化，一方面对于殖民地和半殖民地的压迫剥削固然要愈益加厉，一方面也是有斗争决心和勇气的被压迫被剥削的民族所可利用的机会。当然，这民族如一味的投降、退让，反而可使帝国主义蒋从殖民地和半殖民地所抢夺的赃物，用来维持它的残局；反过来；如这民族能积极斗争，使帝国主义不得高枕而卧，无法麻醉本国的大众，由此促进世界人剥削人的制度的崩溃，不但获得民族自身的解放，同时也是有功于全人类福利的增进。这是我们对于民族的责任，同时也是对于世界的责任。我们看清了世界的大势，分清了敌和友，应该要把这两种责任担当起来！”（中国在目前因处于黑暗屈辱的环境中，也许有些人失却民族自信力，怀着妄自菲薄的念头。但据记者在国外的经验，凡是明白世界大势站在革命立场的人们，谈起中国没有不承认中国是世界革命的一个中坚，中国的奋发向前，可以震动世界，促进世界旧社会的崩溃，加速世界新社会的到来，对中国怀着很大的热诚和希望。我拿回来和国内的消极悲观者的态度一此，真觉得相差得那末远！）

我们因谈起民族解放的重要，连带想到阻挡这个解放斗争的帝国主义。但同时不要忘却为虎作伥的封建残余的势力。所以封建残余的铲除，是我们所要注意的第二目标。中国的封建制度，虽在形式上早巳消灭，但是变相的封建残余势力——军阀官僚地主豪绅——却仍在放纵榨取，大胆吸着大众的膏血！不堪被榨取的农民被他们赶到城市里去，仍然要遭受资本帝国主义下的买办和准买办阶层的榨取。所以在这样的现况下，劳苦大众无论由农村跑到城市，或由城市跑回农村，满地荆棘，都是火坑！真所谓“走投无路”！民族资产阶层本来可在形成后联合下层群众扫除封建势力，学法国大革命的前例，走上纯粹资本主义的路。但这条老路既因种种关系，不是半殖民的国家所可能；所以帝国主义下的买办和准买办阶层只有附生在侵略者的余荫之下，偷些余沥，和封建残余势力竟成“难兄难弟”，同为帝国主义的工具，和劳苦大来成着对垒的形势。于是劳苦大来的唯一生路——也可以说是民族解放的唯一可能的途径——只有巩固着一条战线，冲破重围，用大众的力量，发动民族解放的斗争，认清敌垒和所附属的全部体系，作自救的英勇奋斗！

要从民族解放的斗争中达到目的，还要注意到个人主义的克服。所谓个人主义，原是市场自由竞争所形成的意识，也是生产工具私有的护符。个人主义以个人为一切利害的中心，以个人自由为标榜。至于只有劳力可卖的人们，没有选择的余地，有什么自由可言？除饿死外，不得不忍受半饥饿的工银待遇，有什么自由可言？这都不在个人主义者所高唱的个人自由的范围！都不值得他们的一顾！在经济上所谓“放任主义”，是避免社会干涉，纵任各人自由竞争，各自掠夺最大的利润。所以个人主义在资本主义充分发达的社会，发达到极点，同时也就是维护资本主义的堡垒。中国因有帝国主义的压迫，民族资本无发达的可能，也即是资本主义无发展的可能，所以个人主义也没有充分发达的可能。因为个人主义不免要随处碰壁，所以有些人开着倒车，想返到封建社会的老路上去极力提倡封建的“道德”，养成“奴性”，以便于控制。他们没有想到时代的巨轮是向前进的，军伐官僚地主豪绅在没落的时代，还想要“万世无疆”，不是时代所许可的了。在另一方面，个人主义在半殖民地的国家虽不能充分发达，而因资本帝国主义的侵入，个人主义的流毒却已渐渐地蔓延起来了。有些人还梦想追踪欧美的“自由派”，高唱个人自由，其实“高等华人”也许是自由了，和一般大众有什么相干？（细想起来，做洋大人应声虫的“高等华人”究竟有了什么自由？）民族未解放，个人何从获得自由？个人不是做集团的斗士的一员，何从争自由？个人离开了集团的斗争，何从有力量自由？以个人的利害做中心，以个人的利润为背景，又怎样能团结大众，共同奋斗来争自由，所以我们要应现代中国的大众需要，就必须克服个人太义，服膺集团主义。集团获得了自由，做集团中一员的个人，才能获得自由。个人没有力量，集团才有力量。若只在个人的圈里翻筋斗，想到个人的渺小、无力，怪不得要感到悲观哪、消极哪。参加集团的活动，以集团为一切利害的中心，以集团的解放为前提，便感到斗争力量的伟大，便感到被压迫的阶层对于压迫阶层进攻的前途的光明。所以个人主义的克服，是我们的第三目标。

力求民族解放的实现，封建残余的产除，个人主义的克服，这三大目标——在汪洋大海怒涛骇浪中的我们的灯塔——是当前全中国大众所要努力的重大使命；我们愿竭诚尽力，排除万难，从文化方面推动这个大运动的前进！

【茅　盾】

茅盾（1896—1981），浙江桐乡人。原名沈德鸿，字雁冰。1920年任《小说月报》主编，并参加发起文学研究会。同年参加上海共产主义小组，成为中国共产党最早的党员之一。1921年中国共产党成立后任中共中央联络员。1925年应毛泽东之邀，任国民党中央宣传部秘书、《政治周报》副总编辑。大革命失败后从事文学创作，成为职业作家。1928年赴日本后，脱离中国共产党。回国后参加左联工作。1948年到东北解放区。新中国成立后曾任文化部部长、全国政协副主席，长期担任中国文联副主席、中国作家协会主席。1981年恢复党籍。著有《蚀》、《虹》、《子夜》等大量文学作品及论著，并有《茅盾文集》、《茅盾全集》行世。

白杨礼赞

白杨树实在不是平凡的，我赞美白杨树！

当汽车在望不到边际的高原上奔驰，扑入你的视野的，是黄绿错综的一条大毯子；黄的，那是土，未开垦的处女土，几百万年前由伟大的自然力所堆积成功的黄土高原的外壳；绿的呢，是人类劳力战胜自然的成果，是麦田，和风吹送，翻起了一轮一轮的绿波——这时你会真心佩服昔人所造的两个字"麦浪"，若不是妙手偶得，便确是经过锤炼的语言的精华。黄与绿主宰着，无边无垠，坦荡如砥，这时如果不是宛若并肩的远山的连峰提醒了你（这些山峰凭你的肉眼来判断，就知道是在你脚底下的），你会忘记了汽车是在高原上行驶，这时你涌起来的感想也许是"雄壮"，也许是"伟大"，诸如此类的形容词，然而同时你的眼睛也许觉得有点倦怠，你对当前的"雄壮"或"伟大"闭了眼，而另一种味儿在你心头潜滋暗长了——"单调"！可不是，单调，有一点儿罢？

然而刹那间，要是你猛抬眼看见了前面远远地有一排，——不，或者甚至只是三五株，一二株，傲然地耸立，象哨兵似的树木的话，那你的恹恹欲睡的情绪又将如何？我那时是惊奇地叫了一声的！

那就是白杨树，西北极普通的一种树，然而实在不是平凡的一种树！

那是力争上游的一种树，笔直的干，笔直的枝。它的干呢，通常是丈把高，象是加以人工似的，一丈以内，绝无旁枝；它所有的丫枝呢，一律向上，而且紧紧靠拢，也象是加以人工似的，成为一束，绝无横斜逸出；它的宽大的叶子也是片片向上，几乎没有斜生的，更不用说倒垂了；它的皮，光滑而有银色的晕圈，微微泛出淡青色。这是虽在北方的风雪的压迫下却保持着倔强挺立的一种树！哪怕只有碗来粗细罢，它却努力向上发展，高到丈许，二丈，参天耸立，不折不挠，对抗着西北风。

这就是白杨树，西北极普通的一种树，然而决不是平凡的树！

它没有婆娑的姿态，没有屈曲盘旋的虬枝，也许你要说它不美丽，——如果美是专指“婆娑”或“横斜逸出”之类而言，那么白杨树算不得树中的好女子；但是它却是伟岸，正直，朴质，严肃，也不缺乏温和，更不用提它的坚强不屈与挺拔，它是树中的伟丈夫！当你在积雪初融的高原上走过，看见平坦的大地上傲然挺立这么一株或一排白杨树，难道你觉得树只是树，难道你就不想到它的朴质，严肃，坚强不屈，至少也象征了北方的农民；难道你竟一点也不联想到，在敌后的广大土地上，到处有坚强不屈，就象这白杨树一样傲然挺立的守卫他们家乡的哨兵！难道你又不更远一点想到这样枝枝叶叶靠紧团结，力求上进的白杨树，宛然象征了今天在华北平原纵横决荡用血写出新中国历史的那种精神和意志。

白杨不是平凡的树。它在西北极普遍，不被人重视，就跟北方农民相似；它有极强的生命力，磨折不了，压迫不倒，也跟北方的农民相似。我赞美白杨树，就因为它不但象征了北方的农民，尤其象征了今天我们民族解放斗争中所不可缺的朴质，坚强，以及力求上进的精神。

让那些看不起民众，贱视民众，顽固的倒退的人们去赞美那贵族化的楠木（那也是直干秀颀的），去鄙视这极常见，极易生长的白杨罢，但是我要高声赞美白杨树！

风景谈

前夜看了《塞上风云》的预告片，便又回忆起猩猩峡外的沙漠来了。那还不能被称为“戈壁”，那在普通地图上，还不过是无名的小点，但是人类的肉眼已经不能望到它的边际，如果在中午阳光正射的时候，那单纯而强烈的返光会使你的眼睛不舒服；没有隆起的沙丘，也不见有半间泥房，四顾只是茫茫一片，那样的平坦，连一个“坎儿井”也找不到；那样的纯然一色，即使偶尔有些驼马的枯骨，它那微小的白光，也早溶入了周围的苍茫；又是那样的寂静，似乎只有热空气在作哄哄的火响。然而，你不能说，这里就没有“风景”。

当地平线上出现了第一个黑点，当更多的黑点成为线，成为队，而且当微风把铃铛的柔声，丁当，丁当，送到你的耳鼓，而最后，当那些昂然高步的骆驼，排成整齐的方阵，安详然而坚定地愈行愈近，当骆驼队中领队驼所掌的那一杆长方形猩红大片耀入你眼帘，而且大小丁当的谐和的合奏充满了你耳管，——这时间，也许你不出声，但是你的心里会涌上了这样的感想的：多么庄严，多么妩媚呀！这里是大自然的最单调最起板的一面，然而加上了人的活动，就完全改观，难道这不是“风景”吗？自然是伟大的然而人类更伟大。

于是我又回忆起另一个画面，这就在所谓“黄土高原”！那边的山多数是秃顶的，然而层层的梯田，将秃顶装扮成稀稀落落有些黄毛的癞头，特别是那些高秆植物颀长而整齐，等待检阅的队伍似的，在晚风中摇曳，别有一种惹人怜爱的姿态。可是更妙的是三五月明之夜，天是那样的蓝，几乎透明似的，月亮离山顶，似乎不过几尺，远看山顶的小米丛密挺立，宛如人头上的怒发，这时候忽然从山脊上长出两支牛角来，随即牛的全身也出现，掮着犁的人形也出现，并不多，只有三两个，也许还跟着个小孩，他们姗姗而下，在蓝的天，黑的山，银色的月光的背景上，成就了一幅剪影，如果给田园诗人见了，必将赞叹为绝妙的题材。可是没有完。这几位晚归的种地人，还把他们那粗气的短歌，用愉快的旋律，从山顶上扑下来，直到他们没入了山坳，依旧只有蓝天明月黑漆漆的山，歌声可是缭绕不散。

另一个时间。另一个场面。夕阳在山，干坼的黄土正吐出它在一天内所吸收的热，河水汤汤急流，似乎能把浅浅河床中的鹅卵石都冲走了似的。这时候，沿河的山坳里有一队人，从“生产”归来，兴奋的谈话中，至少有七八种不同的方音。忽然间，他们又用同一的音调，唱起雄壮的歌曲来了，他们的爽朗的笑声，落到水上，使得河水也似在笑。看他们的手，这是惯拿调色板的，那是昨天还拉着提琴的弓子伴奏着《生产曲》的，这是经常不离木刻刀的，那又是洋洋洒洒下笔如有神的，但现在，一律都被锄锹的木柄磨起了老茧了。他们在山坡下，被另一群所迎住。这里正燃起熊熊的野火，多少曾调朱弄粉的手儿，已经将金黄的小米饭，翠绿的油菜，准备齐全。这时候，太阳已经下山，却将它的余辉幻成了满天的彩霞，河水喧哗得更响了，跌在石上的便喷出了雪白的泡沫，人们把沾着黄土的脚伸在水里，任它冲刷，或者掬起水来，洗一把脸。在背山面水这样一个所在，静穆的自然和弥满着生命力的人，就织成了美妙的图画。在这里，蓝天明月，秃顶的山，单调的黄土，浅濑的水，似乎都是最恰当不过的背景，无可更换。自然是伟大的，人类是伟大的，然而充满了崇高精神的人类的活动，乃是伟大中之尤其伟大者我们都曾见过西装革履烫发旗袍高跟鞋的一对儿，在公园的角落，绿荫下长椅上，悄悄儿说话，但是试想一想，如果在一个下雨天，你经过一边是黄褐色的浊水，一边是怪石峭壁的崖岸，马蹄很小心地探入泥浆里，有时还不免打了一下跌撞，四面是静寂灰黄，没有一般所谓的生动鲜艳，然而，你忽然抬头看见高高的山壁上有几个天然的石洞，三层楼的亭子间似的，一对人儿促膝而坐，只凭剪发式样的不同，你方能辨认出一个是女的，他们被雨赶到了那里，大概聊天也聊够了，现在是摊开着一本札记簿，头凑在一处，一同在看，——试想一想，这样一个场面到了你眼前时，总该和在什么公园里看见了长椅上有一对儿在偎倚低语，颇有点味儿不同罢！如果在公园时你一眼皮见，首先第一会是“这里有一对恋人”，那么，此时此际，倒是先感到那样一个沉闷的雨天，寂寞的荒山，原始的石洞，安上这么两个人，是一个“奇迹”，使大自然顿时生色！他们之是否恋人，落在问题之外。你所见的，是两个生命力旺盛的人，是两个清楚明白生活意义的人，在任何情形之下，他们不倦怠，也不会百无聊赖，更不至于从胡闹中求刺戟，他们能够在任何情况之下，拿出他们那一套来，怡然自得。但是什么能使他们这样呢？不过仍旧回到“风景”罢；在这里，人依然是“风景”的构成者，没有了人，还有什么可以称道的？再者，如果不是内生活极其充满的人作为这里的主宰，那又有什么值得怀念？再有一个例子：如果你同意，二三十棵桃树可以称为林，那么这里要说的，正是这样一个桃林。花时已过，现在绿叶满株，却没有一个桃子。半爿旧石磨，是最漂亮的圆桌面，几尺断碑，或是一截旧阶石，那又是难得的几案。现成的大小石块作为凳子，--而这样的石凳也还是以奢侈品的姿态出现。这些怪样的家具之所以成为必要，是因为这里有一个茶社。桃林前面，有老百姓种的荞麦，也有大麻和玉米这一类高秆植物。荞麦正当开花，远望去就像一张粉红色的地毯，大麻和玉米就像是屏风，靠着地毯的边缘。太阳光从树叶的空隙落下来，在泥地上，石家具上，一抹一抹的金黄色。偶尔也听得有草虫在叫，带住在林边树上的马儿伸长了脖子就树干搔痒，也许是乐了，便长嘶起来。“这就不坏！”你也许要这样说。可不是，这里是有一般所谓“风景”的一些条件的！然而，未必尽然。在高原的强烈阳光下，人们喜欢把这一片树荫作为户外的休息地点，因而添上了什么茶社，这是这个“风景区”成立的因缘，但如果把那二三十棵桃树，半爿磨石，几尺断碣，还有荞麦和大麻玉米，这些其实到处可遇的东西，看成了此所谓风景区的主要条件，那或者是会贻笑大方的。中国之大，比这美得多的所谓风景区，数也数不完，这个值得什么？所以应当从另一方面去看。现在请你坐下，来一杯清茶，两毛钱的枣子，也作一次桃园的茶客罢。如果你愿意先看女的，好，那边就有三四个，大概其中有一位刚接到家里寄给她的一点钱，今天来请请同伴。那边又有几位，也围着一个石桌子，但只把随身带来的书籍代替了枣子和茶了。更有两位虎头虎脑的青年，他们走过“天下最难走的路”，现在却静静地坐着，温雅得和闺女一般。男女混合的一群，有坐的，也有蹲的，争论着一个哲学上的问题，时时哗然大笑，就在他们近边，长石条上躺着一位，一本书掩住了脸。这就够了，不用再多看。总之，这里有特别的氛围，但并不古怪。人们来这里，只为恢复工作后的疲劳，随便喝点，要是袋里有钱；或不喝，随便谈谈天；在有闲的只想找一点什么来消磨时间的人们看来，这里坐的不舒服，吃的喝的也太粗糙简单，也没有什么可以供赏玩，至多来一次，第二次保管厌倦。但是不知道消磨时间为何物的人们却把这一片简陋的绿荫看得很可爱，因此，这桃林就很出名了。

因此，这里的“风景”也就值得留恋，人类的高贵精神的辐射，填补了自然界的疲乏，增添了景色，形式的和内容的。人创造了第二自然！最后一段回忆是五月的北国。清晨，窗纸微微透白，万籁俱静，嘹亮的喇叭声，破空而来。我忽然想起了白天在一本贴照簿上所见的第一张，银白色的背景前一个淡黑的侧影，一个号兵举起了喇叭在吹，严肃，坚决，勇敢，和高度的警觉，都表现在小号兵的挺直的胸膛和高高的眉棱上边。我赞美这摄影家的艺术，我回味着，我从当前的喇叭声中也听出了严肃，坚决，勇敢，和高度的警觉来，于是我披衣出去，打算看一看。空气非常清冽，朝霞笼住了左面的山，我看见山峰上的小号兵了。霞光射住他，只觉得他的额角异常发亮，然而，使我惊叹叫出声来的，是离他不远有一位荷枪的战士，面向着东方，严肃地站在那里，犹如雕像一般。晨风吹着喇叭的红绸子，只这是动的，战士枪尖的刺刀闪着寒光，在粉红的霞色中，只这是刚性的。我看得呆了，我仿佛看见了民族的精神化身而为他们两个。如果你也当它是“风景”，那便是真的风景，是伟大中之最伟大者！

1940年12月，于枣子岚垭。

【杜重远】

杜重远（1897—1943），吉林怀德人。早年留学日本，回国后在沈阳创办肇新窑业公司，曾任辽宁商会总会长。“九一八”事变后，在上海参加抗日救亡运动。主编《新生》周刊。1935年5月该刊刊登《闲话皇帝》一文，日本帝国主义借此刁难，为此被国民党政府逮捕判刑。在狱中，仍坚持抗日救亡工作。1939年1月受周恩来委托赴新疆开展工作，任新疆学院院长，继续宣传抗日。1943年被新疆军阀盛世才秘密杀害于迪化（今乌鲁木齐）狱中。主要作品有《狱中杂感》和《盛世才与新新疆》等。

明　耻

张三的狗咬了李四的猫，李四必起而问罪于张三，认为这是一件可耻的事情。甲村的刘五回骂了乙村的王六，乙村必纠合赵七孙八……来与甲村宣战，甚至杀伤几条人命，也因认为这是一件奇耻大辱的事情。可见人是有血性的动物，羞恶之心与生俱来。语曰：知耻近乎勇，耻之为用大矣哉。

但是时代变迁，耻的观点也有不同。譬如前清时代，每人背后拖着一条无用的发辫，无论外人怎样的嘲骂，但那时若是短发光头的先生们，总觉羞答答难以见人。又如缠足风气最盛的地方，十七八岁的女郎容貌无论怎样的秀美，金莲若不小至三寸，便以为耻。听说云南的乡俗，为女择嫁时，先决条件，婿家须有三杆大烟枪。广东的阔大佬，最低的财产，必拥有半打以上的小老婆，如家里没有小老婆，就引以为耻。

可见“耻”是在各个社会里，都同。不合理的社会以不合理为荣，合理的社会方以不合理为耻。

某次，日人在大连开产业博览会，南满铁路公司照例要赠送中国每个大官一张头等车票，以示优遇。记者虽非大官，以实业家的资格，同在被招徕之列。有某大官，携其十五龄幼子，同车去大连。车出沈阳一站，检票员忽来检票，问某公子年龄几何，某以实对。该铁路规章年逾十四岁者，须购半票。检票员向某索票，某答曰："这是我的少爷。"检票员用半通不通的中国话玩笑着说："我要票不要少爷。"某大官深恐检票员不知他老人家的来历，于是由怀中掏出一张三寸多长二寸多宽的大卡片，上书"四等嘉禾章奉天实业厅长某……"递给检票员。检票员还是笑着说："这不是票！"

此时满车中外客人的视线，全注视在这一幕滑稽剧上。记者实在忍耐不住，因向某大官婉劝："补一张半票算了吧。"某大官硬气十足，至死不肯，两方争持个不可开交。于是有一位满铁高级职员出面调停，向检票员用日语说："这是中国大官的脾气，宁肯丢人，不肯丢钱。这张半票由我代补好了。"检票员取得某职员的证明而去。这场风波，总算完了。一张半票，其价不过八圆，但这位老官看来，坐火车买票是可耻的。而坐车揩油，丢国家体面却不算是耻。因此所谓"耻"也者，是随着各人的身分地位而各有不同的。

常见许多名流要人，天天谈话，教训别人应知羞耻。他们以为穷人做偷儿，是可耻的，而卖国分赃却不可耻。妓女接客是可耻的，而达官贵人，暮夜夤缘，却不可耻。在马路旁高喊老爷小姐，向人求乞是可耻的，而在租界里，洋房汽车，娇妻美妾，拿老百姓汗血，任情享用，却不算耻。

这就是因为各人身份不同，时代不同，所以以无耻为有耻，以有耻为无耻。只有大家认清楚了：出卖大众利益的，高官厚禄，以剥削民脂民膏为生的，方是人世间的奇耻大辱。靠自己的汗血，过清苦廉洁的生活的，却是世间唯一知有羞耻的人。这样时代方能有进步。知耻方可以言勇，明耻方可以教战。所以知耻明耻最要紧。

【周恩来】

周恩来（1898—1976），原籍浙江绍兴，生于江苏淮安。字翔宇，曾用名飞飞、伍豪等。早年曾赴日求学、赴法勤工俭学。1921年参加共产主义小组。1922年发起组织旅欧中国少年共产党。回国后，任黄埔军校政治部主任等职。曾同贺龙、叶挺、朱德等一起领导南昌起义。1931年12月进入中央革命根据地，1933年春和朱德一起领导和指挥红军取得第四次反围剿的胜利，1934年参加领导中央红军长征。1935年在遵义会议上支持毛泽东的正确主张，并继续被选为中央主要军事领导之一。西安事变后任中共全权代表赴西安谈判，促使团结抗日局面在中国出现。抗战时期，代表中共长期在国统区做统一战线工作。抗战胜利后，率中共代表团同国民党谈判。1946年返回延安，作为中央军委副主席兼代总参谋长，协助毛泽东组织和指挥解放战争。新中国成立后，一直任政府总理，并一度兼任外交部部长。长期担负着处理党和国家的繁重任务，和毛泽东等人一起为制定建设社会主义的方针、政策进行了巨大的组织工作。主要著作编入《周恩来选集》、《周恩来统一战线文选》等。

我的修养要则

一、加紧学习，抓住中心，宁精勿杂，宁专勿多。

二、努力工作，要有计划，有重点，有条理。

三、习作合一，要注意时间、空间和条件，使之配合适当，要注意检讨和整理，要有发现和创造。

四、要与自己的他人的一切不正确的思想意识作原则上坚决的斗争。

五、适当的发扬自己的长处，具体地纠正自己的短处。

六、永远不与群众隔离，向群众学习，并帮助他们。过集体生活，注意调研，遵守纪律。

七、健全自己身体，保持合理的规律生活，这是自我修养的物质基础。

一九四三年三月十八日

怎样做一个好的领导者

【题解】

这是在中共中央南方局为向干部做报告而写的提纲，原题为《领导与检查报告大纲》。

一、领导者的定义。

一般干部都有做领导工作可能，而且多半已经做了领导工作。所以讲领导工作，是包含了上中下各级领导干部说的。

两岩的工作人员，是以工作为区别，而非以领导者与被领导者来区别，更非以干部与非干部来区别。今天两岩、报馆有些同志虽未直接做领导工作，但实际上仍是领导干部。

二、领导者的立场。

党的立场就是领导干部的立场，但这样说太简单了，分开来具体说说，有下列几点：

（一）要有确定的马列主义的世界观和革命的人生观。

（二）要有坚持原则精神。

（三）要相信群众力量。

（四）要有学习精神。

（五）要有坚韧的奋斗精神。

（六）要有高度的纪律性。

三、领导者与领导机关。

（一）集体领导与按级领导——领导的一元化，集中化与民主生活（讨论与分工）。

（二）个人负责制与个人领导——大后方环境更需要这一方式，但在集体领导下也并不取消这一方式。

（三）直接干涉与直接解决——这不是经常的办法，而是在特殊情况下的办法或是为了示范。

四、什么是正确领导?

我现在按照斯大林说过的三点来加以说明：

（一）必须正确地决定问题。首先，要估计环境及其变动，并找出此地此时的特点。次之，要依此与党的总任务联系起来，确定一时期的任务和方针。再次，要依此方针，规定当前适当的口号和策略。又次，然后据此定出合乎实际的计划和指示。这一切，必须经过最实际的调查研究，并使这些实际材料与党的原理原则联系起来。

（二）必须组织正确决定之执行。首先，要经过组织计划和指示的执行之讨论。次之，要慎选人材，负责计划之执行。再次，要组织斗争，来实现党的计划。又次，还要躬行实践，以为倡导。这样，就能从实践中证明党的路线和策略之是否正确和是否需要补充。

（三）必须组织对于执行这种决定的情形之审查。这种审查的方法：（1）不根据允诺，而看工作结果；（2）不根据室内纸上计划，而看实地情形是否做了或是否敷衍；（3）不看形式，而看内容和实际是否正确地执行或被曲解了；（4）不仅由上而下，还要由下而上地审查；（5）要有系统的经常的审查；（6）要有领导者自己参加。

这一切，正如斯大林所说，必须与群众取得联系，必须把领导者与群众两方面的经验综合起来。只有这样，领导才是正确的。

五、领导者的任务。

毛泽东同志说用人行政是领导者的任务，这是真理。分开来看，我以为：

（一）要求领导干部抓紧思想政治的领导。这就是要不断提高自己的思想水平，加强自己的政治锻炼。我们要求同志注意这样几件事：（1）注意大事；（2）提高政治警觉性；（3）提高理论水平；（4）加紧党内外思想斗争；（5）积极宣传党的政策和成绩。

（二）要求领导干部抓紧组织领导。有了政治路线，组织工作就决定一切。我们要求同志注意这样几件事：（1）要使组织领导提到政治领导的水平，这就是说，一切工作要提到原则的高度，要与政治任务联系起来；（2）要使一切组织和实际工作保证党的政治任务和工作计划的实现；（3）要注意日常党的领导，使党的组织接近于下层，工作更具体化；（4）要动员组织和群众，为克服工作中一切困难而斗争；（5）反对一切实际工作中的机会主义（如马虎主义，空谈家，妄自尊大者，官僚主义，形式主义，文牍主义，事务主义等）以及蜕化或腐化思想等等。

（三）慎重地挑选干部和分配工作。这也是组织工作之一，不过可以单独来说。挑选干部的标准，政治标准与工作能力，二者是缺一不可的，而政治上可以信任是先决问题。斯大林曾指出用人不依原则的危害于党。他指出这种人到什么地方，都是“随员”一大批，专用所谓“自家人”。毛泽东同志在整风报告中，也批评这种人的不老实，而过去“钦差大臣满天飞”就犯有这种毛病。有了政治信任，用得其当（适时适地适合条件）也很重要。

（四）审查工作。审查工作人员和工作计划之执行情形。审查的任务如斯大林所说，第一是认识人材的品质，第二是查明执行机关的优劣点，第三是查明工作计划或指示本身的优劣点。有人以为这样审查容易暴露自己弱点，有损领导威信，或动摇自己信心。这是不对的。领导威信不是从掩饰错误中而是从改正错误中提高起来的；不是从自吹自擂中而是从埋头苦干中培养起来的。工作信心，改正错误后只会增强，不会减弱。只有那种要虚荣爱面子的人才会怕揭发错误呢！

（五）面向群众。不仅要教育群众，还要向群众学习。因为领导者本身知识还不完全，经验还不够，领导地位并不能使你得到知识和经验，所以面向群众，汲取群众经验，十分必要。我们要求同志们：（1）与群众接近和联系，在某种程度上要与他们打成一片；（2）倾听群众意见；（3）向群众学习；（4）教育群众，不做群众的尾巴。

六、领导群众，结交朋友。

（一）领导党的方式和领导群众的方式是不同的，领导群众的方式和态度要使他们不感觉我们是在领导。

（二）领导群众的基本方法是说服，决不是命令；只有在多数已经同意而少数尚不同意的情形下，必要时可用多数的意见强制少数执行。

（三）领导群众和结交朋友，领导者自己要起模范作用。

（四）领导者在必要时应忘记他所受的侮辱。

（五）领导者切勿轻视自己的作用和影响，要戒慎恐惧地工作。

七、领导艺术。

列宁、斯大林论领导艺术，不可跑得太前，也不可落在运动后面，而应抓住中心一环，推向前进。

毛泽东同志论领导艺术，要照顾全局，照顾多数，以及和同盟者一道干。

八、工作方法。

（一）在斗争中审查理论原理和原则。

（二）从实际工作中规定和审查政策。

（三）要用革命的精神改造工作。

（四）发扬民主，开展批评和自我批评。

（五）主要用说服的方法，不用行政的方法，只有在情况紧急时，才用命令的方式。

九、工作作风。

（一）列宁的工作作风是：俄国人的革命胆略；美国人的求实精神。

（二）毛泽东同志的工作作风是：中华民族的谦逊实际；中国农民的朴素勤勉；知识分子的好学深思；革命军人的机动沉着；布尔什维克的坚韧顽强。

（三）反对一切实际工作中的机会主义，在目前，特别应反对马虎主义，空谈主义，自大主义，形式主义，事务主义，以及破坏党和军队传统的现象。

【刘少奇】

刘少奇（1898—1969），湖南宁乡人。原名渭璜，后改名少奇，曾用名胡服、赵之启、陶尚行等。1920年在长沙加入中国社会主义青年团。1921年入莫斯科东方共产主义劳动大学学习，同年加入中国共产党。次年回国，曾参加领导粤汉铁路工人大罢工、安源路矿工人大罢工、五卅运动、省港大罢工和武汉工人群众收回汉口英租界的斗争。抗战期间领导华北抗日根据地的创建工作。1939年和1941年先后做《论共产党员的修养》和《论党内斗争》的演讲，丰富了党的理论。1943年到延安，1945年在七大上作修改党章的报告，对毛泽东思想做了完整的概括和系统论述。新中国成立后曾任中央人民政府副主席、中华人民共和国主席和国防委员会主席等职，在制定国家政治、经济、文化、教育、外交等方面的方针政策上发挥重要作用。“文革”期间遭受迫害，1969年11月在开封病逝。1980年彻底平反，恢复名誉。主要著作收入《刘少奇选集》。

共产党员为什么要进行修养

（《论共产党员的修养》节选）

人们为了要生活，就必须和自然界进行斗争，利用自然界来生产物质资料。人们的物质生产，在任何时候、任何条件下，都是社会的生产。所以，人们在社会发展的任何阶段进行生产的时候，都要建立一定的生产关系。人类在和自然界的不断斗争中，不断地改造自然界，同时也不断地改造着人类自己，改造着人们彼此间的关系。人们的本身，人们的社会关系、社会组织形式以及人们的思想意识等，都是在社会的人们和自然界的长年斗争中不断地改造和进步的。在古代，人们的生活样式、社会组织、思想意识等，和现代人们的都不同；而在将来，人们的生活样式、社会组织、思想意识等，又会和现代人们的不同。

人类本身，人类社会，是一种历史发展的过程。当人类社会发展到了一定的历史阶段，就产生了阶级和阶级斗争。在阶级社会中，每个社会成员都作为一定阶级的人而存在，都在一定的阶级斗争的条件下生活。人们的社会存在，决定人们的思想意识。阶级社会中不同阶级的人们的思想意识，反映着不同阶级的地位和利益。在这些不同地位、不同利益、不同思想意识的阶级之间，进行着不断的阶级斗争。这样，人们不但在和自然界的斗争中，而且在社会阶级的斗争中，改造自然界，改造社会，同时也改造着人们自己。

马克思、恩格斯说："无论为了使这种共产主义意识普遍地产生还是为了达到目的本身，都必须使人们普遍地发生变化，这种变化只有在实际运动中，在革命中才有可能实现；因此革命之所以必需，不仅是因为没有任何其他的办法能推翻统治阶级，而且还因为推翻统治阶级的那个阶级，只有在革命中才能抛掉自己身上的一切陈旧的肮脏东西，才能成为社会的新基矗"。这就是说，无产阶级应该自觉地去经受长期的社会革命斗争，并且在这种斗争中改造社会，改造自己。

所以，我们应该把自己看作是需要而且可能改造的。

不要把自己看作是不变的、完美的、神圣的，不需要改造的、不可能改造的。我们提出在社会斗争中改造自己的任务，这不是侮辱自己，而是社会发展的客观规律的要求。

如果不这样做，我们就不能进步，就不能实现改造社会的任务。

我们共产党员，是近代历史上最先进的革命者，是改造社会、改造世界的现代担当者和推动者。共产党员是在不断同反革命的斗争中去改造社会，改造世界，同时改造自己的。

我们说，共产党员要在同反革命进行各方面的斗争中来改造自己，这就是说，要在这种斗争中求得自己的进步，提高自己革命的品质和能力。由一个幼稚的革命者，变成一个成熟的、老练的、能够运用自如地掌握革命规律的革命家，要经过一个很长的革命的锻炼和修养的过程，一个长期改造的过程。一个比较幼稚的革命者，由于他：（一）是从旧社会中生长教养出来的，他总带有旧社会中各种思想意识（包括成见、旧习惯、旧传统）的残余；（二）没有经过长期的革命的实践；因此，他还不能真正深刻地认识敌人，认识自己，认识社会发展和革命斗争的规律性。

要改变这种情形，他除开要学习历史上的革命经验（前人的实践）而外，还必须亲自参加到当时的革命的实践中去，在革命的实践中，在同各种反革命进行斗争中，发挥主观的能动性，加紧学习和修养。只有这样，他才能够逐渐深刻地体验和认识社会发展和革命斗争的规律性，才能真正深刻地认识敌人和自己，才能发现自己原来不正确的思想、习惯、成见，加以改正，从而提高自己的觉悟，培养革命的品质，改善革命的方法等。

所以，革命者要改造和提高自己，必须参加革命的实践，绝不能离开革命的实践；同时，也离不开自己在实践中的主观努力，离不开在实践中的自我修养和学习。如果没有这后一方面，革命者要求得自己的进步，仍然是不可能的。

比如说吧，几个共产党员一起去参加某种群众的革命斗争，在大体一样的环境和条件下去参加革命实践，这种革命斗争对于这些党员所起的影响，可能完全不是一样的。

有的党员进步得很快，甚至原来较落后的赶在前面去了；有的党员进步得很慢；有的党员甚至在斗争中动摇起来，革命的实践对于他没有起前进的影响，他在革命的实践中落后了。这是什么原因呢？又比如，我们共产党员中有许多人是经过万里长征的，这对于他们是一次严重的锻炼，其中的绝大多数党员都得到了很大的进步。然而长征对于个别党员的影响却是相反的，他们经过长征之后，对这样的艰苦斗争害怕起来了，有的甚至企图退却和逃跑，后来他们果然在外界的引诱下从革命队伍中逃跑了。许多党员同在一起长征，而影响和结果却是这样的不相同。这又是什么原因呢？这种种现象的产生，从根本上说来，是社会阶级斗争在革命队伍中的反映。我们的党员由于原来的社会出身不同，所受的社会影响不同，因而就有不同的品质。他们对待革命实践各有不同的态度、立场和认识，所以，在革命实践中各有不同的发展方向。就在你们学校中也可以清楚地看到这种情形。你们在学校中受着同样的教育和训练，然而由于你们各有不同的品质，不同的经验，不同的主观努力和修养，因而你们就可能获得不同的甚至相反的结果。

因此，革命者在革命斗争中的主观努力和修养，对于改造和提高革命者自己，是完全必需的，决不可少的。

无论是参加革命不久的共产党员，或者是参加革命很久的共产党员，要变成为很好的政治上成熟的革命家，都必须经过长期革命斗争的锻炼，必须在广大群众的革命斗争中，在各种艰难困苦的境遇中，去锻炼自己，总结实践的经验，加紧自己的修养，提高自己的思想能力，不要使自己失去对于新事物的知觉，这样才能使自己变成品质优良、政治坚强的革命家。

孔子说："吾十有五而志于学，三十而立，四十而不惑，五十而知天命，六十而耳顺，七十而从心所欲，不逾矩。"这个封建思想家在这里所说的是他自己修养的过程，他并不承认自己是天生的"圣人"。

另一个封建思想家孟子也说过，在历史上担当"大任"起过作用的人物，都经过一个艰苦的锻炼过程，这就是："必先苦其心志，劳其筋骨，饿其体肤，空乏其身，行拂乱其所为，所以动心忍性，增益其所不能。"共产党员是要担负历史上空前未有的改造世界的"大任"的，所以更必须注意在革命斗争中的锻炼和修养。

我们共产党员的修养，是无产阶级革命家所必需有的修养。我们的修养不能脱离革命的实践，不能脱离广大劳动群众的、特别是无产阶级群众的实际革命运动。

毛泽东同志说："通过实践而发现真理，又通过实践而证实真理和发展真理。从感性认识而能动地发展到理性认识，又从理性认识而能动地指导革命实践，改造主观世界和客观世界。实践、认识、再实践、再认识，这种形式，循环往复以至无穷，而实践和认识之每一循环的内容，都比较地进到了高一级的程度。这就是辩证唯物论的全部认识论，这就是辩证唯物论的知行统一观。"

我们的党员，不但要在艰苦的、困难的以至失败的革命实践中来锻炼自己，加紧自己的修养，而且要在顺利的、成功的、胜利的革命实践中来锻炼自己，加紧自己的修养。

有些党员受不起成功和胜利的鼓励，在胜利中昏头昏脑，因而放肆、骄傲、官僚化，以至动摇、腐化和堕落，完全失去他原有的革命性。这在我们共产党员中，是个别的常见的事。党内这种现象的存在，应该引起我们党员严重的警惕。

在无产阶级革命家出现以前，历代的革命者，一到他们进行的事业得到胜利和成功以后，少有不腐化、不堕落的。他们失去了原有的革命性，成为革命进一步发展的障碍物。在中国近百年的历史中，或者说得更近些，在近五十年的历史中，我们看到许多资产阶级和小资产阶级革命者，在得到了某些成就，爬上了当权的位置以后，就腐化堕落下去。这是由历代革命者的阶级基础所决定的，由过去革命的性质所决定的。在俄国伟大十月社会主义革命以前世界历史上的一切革命，结果总是一个剥削阶级的统治由另一个剥削阶级的统治所代替。所以，历代的革命者，在他们成为统治阶级以后，就失去他们的革命性，反转头来压迫被剥削的群众，这是一种必然的规律。

然而，对于无产阶级革命来说，对于我们共产党来说，无论如何决不能是这样。无产阶级革命是消灭一切剥削、一切压迫、一切阶级的革命。共产党所代表的是被剥削而不剥削别人的无产阶级，它能够使革命进行到底，从人类社会中最后消灭一切剥削，清除一切腐化、堕落的现象。

它能够建立有严格组织纪律的党，建立又有集中又有民主的国家机关，经过这样的党和国家机关，领导广大人民群众，来和一切腐化、堕落的现象进行不调和的斗争，不断地从党内和国家机关中清洗那些已经腐化、堕落的分子（不管这种分子是作了多大的“官”），而保持党和国家机关的纯洁。无产阶级革命的这一特点，无产阶级革命党的这一特点，是历代革命和历代革命党所没有的，而且也不能有的。我们的党员必须清楚了解这一特点，特别注意在革命胜利和成功的时候，在群众对自己的信仰和拥护不断提高的时候，更要提高警惕，更要加紧自己的无产阶级意识的修养，始终保持自己纯洁的无产阶级的革命品质，而不蹈历代革命者在成功时的覆辙。

革命实践的锻炼和修养，无产阶级意识的锻炼和修养，对于每一个党员都是重要的，而在取得政权以后更为重要。

我们共产党不是天上掉下来的，而是从中国社会中产生的。

每个党员都是从中国社会中来的，并且今天还是生活在这个社会中，还经常和这个社会中一切不好的东西接触。不论是无产阶级或是非无产阶级出身的党员，不论是老党员或是新党员，他们会或多或少地带有旧社会的思想意识和习惯，这是不奇怪的。为了保持我们无产阶级的先锋战士的纯洁，提高我们的革命品质和工作能力，每个党员都必须从各方面加强自己的锻炼和修养。

反对个人享乐主义

个人享乐主义，在中国封建阶级中是一种普遍的腐化人生观。他们认为：人生在世界上最高贵的就是能享到个人的快乐，否则是可鄙的不值得的。中国的旧文学中反映不少这种人生观。中国目前社会上这种人生观也很普遍。在我们的一些党员中，也传染了，并且发展着这种个人享乐主义的人生观。党员（任何人都一样）只要一传上这种人生观，就要丧失党员最可宝贵的品质——前进心、责任心、创造心，而变为落后的、没有出息的、腐化的废物，变为党的一种单纯的负担，甚至变为危险的人物。在最初的时候，或者他们就觉得：在社会上凭他自己个人的努力，是享不到什么快乐的，而要加入到党与革命的队伍中来，或者采取投机的偷窃的行为，掠到什么东西，就快乐一下；或者在党与革命队伍内尽一番努力，立下一点功劳。然后以功臣自居，向党提出要求。某些人在最初加入党的时候，或者是为了革命，但到现在就变了，他们似乎要这样说：给我一切应有的享受吧！因为我是经过了艰苦斗争的干部，有功于党，我的责任已经尽了，我今天已经对党没有什么责任了，党欠了我的债，我今天对党就只有提出要求，给我报酬吧！如是一大堆的私人要求提出来了，吃饭、穿衣、睡觉、走路、再加上补药针……都要党来给以满足。一切的风头，党内一切的荣誉，他都要求享受。党内一切的东西，他都认为有权拿来个人享受。地位必须比别人——至少要比那些党龄较短、有能力、负责任、进步的党员——要高些，权利必须比别人要大些，享受必须比别人要好些，但是工作与责任，学习与进步，党与无产阶级战斗的利益，他却是不大关心的，或者是忘记了。如果你说起来，他也还会记起来，会向你说一大套关于党与革命利益的空话，并可再三向你申明：不要误会他。可是要求还是要满足，工作还是没有心思去管。他在党内的工作与功劳是有限的，但他的要求与欲望却是无限制的。因为他在党内善于专门作一种关于资格上享受上的比较（而同志中工作上的比较他就特别外行）。水涨船高，他的党龄总是一年年提高的，他的要求也就可以一步步提高。他可以向你说：某某人以前是在我下面作什么的，我作什么的时候，他还作什么，而他现在（因为工作的努力与成绩）又作什么了，他已有了什么什么。他觉得：他总要比后来的同志不论在那方面（除开工作以外），都要高出一等两等才好，才算公平，否则，他就认为“不平等”。他更可利用党爱护干部的指示来提高要求，但当他去管理干部的时候，他又把党爱护干部的指示忘记了，他可以向干部提出不近情理的要求。他把这些什么什么东西看得比共产主义、全人类解放的伟大事业还重要得多，他对这些什么什么感到无限的兴趣。因此，他的要求是无法满足的，他对于党也成为一种负担。如果你不能满足他，他可不满意，他的牢骚可会很多，他可不负责任的在一些角落里去进行对党不满的广播。如果这样还不能满足，他又不学习与进步，如是他就可能另想以下三条出路：或者在有机会的时候发发洋财，在工作中进行某种非法行为，去满足自己的享受；或者卷款潜逃，投敌；再或者，就没有出路的自杀。这三条路，是这种倾向发展下去的最后结果，危险的结果。

本题节选自《刘少奇论党的建设》中的《反对党内各种不良倾向》。题目为编者所加。

【田　汉】

田汉（1898—1968），湖南长沙人。字寿昌，笔名陈瑜等。早年赴日留学，1921年回国与郭沫若等发起成立创造社。后与欧阳予倩等创办南国剧社、南国艺术学院、南国电影剧社，从事文艺创作和演出。1930年参加左联。1932年加入中国共产党。曾任左翼剧联中共党团书记、中共上海中央局文委委员。抗战期间任国民政府军委会政治部第三厅八处处长，组织抗日宣传活动。1948年到解放区。新中国成立后任文化部艺术事业管理局局长、中国戏剧家协会主席等职。创作话剧、歌剧、戏曲、电影剧本100余部，并写有大量诗歌和歌词，其中经聂耳谱曲的《义勇军进行曲》被定为《中华人民共和国国歌》。主要著作编为《田汉剧作选》、《田汉文集》等。

月　光

有的人当心里有什么不愉快的事情的时候总爱喝酒，说因此可以忘记他的痛苦。但以他的经验，却不然，他越喝酒，心里越加明白。内心的悲哀不独不能因酒支吾过。而且因为酒的力量把妨碍悲哀之发泄的种种的顾虑全除去了，反显出他真正的姿态来。

他到这异乡的上海生活以来，不知不觉又过了两个节了。七月七刚过了，又是八月中秋，好快的日子！他的弟弟买了许多桂花来插在瓶里，摆在靠墙放置的桌上。没有读过什么书的弟弟也懂得色调的配合。他因嫌白壁太单调了，不足以显出桂花的好处来，便借邻居叶君的一块紫色的花布钉在墙上，那金黄的桂花得了紫色的衬托果然越加夺目，萧索的寓楼中有了她发散出来的芳香，顿时温馨了许多。因为今晚是八月节，清澄皎洁的月光不可辜负。和他同居的E君爱喝几杯，打了许多酒来，晚间便大吃大喝，他约莫也喝了斤把花雕，正如上面说的，将欲销愁，而愁的形态像雨过天晴的月色一样更加明显起来，他便倒在床上睡了。E君与他弟弟邀他到街头步月，他没有应他们，他们以为他睡着了，便不勉强他。他们去后，他起来拿起笔来要写一点东西，但是写不了，头好象有一点痛，便熄了电灯，依然睡在床上，电灯一黑，那清圆的好月立刻趁着她那放射的银线由窗子里跳进他房里来，吻着他的床。他此时的心里虽因喝了酒愈加明白，但在他眼里的月的姿态却模糊起来了。

"S妹"他喊她一声，她不答应，知道她睡着了。他把她的被盖好，起来放好帐子，房里虽然有一盏美孚灯，但不足以抵御月光的侵入。他走到书桌旁边坐下了，桌上还放着栈房里老板送来的月饼，他虽不饥，无聊地也拿着吃了，一面吃一面痴痴的抬头望着窗外，真是玉宇无尘，晶光似濯。他想此时若能同她一块儿去步月是何等幸福，偏她又一病至此。又念刚回去的慈母、幼儿，今晚不知在哪里过节，他一边想，一边听着帐子里的呼吸，也还均匀，似乎一时不至于醒来。他便慢漫的出了房门，走到院子里，满地银光，真如积水空明。由院子直走，出了大门便是扬子江边了，由堤边一带垂杨荫里望那扬子江时，滚滚江涛映在月光之中，就像无数人鱼在清宵浴舞，他独自一人伫立多时，渐渐觉得身上穿的单衫挡不住午夜的江风，又恐怕那卧病在异乡客舍中的可怜的人要醒了，急忙拭干眼中因江风送来的水珠，慢慢地踱回房里去了——这是他的去年今夜。

这时是他和她回上海的第一年。他们和他的朋友Z君夫妇住在哈同花园后面民厚南里的一家楼上。这天晚上也是八月中秋，Z君和另一朋友邀他们俩同去步月，她穿着红色的毛衣同他们出去。从静安寺路转到赫德路，又转到福煦路，就是围着民厚里打了一个圈圈，他们便和Z君等分开了，他们沿着古拔路，在丰茂的白杨树荫下携手徐行，低声地谈着他们谈不完的心曲。那时的古拔路一边是洋房子，一边却是一条小港，小港的那边是几畦菜园，还有一座有栏杆的小桥，桥头有几株垂杨低低地拂着桥栏，桥下水虽不流，却有浓绿的浮萍，浮萍里还偶然伸出一两朵鲜艳的水仙花。靠着菜园那边，还有一带芦苇。参差有致。他们自从发现了这块地方，常常爱到这里来散步。今晚他们因想这块具备了长芦垂柳碧水小桥的地方在明月之中不知更增几许姿态。所以特来领略这美丽的自然。果然不使他们失望，柳、芦、桥、水、浮萍、水仙都好像特作新妆迎接他们，他们站在桥头受着月光的祝福，他觉得这种情境很有画意，回家后他便画了几张小桥观月图分送他的好友。

他回忆了去年和前年今日的情景，又联想到今夜的故乡，母亲和孩子在乡里过节，母亲一定思念她在外面的儿子，孩子虽小也一定想念他在外面的父亲，但他一定以为他的妈妈也同他的爸爸一起在上海，他哪里知道今晚的月光，不能照到他妈妈的脸上，只能照着她坟上的青草呢！

可怜一样团圞月，
半照孤坟半照人。

他还没有念完这两句诗，便痛哭得在床上打滚了。

上面这几段东西是他昨晚写的。因为都是月夜的回忆，他题之曰“月光”。不过他今早起来，照着他床上的不是“凄凉的月光”，却是和暖的阳光。他昨夜的泪痕在阳光中一忽儿都晒干了。他以后不敢再在月光底下回忆，不敢再于佳节良辰喝酒，不敢再惹起他的旧痛。他年纪还不大，还想忍着痛苦做些事，这也是她所希望于他的，他现在与惠特曼同样要求着“赫耀而沉默的太阳”，他与惠特曼同样唱着《大道之歌》“从此以后，他不再呜咽了，不再因循了，他什么都不要，他要勇敢地、专心致志地登他的大道！”

作于一九二六年

【林育南】

林育南（1898—1931），湖北黄冈人。又名毓兰，号湘浦。1917年参加恽代英组织的互助社。1921年加入中国共产党。曾任中国劳动组合书记部武汉分部主任、湖北全省工团联合会秘书主任。1923年参加领导二七大罢工。1924年任《中国青年》主编、青年团中央书记。后又从事工人运动。曾与刘少奇等领导收回汉口英租界的斗争。1927年4月在中国共产党第五次全国代表大会上当选为候补中央委员。大革命失败后，任中共湖北省委常委兼宣传部长、代理省委书记。不久到上海参加领导全国工人运动。1930年任全国苏维埃中央准备委员会秘书长。1931年被捕，后就义于龙华。

青年的革命修养问题

革命者的精神就是：“认清楚路径，猛勇前进”而已。但这是一个简单的原则，在实际的行动上，必然要有许多的条件。所谓认清楚路径者，必是要头脑清爽，明了现代社会国家的政治经济状况，一般民众的生活情形与需要，国乱民困的病根之所在，于是我们才认清楚了革命的必要而可能的路径。所谓猛勇前进者，必是要把革命认为自己终身唯一的事业，把民众感受的困苦，当做自己切身所感受的困苦；把民众的需要，当做自己切身的需要；于是我们才得牺牲个人，不顾一切的去奋斗，惟经过许多的打击，失败，内忧外患，流离困苦，然而毫不灰心失望，真要是“一息尚存，此志不懈！”

这是大概就革命者必要的条件而言，但是我们要这些条件的完备和革命的成功，在革命精神的修养上，必要痛加深刻的工夫。兹略述于下：

（一）革命感情的修养。我以为革命成倍的修养是第一步工夫。以往一切革命事业的成功，都很依赖革命指导者及革命群众的热烈感情的伟大动力。—对于旧社会的制度，文化及统治阶级的仇恨和深恶痛绝；因民众疾苦而激起之怨愤不平；对于旧新社会制度渴慕晌往之迫切，——把这种种的感情汇合而成极浓厚极热烈的革命感情。革命感情的表现就是反抗，最可宝贵的就是这种反抗的精神。

怎样使革命的感情浓厚，反抗的精神强烈？我以为第一切要的就是“生活之民众化！”革命是被压迫的民众之反叛。我们的生活不与民众接触不明了民众生活之实际情形，不能感受民众所感受的痛苦，不知道民众所受的压迫，如何能发任愤怨不平的感情？不深入社会，观察旧社会之黑暗腐败，旧经济制度之剥削劳工，政治之压迫平民，礼教之杀人和统治阶级之种种罪恶，如何会对旧社会制度文化及统治阶级发生仇恨和深恶痛绝的感情？

冷酷缺乏同情的人不曾能革命，那一个革命家不是有热烈的革命感情？现在一般养尊处优的青年，每日在讲堂上或自修室的乐椅上研究资产阶级的甚至封建社会的装饰品——他们的所谓“学术”，再或和他们的爱人一天至晚颠倒于蜜语情书之中，或做出些花儿月儿的肉麻新诗在报上发表。这般青年他们忘记了社会，那有民众的同情？没有革命的需要和觉悟，那有反抗的精神，这些没有革命感情的人他们自然是谈不上革命，我们又如能以革命期责他们呢？

（二）革命智识的修养。空有革命的感情而无革命的智识，其结果不是不能干革命的实际运动，就是虽能干而“劳而无功”。有许多不乏革命精神的人，他们徒有愿望，而寻不着路走，或不明白革命应取的路径，而根本错误。他们的行动不但不能对革命有所贡献和帮助，甚或被反革命者所利用，做出许多的革命的障碍，这都是革命的智识修养缺乏的原故。

革命的智识是什么？我以为首一的智识就是“了解社会”。革命是以社会为对象的，不了解社会而革命，犹如不知解剖学生理学而去当医生，这是如何的危险而且不可能？

再就是社会现实状况的观察：我们要到社会中间去，观察人民的生活状况，社会各阶级的分析和相互的关系，农工商业的组织和发展，中外贸易和资本的数量。

还有关于政治状况的分析，尤为重要。中国的政治究竟成个如何的局面？军阀是如何成功的，经过如何的变迁和派系的离合，现在割据的状况，相互的关系及他们的势力如何，都是应该知道的。

最后，我们要修养革命的智谋，我不是不郑重的说，我们要有坚定的主义的信仰。我所说的主义的信仰，是从历史和社会实际状况的研究观察而得到的结果；不是说凭空的，直觉的或个人感情的主义信仰。我们的革命智识是由历史和社会经济政治等实际状况中得来的，我们的主义就是这些智识的结晶，我们信仰他，终身奉之而行。

（三）革命干才的修养。革命是历史的繁重的艰困的伟大事业，没有干才，如何能担当这种事业，所以干才的修养是革命者必要的工作，尤其在我们青年时代，要积极的努力的预备。

干才如何修养呢？我想：干才的修养就是要肯去“干”！我们所需要的干才是要能应付事，能应付人，能通过艰困的局势，能解决繁难的问题。我们要有这样的才干，决不是在书本上可以求得，也决不是讲堂或研究室中可以求得的。我们要求得这种才干，只有从做事上去学做事，从对人上去学对人，从做事对人中求得经验，从得失成败中求得教训。

我们所需要的干才是我们革命的工具，有许多人的所谓干才，他们是为统治阶级（帝国主义，军阀和资本家）作走狗及为私人利益的工具，这是我们必要明白之点。

（四）革命品性的修养。革命者要求革命的完成，品性的修养是不可忽视的。我们没有坚忍不拔的意志，是不能耐革命经过的艰难的；我们没有刻苦耐劳的习惯，是不能过革命中流离穷困的生活的。

要修养这种种的品性，自然不是离开革命的实际工作所能成功的。革命所需要的品性，是要完全在革命的工作上磨练。有人说要先将品性修养完成再从事革命，这是根本的错误。不但革命的品性修养是如此，就是革命的感情，知识和干才的修养都是如此。

我们知道革命的使命，是繁难攸远的工作，在我们不堪忍受现社会的痛苦与罪恶，自然是希求革命的速成。然而旧社会的覆没，革命的兴起与完成，不是我们热情的希求和意志的能力所能成功的，是要客观的事实的条件之“可能”。所谓客观条件之可能者，是要群众有革命的觉悟和团结的力量能胜过敌人的势力，要革命团体的实力充足能指挥革命的群众。

关于我们革命的修养问题，这篇文字我写得很简略，自然不免有遗漏和错误的地方，我很盼读者加以批评，或更有高见发表，尤所欢迎。我以为这是一个重要的问题，因为中国革命的责任在我们身上，伟大的革命工作就在我们面前！

【方志敏】

方志敏（1899—1935），江西弋阳人。原名远镇，曾用名云母文等。1922年加入中国社会主义青年团。1924年加入中国共产党。1927年底，领导弋横农民暴动，创建了赣东北革命根据地和工农红军第十军。历任闽浙赣省苏维埃政府主席、中共闽浙赣省委书记、中华苏维埃共和国中央执行委员会委员，中共六届五中全会上当选为中央委员。1934年任红军北上抗日先遣队军政委员会书记。1935年1月，因叛徒告密被俘。同年8月6日在南昌就义。著述编有《方志敏文集》。

清　贫

我从事革命斗争，已经十余年了。在这长期的奋斗中，我一向是过着朴素的生活，从没有奢侈过。经手的款项，总在数百万元；但为革命而筹集的金钱，是一点一滴的用之于革命事业。这在国方的伟人们看来，颇似奇迹，或认为夸张；而矜持不苟，舍己为公，却是每个共产党员具备的美德。所以，如果有人问我身边有没有一些积蓄，那我可以告诉你一桩趣事：

就在我被俘的那一天——一个最不幸的日子，有两个国方兵士，在树林中发现了我，而且猜到我是什么人的时候，他们满肚子热望在我身上搜出一千或八百大洋，或者搜出一些金镯金戒指一类的东西，发个意外之财。哪知道从我上身摸到下身，从袄领捏到袜底，除了一只时表和一支自来水笔之外，一个铜板都没有搜出。他们于是激怒起来了，猜疑我是把钱藏在那里，不肯拿出来。他们之中有一个，左手拿着一个木柄榴弹，右手拉出榴弹中的引线，双脚拉开一步，作出要抛掷的姿势，用凶恶的眼光盯住我，威吓地吼道：

“赶快将钱拿出来，不然就是一炸弹，把你炸死去！”

“哼！你不要作出那难看的样子来吧！我确实一个铜板都没有存；

想从我这里发洋财，是想错了。”我微笑淡淡地说。

“你骗谁！象你当大官的人会没有钱！”拿榴弹的兵士坚决不信。

“决不会没有钱的，一定是藏在哪里，我是老出门的，骗不得我。”另一个兵士一面说，一面弓着背重来一次将我的衣角裤裆过细地捏，总企望有新的发现。

“你们要相信我的话，不要瞎忙吧！我不比你们国民党当官，个个都有钱，我今天确实是一个铜板也没有，我们革命不是为着发财啦！”我再向他们解释。

等他们确知在我身上搜不出什么的时候，也就停手不搜了；又在我藏躲地方的周围，低头注目搜寻了一番，也毫无所得，他们是多么的失望呵！那个持弹欲放的兵士，也将拉着的引线，仍旧塞进榴弹的木柄里，转过来来抢夺我的表和水笔。后彼此说定表和笔卖钱来平分，才算无话。他们用怀疑而又惊异的目光，对我自上而下的望了几遍，就同声命令地说：“走吧！”

是不是还要问问我家里有没有一些财产？请等一下，让我想一想，啊记起来了，有的有的，但不算多。去年暑天我穿的几套旧的汗褂裤，与几双缝上底的线袜，已交给我的妻放在深山坞里保藏着——怕国军进攻时，被人抢了去，准备今年暑天拿出来再穿；那些就算是我唯一的财产了。但我说出那几件“传世宝”来，岂不要叫那些富翁们齿冷三天？！

清贫，洁白朴素的生活，正是我们革命者能够战胜许多困难的地方！

可爱的中国（节选）

朋友！中国是生育我们的母亲。你们觉得这位母亲可爱吗？我想你们是和我一样的见解，我觉得这位母亲是蛮可爱蛮可爱的。以言气候，中国处于温带，不十分热，也不十分冷，好象我们母亲的体温，不高不低，最适宜于孩儿们的依偎。以言国土，中国土地广大，纵横万数千里，好象我们的母亲是一个身体魁大，胸宽体阔的妇人，不象日本姑娘那样苗条瘦小。中国许多有名的崇山大岭，长江巨河，以及大小湖泊，岂不象征着我们的母亲丰满坚实的肥肤上的肉纹和肉窝？中国土地的生产力是无限的；地底蕴藏着未开发的宝藏也是无限的；废置而未曾利用起来的天然力，更是无限的；这又岂不象征着我们的母亲，保有着无穷的乳汁，无穷的力量，以养育她四万万的孩儿？我想世界上再没有比她养得更多的孩子的母亲吧。至于说到中国天然风景的美丽，我可以说，不但是雄巍的峨嵋，妩媚的西湖，幽雅的雁荡，与夫“秀丽甲天下”的桂林山水，可以傲睨一世，令人称羡；其实中国是无地不美，到处皆景，自城市以至乡村，一山一水，一丘一壑，只要稍加修饰和培植，都可以成流连难舍的胜景；这好象我们的母亲，她是一个天资玉质的美人，她的身体的每一个部分，都有令人爱慕之美。中国海岸线之长而且弯曲，照现代艺术家说来，这象征我们母亲富有曲线美吧。咳！母亲！美丽的母亲，可爱的母亲，只因你受着人家的压榨和剥削，弄成贫穷已极；甚至不能买一件新好看的衣服，把你自己装饰起来；甚至不能买块香皂将你的全身洗擦洗擦，以致现出怪难看的一种憔悴和污秽不洁的形容来！啊！我们的母亲太可怜了，一个天生的丽人，现在却变成叫化的婆子！

站在欧州，美州各位华贵的太太面前，固然是深愧不如，就是站在那日本小姑娘面前，也自惭形秽的很呢！

听着！朋友！母亲躲到一边去哭泣了，哭得伤心得很呀！她似乎在骂着：“难道我四万万的孩子，都是白生了吗？难道他们真象着了魔的狮子，一天到晚的睡不醒吗？难道他们不知道自己伟大的团结力量，去与残害母亲，剥削母亲的敌人斗争吗？难道他们不想将母亲从敌人手里救出来，把母亲也装饰起来，成为世界上一个最出色，最美丽，最令人尊敬的母亲吗？”……

【瞿秋白】

瞿秋白（1899—1935），江苏武进人。原名懋淼、爽、霜等，原号雄魄，后改号秋白。1919年在北京参加五四运动，并与郑振铎等组织社会实进社，创办《新社会》杂志。1920年参加李大钊等发起组织的马克思学说研究会。同年底赴苏俄访问，1922年在莫斯科加入中国共产党。1923年回国后，负责编辑《新青年》、《向导》、《前锋》等刊物。同年6月参加中共三大，主持起草党纲。中共五大后，被补选为中央政治局常委。同年主持召开八七会议，纠正和结束陈独秀右倾机会主义错误。会后任中共临时中央局负责人。1931年受王明等的打击，被排斥出中央领导机关。此后在上海与鲁迅等一起领导左翼革命文艺运动。1934年进入瑞金中央苏区。中央红军长征后，留在中央苏区。1935年2月被国民党军逮捕，同年6月18日在福建长汀就义。著述编有《瞿秋白文集》、《瞿秋白选集》等。

一种云

天总是皱着眉头。太阳光如果还射到地面上，那也总是稀微的淡薄的。至于月亮，那更不必说，他只是偶然露出半面，用他那惨淡的眼光看一看这罪孽的人间，这是孤儿寡妇的眼光，眼睛里含着总算还没有流干的眼泪，受过不止一次封禅大典的山岳，至少有大半截是上了天，只留一点山脚给人看。黄河，长江……据说是中国文明的父母，也不知道怎么变了心，对于他们的亲生骨肉，都摆出一副冷酷的面孔。从春天到夏天，从秋天到冬天，这样一年年的过去，淫虐的雨，凌厉的风和肃杀的霜雪更番的来去，一点光明也没有。这样的漫漫长夜，已经二十年了。这都是一种云在作祟。那云为什么这样屡次三番的摧残光明？那云是从什么地方来的？这是太平洋上的大风暴吹过来的，这是大西洋上的狂飙吹过来的。还有那些模糊地血肉——榨床底下躺着的模糊地血肉蒸发出来的。那些会画符的人——会写借据会写当票的人，就用这些符箓在呼召。那些吃土地的土蜘蛛，——虽然死了也不过只要六尺土地葬他的贵体，可是活着总是要吃住这么二三亩田地，——这些土蜘蛛就用屁股在吐着。那些肚里装着铁心肝铁肚肠的怪物，又竖起了一根根的烟囱在喷着。狂飙风暴吹过来的，血肉蒸发出来的，符箓呼召来的，屁股吐出来的，烟囱喷出来的，都是这种云，这是战云。

难怪总是漫漫的长夜了！

什么时候才黎明呢？

看那刚刚发现的虹。祈祷是没有用的了。只有自己去做雷公公电闪娘娘。那虹发现的地方，已经有了小小的雷电，打开了层层的乌云，让太阳重新照到了紫铜色的脸。如果是惊天动地的霹雳，那才拨得开满天的愁云惨雾。这可只有做了雷公电闪娘娘才办得到。要使小小的雷电变成惊天动地的霹雳！

民族的灵魂

黄昏之后。新月已经上来了，连无限好的夕阳都已经落山了。只有阴森森的鬼气。大门口的石狮子都皱着眉头，它们的真正厚到万分的脸皮上淌着冰冷的眼泪。

昏暗的黑黑魆魆的大门口，先发现两星红火，——这是两枝香；跟着，一盏灯笼出现了，灯笼的火光是那么摇荡着，禁不起风似的缩头缩脑，可是，因为周围是乌黑的，所以还勉强看得出那油纸灯笼上印着的三个字：“×国府”。

听罢：那些打着灯笼捧着香的人一递一声的叫应着：

“阿狗！回来罢！阿狗，……快快儿的回来……罢！”

“回来了！回……来了！”

这是读者先生家乡的一种……一种什么呢？——一种“宗教仪式”。据说，人病了，是他的灵魂儿落掉了，落在街上，甚至于落在荒山野地。所以要这样叫他，而且还要有一个人装着病人的灵魂答应着。又据说，这样一叫一应，病人的病就会好的。这种宗教仪式，叫做叫魂。自然，这种叫魂的公式，不一定是阿狗可以用，阿猫也可以用，阿牛阿马都可以用。听说所谓民族也有灵魂。因此很自然的，这位民族先生生了病，也非得实行叫魂不可。

民族先生的病的确不轻。读者先生的贵处有一种传说，说阴间有马山，有油锅，有奈何桥，有血污池；甚至于人的“生魂”也会到这种精致而巧妙的地狱里去受罪。譬如说，阴间的阎王把你用一只钩子吊住脊骨挂在梁上，那你在阳间就要“疽发背死”。现在这位民族先生的“生魂”，大概是被某一殿的阎王割掉了一只手臂。他在哀求着其他的九殿阎王救命；可是，这些阎王也正在准备着刀锯斧钺，油锅炮烙，大家商量着怎样来瓜分脔割。因此，民族先生的病状就来得个格外奇特。

于是乎叫魂也就不能够不格外奇特的去叫。听着：七张八嘴一声叫两声应，把千年百代的十八代祖宗的魂都叫了出来，把半死不活的行尸走肉的魂也叫了出来，甚至于把洪水以前的猢狲精的魂也叫了出来。什么曾国藩，吴大澂，邓世昌……等类的鬼魂。第四批，是从明朝倭寇骚乱的义冢地上叫出王某李某……等类的渐魂。第六批，是从《三国演义》里叫出诸葛亮的穿着八封道袍拿着鹅羽扇的仙魂。第七批，是要请地质学家在发见殷周甲骨文字的地层再往下掘，掘出所谓黄帝的精魂。哈哈，这位“炎黄胄裔”的民族，真不愧为五千年的老寿星，它居然有这么许多灵魂！

可是，这位老寿星病得个要死要活，还在这里叫魂，究竟它叫些什么？叫了来干吗？原来民族先生最痛心的，并不是日本阎王割掉了它的一只手臂，而是它自己没出息，做不成功十殿阎王的一只手臂，替他们去抓赤化的活泼泼的一万七千万人的生魂。如果它能够做到这种大功德的话，它相信自己就一定不会到地狱里去受罪的。因此，它特别哀痛的叫着梁忠甲韩光第的冤魂。自然，还要加上张辉瓒等类的孤魂。

这样说来，叫了这些忠魂，幽魂，军魂，绅魂，军魂，渐魂，神魂、仙魂、精魂，冤魂，孤魂来，为的是要发扬民族的灵魂，——就是民族的意识。这民族的意识是什么？民族先生的生魂马占山回答得最清楚：

奴耕婢织各称其职，
为国杀贼职在军人。

换句话说，叫醒民族的灵魂是为着巩固奴婢制度。的的确确不错，如果我们把上面所叫的那些灵魂审查一下，那一批不是为着拥护奴婢制度而斗争！？好个“伟大的”岳武穆，他死了还会显圣，叫牛皋等不准抵抗秦桧，不准犯上作乱，他自己宁可遵守无抵抗主义的十二道金牌，把中国的领土让给金国，而不肯违背奴隶主的命令（见《岳传》）。现在抵抗不抵抗日本阎王的问题，不过是一个“把中国小百姓送给日本做奴婢，还是留着他们做自己的奴婢”的问题。其实，中国小百姓做“自己人”的奴婢，也还是英美法德日等等的奴婢的奴婢，因为这一流的“自己人”原本是那么奴隶性的。他们的灵魂和精神就在于要想保持他们的“一万之下，万人之上”的地位。这种灵魂和精神，必须回来：

“一切种种的鬼魂，回来罢！”

“回来了！”

【张闻天】

张闻天（1900—1976），江苏南汇（今属上海市）人。幼名应皋，化名洛甫、洛夫，字闻天。早年曾赴日、美。1925年加入中国共产党，同年到莫斯科中山大学和红色教授学院学习和工作。回国后于1931年任中共中央宣传部部长、临时中央政治局常委。1933年进入江西中央苏区，曾任中央工农民主政府主席。1934年10月参加长征，在遵义会议上，拥护毛泽东的正确主张。1938年后任中共中央宣传部部长、中央马列学院院长。新中国成立后，曾任中国驻苏大使、外交部第一副部长。1959年受到错误批判，“文化大革命”期间遭受迫害。1976年7月1日病逝，1979年8月中共中央予以平反。主要著述编入《张闻天选集》。

论青年的修养（节选）

四　要同群众在一起去实现自己的理想

我们在前面已经讲过，要实现革命的理想，一定要依靠于一定的社会的力量，这社会的力量就是千千万万的群众。历史上的伟人，固然在创造人类历史中起了很大的作用，然而如果没有群众的拥护与群众的行动，任何推动历史前进的理想都是不可能实现的。所以我们青年要实现自己的理想，就必须要能够率领群众去为自己的理想奋斗。

青年在革命行动中肯负责，肯出头，肯打先锋，这是很可宝贵的品质。在中国民族解放的历史中，青年常常起着先锋的作用，就是由于青年这种优良品质的结果。但是就在这个方面，部分青年仍然表现出他们的弱点。他们肯负责，肯出头，肯打先锋的品质，往往发展到好出风头，目空一切，自高自大，包办，不耐烦，脱离群众的偏向。这种例子，我是见得很多的，不知道你们见过没有？我想一定是见过的。

在陕北公学学习的青年，一般的是觉悟程度较高的一部分中国人，他们的确有责任去领导另一部分比较落后而又占最大多数的中国人，发动他们，教育他们，训练他们，以提高他们的政治水平与组织力量。没有先锋的领导，广大的比较落后的群众，是不会自己走到先锋的地位的，这是无可否认的真理。

然而怎样可以使我们陕公的青年能够负担起这个先锋的领导的责任呢？是不是我们青年装出一个领导者的架子，自命不凡，目空一切，就能够实现这个领导作用呢？是不是只要我们的青年把我们的理想在群众前面一解释一宣布，群众就会跟了我们走，就实现了我们的领导作用呢？这些都是不能成功的。任何领导者，如果自命不凡，目空一切，装出领导者的架子，那结果他不但不能领导群众，而且会脱离群众。至于把很美丽的理想讲给群众听，群众自然可能来听一下，然而要他们为了这个理想来牺牲奋斗，那单靠这种宣传工作是不能达到目的的。

领导群众，是一件非常不容易的事。青年人决不要把这个问题看得太简单了。这里，第一个问题，就是要求我们的青年到群众中去。我们的青年对于“群众”两个字的观念常常是比较抽象的，有时把“群众”理想化，有时看不起“群众”，而不能活生生的去了解“群众”。所以下决心到群众中去，实是开始领导群众时的必要的一步。

我们青年到了群众中之后，就要学习如何去接近群众，去同他们生活在一起，去了解他们，以至取得他们的信任。这里，首先就是要时时刻刻去为群众服务，处处能够为他们谋利益，为他们的利益牺牲自己的一切。其次，要我们处处谦逊和气，刻苦耐劳，宽宏大量，急公好义，诲人不倦，做人家的模范与教师。第三，要能够团结与培养群众中的积极分子，发挥积极分子的作用，依靠积极分子推动全体。第四，要以民主的精神与民主的工作方法来吸收与教育群众积极参加工作，不要个人包办一切。第五，要善于孤立最顽固的少数坏人，依靠群众的公愤去打击他们与驱逐他们。只要这样，群众就会把我们当做他们“自己的人”，就会信任我们，接受我们的领导。

无疑的，当我们真正深入到群众中去时，我们必然会看到群众中有许多落后意识，落后的思想与习惯，他们的狭隘的宗法的与行会的观点。这一切我们都会碰到的。然而我们是不是因此就失望而脱离他们呢？决不是的。我们的责任，正是要提高他们的政治水平，克服他们的落后性。但是当我们认真在群众中工作寸，我们更会碰到群众中的光明的一面，他们的丰富的革命性与他们的伟大的革命力量。我们在他们的深处，可以看到在旧社会的上层所没有的那种德性。他们的力量，他们的德性，可以给我们以最大的信心，使我们相信他们是我们的最伟大理想的负担者，而且他们最后一定能胜利。这就使我们在他们中间感觉到一种崇高的安慰与喜悦，这就使我们在任何困难的情形之下，总是不会脱离他们，而且总是要依靠他们的力量来克服一切困难。事实已经证明，正在证明，将要证明，一切我们当前的困难，只要我们真能发动千百万群众起来，并且依靠他们的力量，就是一定能够克服的。一切前进的革命者，是决不应该惧怕群众的，相反的，他们必须依靠群众。

领导群众的第二个问题，就是要善于使群众根据自身的经验来了解我们的领导的正确。比如抗日民族统一战线的方针，开始时不是大多数中国人都能了解与拥护的。当时我们用什么口号使群众根据自身的经验来了解我们的方针的正确呢？这就是“停止内战，一致抗日”的口号。每一个有良心的中国人，对于中国内战的痛苦都是切身感受到的，他们都能够懂得日寇的无限制的侵掠同内战是不能分离的。因此他们也许还不了解抗日民族统一战线的方针，然而对于停止内战、一致抗日的口号是热烈拥护的。结果，内战停止了，中国开始统一了，抗日民族统一战线得到了初步的成功。不久芦沟桥事变发生了。当时我们用什么口号使群众根据自身的经验来了解我们的方针的正确呢？这就是“为保卫平津、保卫华北、保卫全中国而战”。每一个有良心的中国人，对于日寇的这种无限制的侵掠已经到了不能再行忍耐的地步，他们都要求抵抗。全国抗战开始了。于是抗日民族统一战线有了进一步的成功。在抗战发动之后，我们用什么口号使群众根据切身的经验来了解我们的方针的正确呢？这就是“坚持抗战、争取抗战最后胜利”的口号。每一个有良心的中国人，对于这个口号是能够懂得的，因为谁都可以看到，如果中国今天半途投降妥协，那中国就会亡国，中国人就会变为亡国奴，而亡国奴是不好当的。于是抗日民族统一战线有了更进一步的成功。

这不过是举一个例子罢了。不但在提出口号上是如此，即在斗争形式的采用上也是如此。我们要使自己不脱离群众，必须采取那种能够吸引群众参加的斗争形式，他们认为今天可以而且需要的斗争形式，以锻炼他们，提高他们的觉悟程度与组织力量。在斗争形式上是如此，在其他问题上也莫不如此。

不估计群众今天觉悟的程度，而提出很高很“左”的口号，是决然不能动员群众参加运动的。这里需要采取各种过渡的办法来动员他们，再在运动中提高他们走向我们的理想。这里，一切急性病是有害的。这里，领导者的努力工作的精神，要同极大的忍耐心配合起来。群众的觉悟的速度，不但依靠于我们的工作，而且依靠于无数客观的政治经济的要素。革命是决不能凭主观的愿望来制造的。在没有革命形势的时候，特别在反动的黑暗的时期，群众觉悟的速度非常缓慢。那时我们如果没有等待时机的忍耐心，而想用强迫命令的方法去对待群众，那结果是必然会失败的。所渭等待时机，当然不是不要努力工作，而是把我们的工作放在准备必要的力量上，以便将来革命形势到来时，群众成千成万卷入革命浪潮中时，我们能够站在浪潮的前面负担起领导者的责任。

在群众工作中的命令主义，结果没有不遭受失败的。群众在某种压力之下，可能勉强的服从，然而一切不根据群众自觉的服从，违反于他们意志的服从，最后必然会引起他们反抗并推翻那些压迫者或命令主义者。只有群众自觉的自愿的服从，才能发挥群众的积极性与创造力量到最高限度，来实现我们远大的理想。所以我们领导群众的中心问题，也就是如何使群众心悦诚服的来接受我们的领导，并且为了我们的理想的实现牺牲一切。这就要求我们在领导工作中善于使群众能够根据自身的经验来了解我们领导的正确。这里，应该反对那些光会喊喊革命口号、唱唱高调的空谈主义者，与企图以强迫命令的方法来“驱使群众为己用”的老爷们！

但是，当革命形势迅速发展、群众觉醒的速度一日千里的时候，我们要谨防自己落后于群众，变为群众的尾巴。在这种情况之下，我们仍然应该站在群众的前面，组织群众的积极性向着一定的目标前进。我们要善于迅速的改变过时的口号，提出新的更高的动员口号，采取大刀阔斧的办法来动员、组织与武装群众，推动群众斗争走向最高的形式。比如在目前被敌人占领区域的广大乡村与战区的情况，就是如此。群众抗日的斗争往往一开始就采取武装斗争的形式。在这里，几天内群众所达到的觉醒程度，可以比上过去的几十年。旧的口号、旧的斗争方式与工作方法等，决不能满足群众今天的要求。群众的民族革命的高潮，会冲开一切这些陈腐的东西，找到他们的新的领导者，走向他们的目的地。

领导群众的第三个问题，就是要向群众学习。一切革命的经验，都是从群众的实际斗争中创造出来的。离开群众的革命实践，我们就不能有革命的理论。而群众的革命实践是长生的，是无穷的，是永远继续前进着的。它发展与充实我们的理论，它改正我们的错误，它使我们一天一天接近着绝对的真理。所以我们必须在群众斗争中去学习，在这个人生的大海中去学习。我们的学习是没有止境的。

群众的革命实践不断创造出极可宝贵的斗争形式、组织形式、工作方法与方式以及各种极可宝贵的经验。这些群众创造出来的东西，常常是一个领导者，即使是天才的领导者，也不能预料到的。有时一个领导者常常苦于找不到一个适当的斗争形式或组织形式以进一步开展群众运动。但是群众的革命实践常常创造了这种适合的形式。群众对于一个问题所发表的意见，他们对于一个问题的看法与感觉，常常是一个领导者，即使是天才的领导者，也想不到的与感觉不到的。而正是他们的意见，他们的看法与感觉，可以补足一个领导者对于某个问题的理解之不足与缺陷，使某个问题得到圆满的正确的解决。

所以，群众不但需要我们去教育，而且他们也教育我们。我们的青年切不要在群众前面摆资格，自高自大，瞧不起群众，而应该很虚心的去跟他们学习，很细心的去倾听他们的意见，与他们的脉搏一起跳动。

总之，我们在领导群众中的基本原则，是无论如何要领导群众前进，而同时无论如何不要脱离群众。脱离群众的先锋主义与落后于群众的尾巴主义，都是我们所不应该赞成的。

同志们，要把这样广大的、千千万万的、觉悟程度不同的群众动员到为我们的理想而牺牲奋斗的一条战线上，真不是简单的事。要达到这个目的，你们无论如何不要脱离群众，而要成为他们的领袖。

论待人接物（节选）

一　要有伟大的胸怀与气魄

在待人接物方面的第一个要求，就是要有伟大的胸怀与气魄。

这就是说，决不要把党派的偏狭成见去看待无党无派的人，似乎除了本党本派的人外，那些无党无派的人都是不中用或不好的人。这种态度，显然是完全不正确的。“宽宏大度”——这本是中国人从来所称道的美德。一个革命的党派固然因为代表一定的社会历史利益，会有自己一定的党派性；固然根据自己的政纲吸收了一个阶级或几个阶级中的最先进分子；然而这并不是说除了这些先进分子外，就没有能干的与有用的人了。相反的，一党一派所吸收的优秀分子究竟有限，而人民大众中间有才干的与有用的人却是无穷的。革命的党派需要善于学习《中庸》上所谓“天地之所以为大”的精神，不但应该从他们中间不断的吸收最先进的分子入党，扩大自己的革命队伍，而且应该吸收一切非党的积极分子参加一切革命工作，依靠他们或经过他们的帮助，来完成革命的事业。如果人们的眼光，只限制在现时自己党派内的几个人身上，只相信这些人是可靠的，甚至想以这些人来包办一切，甚至“包而不办”亦在所不惜，那我们可以说这些人是决然不能成就什么大事业的。

这就是说，决不要以一个幻想的公式去对待人，似乎只有合乎这个公式的才是好人，而不合乎这个公式的，就是坏人。这种态度显然是完全不正确的。因为天下的人虽然有着“人”的共同点，然而仍然是多种多样的。不但各党派与各党派间的人不相同，各阶级与各阶级间的人不相同，即在同一党派同一阶级内的人，虽是又有他们的共同点，也是不相同的。我们决不能把天下各种各样的人装进一个幻想的公式里去，这是非常显然的。如果一切不合于幻想的公式的人，就是坏人，那就怕天下坏人占大多数而好人却占少数了。如果这样，那未来光明社会的建立，还有什么希望呢？事实所证明的，也正好相反。不合于公式主义者的要求，然而有才干能做事的人，却正多着呢！

这就是说，决不要把自己的眼光限制在个人的家属、朋友、师生、同事、亲戚等更狭小的圈子之内，似乎只有在这个圈子内的人才是可靠的，在这个圈子以外的人就不可信任。这种态度显然是完全不正确的。因为在一个人的家属、亲戚、朋友、师生、同事中间固然也有可用之才，然而这个圈子究竟是非常狭小的，要在这个圈子之内解决天下大事，当然是不可能的。这种小圈子主义的现象，在中国旧社会内甚为普遍，其流毒亦甚深。关于这一点，想来用不到任何的说明了。

这就是说，决不要以一时的好恶去对待人。同志们不但要善于能如“禹闻善言则拜”，并要能够在一定的原则下，服膺中国古人所谓“不念旧恶”，实行恕道。人们的弱点，在于常常欢喜恭维自己、奉承自己、拍自己的马屁的人，而有这样弱点的人，对于那些正直不阿、大公无私的人，却常常抱有厌恶与不快之感，对于过去有过争论的人，有过恶感的人，常常表示怀恨。这种态度显然是完全不正确的。事实上，那些善于恭维自己，奉承自己、拍自己马屁的人，正是那些最容易把事情弄坏的人。而那些能够经常指出与批评自己的缺点与错误的人，却正是对于事情最有帮助的人，最可宝贵的人。历史上这样的例子是很多的。中国人从来所最为称道的美德之一，是“从谏如流”。事实上，在中国历史上，凡是愿意事业成功的，都是知道这点的。反之，都会陷于失败。所谓“禹汤罪己，其兴也勃，桀纣罪人，其亡也忽”，这已成为中国人公认的历史真理。而承认这个真理，就是一方面要善于自己批评自己，另一方面又要善于接受他人对自己的批评，不讳疾忌医。孟子说：“不信仁贤则国空虚。”这句话在国难的今日，是具有特别价值的。李世民（唐太宗）也说过以下几句中肯的话：“以铜为镜，可以正衣冠；以古为镜，可以见兴替；以人为镜，可以知得失。”抗日建国的事业，是一种极艰难的事业，如果不善于“以人为镜”，以求战胜敌人之道，则事业的成功是很困难的。如把人们对于自己的诤言、劝告、批评，当做人们对于自己的攻击，当做人们要破坏自己的威信，当做人们要同自己争取地位或所谓“争领导权”，这种人不论今天占据着何等重要的位置，是断然不能成就大事的。至于因为某人过去同我有过争论，有过恶感，所以我始终怀恨在心，这种小气的态度，也是错误的。相反的，不论某人过去对我如何不好，只要今天与我们的抗战建国的目标是共同的，那我们就应该不念旧恶，互相宽恕，大家一齐为共同目标的实现而奋斗。

最后，这就是说，我们必须善于找到同人家合作的共同点。许多人常常善于“吹毛求疵”，善于找人家“岔子”，善于找人家与自己的不同点，因而他们不能同任何人合作，始终陷于孤独。这种态度，显然是完全不正确的。怎样从一个同我在各方面都不相同的人中间找出今天为了革命事业而合作的共同点，即使是很小的共同点，这正是我们所应该学习的本领。只有善于在各种共同点上与各种人们进行合作的人，从各方面推动人们与我们一同行动的人，才能把最广泛的人们团结起来，组织起来，走向一个伟大的总的战斗目标。“落落寡合”、“洁身自好”的人，也许是非常清高的，然而究竟不能成就什么大事。

以上各点，都是造成伟大的胸怀与气魄的必要条件。气量狭窄、“目光如豆”的个人与政党，是决然不能“识人”、“容人”与“用人”的。这样的个人，这样的政党，决然不能成就什么大事业，难道还用其他的证明吗？因为谁都应该明白：抗战建国、改造旧社会建立新社会的伟业，决不是靠少数人所能成功的。这里需要成千成万有才干的人，需要千千万万普通的人，不很合乎公式主义者的理想的人。没有他们的参加，任何伟大的计划，是不会实现的。

在目前民族抗战的伟大时代，我们认为凡对于抗战建国有一点用处的人，都应该成为我们的好朋友。我们应该以同志的态度去对待他们，同他们发生亲密的关系，而且善于使用他们的才能，使他们能够为了国家民族尽他们的责任。就是这些人对于我们（即拿我们共产党来说吧）还有成见和误会，我们也决不能以此为理由而疏远他们。相反的，我们的责任，正是要同他们接触，正是要以自己光明正大的言论与行动去消除他们对于我们的成见与误会。

所以在待人接物方面，我认为首先要有伟大的胸怀与气魄，要能够打破一切成见、一切公式、一切小圈子、一切私人的好恶等的限制，而容纳各种人材，使用各种人材，以便“人尽其才”，使他们在民族抗战中起他们的作用，即使是不大的作用也好。这种在抗日总原则下的“博爱”、“宽宏大量”、“兼容并包”的态度，是建立广泛的抗日民族统一战线的必要条件。

同志们都知道，我们是真诚地为实现国内各抗日党派的团结而奋斗的。我们希望大家，希望一切党派，在驱逐日寇的大目标上，减少磨擦，当然更不该互相排挤，而是需要互相帮助，互相让步。现代中国人必须善于警戒自己民族有过的历史覆辙。宋代欧阳修在《朋党论》一文中，曾正确地论到君子需要“为一大朋”，所谓“善人虽多而不厌”，而国赖以兴。同时欧阳修又痛切的论到各代暴君的惨兴党祸，诛戮善类。他说到，“后汉献帝时，尽取天下名士囚禁之，目为党人”；唐昭宗时，“尽杀朝之名士，或投之黄河”，说是“此辈清流，可投浊流”。结果，都乱亡其国。我以为我们现在特别需要沉痛记忆的，乃是明末罪恶贯盈的魏忠贤奸徒们排除异己、清除善类的流血党祸。魏忠贤奸徒们外纵强敌，而在内则对于一切善类概指为东林党而去之，因此就弄到“群小无不登用而善类几空”。《诗经》上说得好：“人之云亡，邦国殄瘁。”民族的精华既被淘汰，而外祸披猖，就更不可收拾。现在日寇经过一切亲日派汉奸托派以破坏我国内部团结，力图排斥一切赤心为国的民族先进分子——首先就是力图排斥中国共产党人，并力图将一切民族先进分子、热血青年男女概指为共产党，而以去之为快。这点，正是需要一切抗日革命的政党、一切爱国的同胞，所要特别警觉的。而要以历史的覆辙为鉴戒，就需要大家尽量发挥我民族本有的“宽宏大量”的美德，善于吸收一切民族的精华，而不限于少数人。

然而伟大的胸怀与气魄，决不是同一切人“同流合污”。中国古代哲人说，一个人的人格应该“至大至刚”，这是很对的。一方面要宽大，另一方面却要坚定。一方面要具有远大的眼光和抱负，要宽宏大量，善于容纳人，另一方面却必须有坚强的气魄，为着一定的真理，而具有“富贵不能淫，贫贱不能移，威武不能屈”的大丈夫态度。要“疾恶如仇”，要“临大节而不可夺”，要“黑白分明”。必要“至大”，才能成其“至刚”；也必要“至刚”，才能成其“至大”。偏狭小人说不上“大”，也说不上“刚”，这是很明显的。我们要善于同一切人合作，要能够“兼容并包”，这并不是无原则无目的的同一切人苟合。不是的，一个革命者，一个革命政党的任务，是要引导一切同我们合作的人逐渐走上坚决革命的道路，走上参加抗日民族统一战线、最后战胜日寇、建立民主共和国、直至建设共产主义社会的道路，使我们真能成为他们的好朋友、教师，使我们的行动真能成为他们的模范。

【夏　衍】

夏衍（1900—1995），浙江余杭（今杭州）人。原名沈端先，1919年。参加五四运动。1920年赴日本留学。1927年回国，同年在上海加入中国共产党。1929年冬，与鲁迅等人筹建中国左翼作家联盟。1930年加入左联，当选为左联执委。1933年后，任中共上海文委成员、电影组组长。1955年任文化部副部长。1978年被选为五届政协全国委员会常委。创作有电影剧本《狂流》、《春蚕》，话剧《秋瑾传》、《上海屋檐下》及报告文学《包身工》。

野　草

有这样一个故事。

有人问：世界上什么东西的气力最大？回答纷纭的很，有的说“象”，有的说“狮”，有人开玩笑似的说：是“金刚”，金刚有多少气力，当然大家全不知道。

结果，这一切答案完全不对，世界上气力最大的，是植物的种子。一粒种子所可以显现出来的力，简直是超越一切。这儿又是一个故事。

人的头盖骨，结合得非常致密与坚固，生理学家和解剖学者用尽了一切的方法，要把它完整地分出来，都没有这种力气，后来忽然有人发明了一个方法，就是把一些植物的种子放在要剖析的头盖骨里，给它以温度与湿度，使它发芽，一发芽，这些种子便以可怕的力量，将一切机械力所不能分开的骨骼，完整地分开了，植物种子力量之大，如此如此。

这，也许特殊了一点、常人不容易理解，那么，你看见笋的成长吗？你看见过被压在瓦砾和石块下面的一颗小草的生成吗？它为着向往阳光，为着达成它的生之意志，不管上面的石块如何重，石块与石块之间如何狭，它必定要曲曲折折地，但是顽强不屈地透到地面上来，它的根往土壤钻，它的芽望地面挺，这是一种不可抗的力，阻止它的石块，

结果也被它掀翻，

一粒种子的力量的大，如此如此。

没有一个人将小草叫做“大力士”，但是它的力量之大，的确是世界无比。这种力，是一般人看不见的生命力，只要生命存在，这种力就要显现，上面的石块，丝毫不足以阻挡，因为它是一种“长期抗战”的力，有弹性，能屈能伸的力，有韧性，不达目的不止的力。

种于不落在肥土而落在瓦砾中，有生命力的种子决不会悲观和叹气，因为有了阻力才有磨炼。生命开始的一瞬间就带了斗争来的草，才是坚韧的草，也只有这种草，才可为傲然地对那些玻璃棚中养育着的盆花哄笑。

1940年

论“晚娘”作风

旧小说和文明戏中，常常描写晚娘（后母）的虐待前妻儿女，“晚娘的拳头”，在旧社会中被认为刻毒事情的象征。

其实，晚娘对前妻儿女的刻毒，不单单在于打骂。晚娘在暗中打骂“儿女”，而表面上对丈夫，对邻人却要特别表示得和善和爱惜，这样，才可以不伤体面，而完成她“统制”的实际。我们在台下看“晚娘戏”的时候，在她毒打儿女的时候所感到的是悲苦。可是当她一面毒打而一面反用一只手按住了孩子的嘴巴不让他哭喊的时候，感到的就会是无边的愤怒。

当然，晚娘也有她自己的想法，她一方面要弄死前妻的儿女，让她独占，他方面可仍旧要敷衍她的丈夫、邻居，而博得一点名誉。所以她主要的作风是“一面瞒，一面打”，——事实上历来晚娘惯用的方法，往往是阴性的虐待，譬如饿饭，虐使，暗毒，……等等。她不希望这些讨厌的小东西明明白白地在她手下打死，而暗暗地计划着使他们慢慢地磨折而死。磨折死的没有杀人罪，尸身上没有外伤，手干脚净，丈夫和邻人看了没有闲话，也许当死的那一瞬间，晚娘还可以挤出一点眼泪，来点缀一下升平。

中国人懂得晚娘哲学，学会了“一面瞒，一面打”的方法。这种作风一经家传，奉行不悖，右手打人，左手按住被打者的嘴巴，你假如顽劣一点，从指缝里漏出一点喊声，那就打得更凶，或者简直处死，因为这就构成了有罪，“损害了晚娘的尊严”。

晚娘作风，滔滔者皆是，而今而后，被打而又不肯不哭喊者，其将永无噍类乎？

【阿　英】

阿英（1900—1977），安徽芜湖人。原名钱杏邨，笔名张若英等。安徽省芜湖市人。青年时代，积极参加“五四”运动。1926年加入中国共产党。大革命失败后，由武汉转移到上海，和蒋光慈等人发起组织了革命文学团体太阳社，编辑《太阳月刊》、《时代文艺》等杂志。1930年7月被选为中国左翼文化总同盟常委。抗战爆发后，积极从事抗日救亡的宣传活动，任上海市文化界协会机关报《救亡日报》主编。抗战胜利后，任华中文协常委。1946年到1948年，任中共中央华东局文委书记等。新中国成立以来，任天津市军管会文艺处长、华北文联主席、中国作家理事协会理事等职。主要作品有小说集《义冢》，剧本《碧血花》，文学研究论著《现代中国文学作家》等。

关窗哲学

诗人卜郎宁过去了。但他的许多含有进步意义的诗歌，对当时诗坛所供献了的巨大的力，是永远活在人们心中的。他本身的恋爱经过，就是一首诗，正等于他在叙事诗《青春》篇里所说的一样。为幸福而战斗，为自由而战斗，这是他的哲学的基点，就是从他的私生活上，也是可以取到实证的。

看过了表演他和伊利沙白婚史的《闺怨》，诸君大概不会忘记那关窗主义的老人，伊利沙白的父亲吧？这是一个典型的旧人，一个关窗主义者，他企图用关窗来隔绝他的孩子们与社会的关系。他也曾用上帝作最后的制裁他的孩子们的武器。从他的世界观里看去，这是对的，是虔诚的为他子女们祝福的行动。

然而结果怎样呢？由于诗人卜郎宁无限热力的袭击，伊利沙白是违反他父亲的意旨，在深夜，不顾一切的走向了卜郎宁。而曾经在父亲威胁下对上帝起誓的伊利沙白的妹妹，也终于因伊利沙白行动的激动，坚绝的宣言“我将恋爱”了。老人虽然并不能了解自己关窗哲学的错误，但因为生命的需要，伊利沙白姊妹是突破了旧的藩篱了。和旧的战斗，这是卜郎宁诗歌所教育我们的，也是卜郎宁的生活所启示我们的。

一个世纪的长时期是过去了。关窗哲学是继续的存在着，虽说这哲学的内容也有不少改变。家庭里有关窗主义存在，大而至于文化、社会，一样的有关窗主义者存在。我们从《闺怨》获得的，不应该是一种史实，不应该是一个罗曼史，或者甚至是婚姻上的反封建。我们应该学取从这恋爱史中所显示的：

“我们需要在生命中一切应有的自由！”

【陈　毅】

陈毅（1901—1972），四川乐至人。字仲弘，1919年赴法勤工俭学。1922年加入中国社会主义青年团。1923年加入中国共产党。曾参加南昌起义和湘南起义，后与朱德率起义部队上井冈山。中央红军主力长征后，任苏区中央分局委员，中华苏维埃共和国中央政府办事处主任，领导南方三年游击战争。曾任新四军第一支队司令员，新四军代理军长，中共中央军委华中分会副书记、新四军军长、山东野战军、华东野战军、第三野战军司令员兼政委等，参与组织和指挥淮海战役。新中国成立后，任华东军区司令员、中共中央军委副主席、国务院副总理兼外交部长等。1955年被授予元帅军衔。作品编为《陈毅诗词选集》、《陈毅诗稿》。

学习的方法

（《关于学习》节选）

（一）要少要精要约，不要样样都来，结果什么都不好。看书要把它消化，要咬得烂，不要打游击，这一本未读完又读那一本。自己愿意学习那一门，就必须对那一门作基本的研究，如学政治，起码要把马克思列宁的主要著作、三民主义等书，在一个时间内作详细的研究。如学军事，起码对所谓典、范、令、战史、战略学、战术学其他重要著作，加以研究，真做到能了解。学习要有傻子的精神，世界上成功的科学家，都具备着傻子的精神，至少经过五年十年乃至二十年的艰苦研究。我们千万不要自作聪明，人家不懂，自己先懂。诸葛亮观书但观大意，陶渊明读书不求甚解。恐怕指他学问已有根底，着重博阅厚积常识而言，我敢断定他们还有另一面的细心研究的历史被人淹没了，我们不要被历史家欺朦了！

（二）光读不行。要用思想，读了书，听了报告，脑子里想！这段说的什么？内容在那里？都必须确实的把握到。孔子说“学而不思则罔”。这是一句好格言。每一本著作的完成都是作者经过了一番苦心才把它写成的。读者必须依据作者的思路在这著作里走一遍，达到它的高点，才能了解，否则简单地一过眼就把它丢开，等于不读。我们读了许多革命家的传记，知道他们每天无论工作怎样忙，总要争取几个钟头来读书，有时要忙里偷闲的散散步，或者发了呆，在思考许多的问题。英国有一个伟大的科学家，在马路上走的时候也在用脑子，一个不留神给汽车碰死了。他这种死是可惜的，但他这种用脑子的精神，却是值得我们学习的。我们现在就要提倡这一点，读书要用脑子，执行命令要用脑子，工作要用脑子。革命家就要依靠这努力。现在我们同志只有体力没有脑力，他们的脑子是空的。

（三）要多问。在英、法、俄，许多国家的文字，学习字义大都是靠努力，是把一件事重复的做，只有中国把“学”“问”连在一起，倒是中国式的优良的作风，是值得保持和发扬的。“学”是照样的做，做不通的时候提出疑问，可以得到一个纠正，所以“问”是最讨便宜的，但是，有的同志认为问人家要伤面子丢丑，不知道问的益处，某些问题曾令人家栽过觔斗的，现在我问一问人家，就可以不栽觔斗。对高明的人发问，他回答的很高深，不一定听得懂，但也有益处，可以提高自己的认识，向同等的人发问，容易了解，可以得到许多帮助，甚至争论而加深了解，向比自己差的人发问，听听他不同的意见，也可以得到一个参照。就是最幼稚的意见，也有帮助。孔于说，不耻下“问”，同样是中国做学问最好的经验，是中国的优良传统。法国有一个著名的外交家叫白里安，曾经用他的手腕为法国建立了许多功绩，几年前他死了，现在看到希特勒这样猖狂，人们都要为法国惋惜，说如果有白里安在，德国一定爬不起来。有人问白里安，“你的外交是从那里学来的呢？”白里安回答：“我是向农民学的，你如果能够和八十个农民办交涉，什么外交都会了。”农民是那样落伍奇怪，对于许多问题都是罗嗦，藕断丝连，缠夹不清，如果能弄得清楚抓住他的中心，把他们安插妥贴，实在是天大的本领。列宁提出向群众学习也正是白里安向农民学习，中国孔夫子不耻下问的意思。现在许多同志是把“学”与“问”分开了，很少人对于一个问题提出疑问。我们首长作一个报告，发出一个号召，同志们无灵魂的依照着做，提出疑问的人很少有。我们要提倡多学，同时我们要提倡多问。

（四）精是重要的，但也不能不博。要使常识丰富，各种书都要看，广于浏览，留心一切的问题，学问的各部门都有他们的连系性。我们的同志只懂得一部份马克思列宁的理论，别的都不懂，听到南昌陷落的消息，有一个同志问“南昌在那里？在西班牙吗？”当天花盛行的时候，叫同志们种牛痘，死也不种，好像叫他种牛痘是得罪了他。虽然我们要有专长，但也得样样懂些，不然也不会有专长。譬如学军事，如果不懂数理化，不懂得天文地理就不行。我们新四军是一个有特长的部队，通过封锁线，打据点，突围，一二人在敌后独立活动，在距离敌人二三里的地方宿营，都是特长，因为这把戏已玩了十多年。但一般的水平却很差，新兵器知识，新战术知识，战史眼光等等，有的根本就搅不清楚。前月打败了敌人，得了两个掷弹筒，却称它为小钢炮，一点常识也没有。我们谈到恩格斯关于批判法国文豪巴尔扎克的文章，我们便知道恩格斯是很留心当时文坛状况，对文学是很有研究。比如他说：“我在老巴尔扎克著作中得到的政治经济知识比在同时代历史的著作中所得的，还要丰富”。（我记得大意，恕无法引原文）这句话使我吃惊，又比如我们常常读斯大林的东西，每每发现他举出许多文学名著中的故事作例子，可见一个伟大的思想家不仅有高深专门的研究，而且还有博学多闻的精神，我们同志中那种抱残守缺的精神，应该立即丢掉。最好办法我们研究一门具备专长后，再留心一般常识的增加，我们如主张样样都懂得精深，这是痴心妄想！

（五）要动手。读书，听报告，发现新问题，都得动手记下来，写摘要，写笔记，写精粹的句子，脑子里死记是记不了的，真正读书的人，要象秀才念八股一样，有上批，有下批，有旁批，有浓圈密点，把书本子弄得越糟越好，如看《论持久战》、《论新阶段》等书，都非这样看不可。现在有些同志把书籍保存得很好，因为太珍惜了它，把它藏在箱子里，两年后就变成老古董，毛泽东同志告诉我，他看报的秘诀是：“每字看，每事看”。常常被人忽略的地方得到解决问题的宝贵材料，这是重要的经验啊！

（六）要耐心复习。《论语》上有“博学之、审问之、慎思之、明辨之”，一段指示，我记不清全文，这句话又是特出于世界的。我想用复习来解释他或用《论语》“温故知新”来解释他则更好。记得明朝王阳明相信格物致知的道理，知道研究东西，可以增加知识。他于是研究竹，为什么竹有节而中空，为什么竹要发青，看竹看了三天，看出病来，结果是一无所得，这虽是王阳明的方法不好，但如果不因为病而中辍，再研究下去，也许可能有进境。我的经验凡遇想不通的应再想，再不懂的就记下来，到处问人，求得解释，还是不懂，就暂时丢开，因为再苦思，就要损害脑子，只好暂时放下，又去看别的书，经过相当时候偶而回到以前所不能解决的问题，忽然会遇着“一旦豁然贯通焉”的快乐。这是实情，因为知识是由积累得来，积累到每一程度，才能了解到更高深的问题，躐等是没有好处。我平生住学校，××是吃躐等的亏，小学未毕业就进中学，中学住了两年，跑进专门学校，专门学校又住不终局，变成一个学校贩子。生平认为最苦之事，记得在三年游击战争时代。在山中仅有几本书大家反复阅读，项英同志最有耐心，一本书可以读上十几遍，我向他说：“你这本书读熟了，连纸都读得像猪油渣那样熟透了！”他回答特别好，他说：“现在是仅有读书的时机，如果局面开展，我们走入实际工作，要有余时专门读书是不会的了。”这话是真动人的，果然到现在忙身于实际工作，要专门研究就困难了！

（七）忙里偷闲来学习，一个实际工作人员的学习法就是忙里偷闲，抽功夫来学习。法国有一故事，一个人在吃中饭之前十分钟在饭厅外面等饭吃，他就利用这点时间，在那里留下一个簿子，一枝笔，一瓶墨水，天天趁这十分钟去写几行，久而久之，成就一本有名的书。这个故事最好，我们最忙也可学他这样做。我现在也开始在临睡前看几页书，写几页日记，弄成习惯，坚持下去，一定有益。假如我在过去十年战争中能写下一本日记，现在拿出来看，恐怕可成为重要史料，然而过去我没有毅力，不会趁空作事，于今想来，只是徒然！

（八）教人家是最好的学习方法，所谓教学相长，教人也是学。比如我们学习排的进攻，已经学会了，再去当一当排长，用所学的去教一排人，就可以更达到彻底的理解。遇到学生发问，不要急躁，不要生厌，不要乱答，回答不了，可以向学生预先声明，可以和学生进行讨论。

（九）保持中国的艰苦学习的优良传统，我们在上面指出我们中国把学问相印证，把博约相联系，又如“博学之审问之慎思之明辨之”、又如“学而不思则罔”、“思而不学则殆”。这都是中国关于做学问方面，最特色的作风，同时我还要指出，除这些道理而外，中国还有艰苦的实际学习精神，比如在《三字经》后半截就举了许多，例如“头悬梁”、“锥刺股”、“如负薪”、“如挂角”，如凿壁偷光、如映雪读书，我们想到古圣先贤这种学习的艰苦作风，真令我们青年人愧死！我们一定要保持这种民族的优良作风，世世代代享受无穷。

（十）青年更要学习，列宁对青年的指示就是：“学习学习再学习”。又说“青年的任务乃是学习社会主义”。我们现在青年的任务，应该一面参加抗战，一面学习抗战建国。青年人不可能置身于抗战之外，应该在抗战中学习，我想没有人能反对这个道理。我们部队中青年最多，就在干部中也是三十岁以下的占多数，这正是好学习，做学问的时候。青年不学习，老大徒伤悲。我常向同志提及这两句话，我随时也用来警醒自己，我害怕自己落伍，时代进步最快，每天的新事物新问题多得很，常常使我自己耽忧。我又有一个经验，我几个月不看书，几天不看报，别人谈话的内容，我就有些地方茫然，甚至不能完全懂得，要自己进步，只有学习自修一条路！我们不要想赶过一切，但我们至少要跟得上伴，否则由跑前而落伍，而落到最后，这是使人红脸的事！我们都是青年人参常有浅尝辑止和自作聪明的毛病。闻一知十，提头便知尾，这是形容词，不一定是真话。我也相信世界上有所谓天才，把天才解释成为所谓“长期的努力”是比较合理的，甚至我们可以承认天才家的天赋比较我们不同，但绝没有不经过学习，生而为圣为贤的大天才。以上所说，并不高深，平淡无奇，更丝毫没有宣传赤化的嫌疑，我所说的是自己一点浅薄的经验，我自己于革命的基本理论毫无研究，在实际工作中却碰过不少的钉子，栽过不少的斛斗，我自己常说打胜仗，十回九回没有我，打败仗就常常有我在。打败仗也是一种必具的经验，但如果仅仅依靠自己的经验，不去学习综合一切经验的革命理论，这仅能表示自己的愚蠢，另一面有人企图自己从实际工作去作天才创造，这种倾向也不好，不知道任何创造工作，是从前人的成就上去加以发挥开辟，绝没有凭空创造的事情，如果有，那只有神话中的记载。我自己深深感觉自己学识太不够，所以常常考虑学习问题。今天在欢迎教导队毕业同志的晚会上说出自己的感想，是想给同志们一个帮助，如果你们听了这些话，约略打动你们学习的心情，开始去研究讨论学习，那么，我的目的就达到了！

【柔　石】

柔石（1901—1931），浙江宁海人。原名赵平复，化名少雄。1928年到上海从事革命文学运动，曾任《语丝》编辑，并与鲁迅先生同办“朝花社”。1930年初，自由运动大同盟筹建，柔石为发起人之一。1930年3月中国左翼作家联盟成立，柔石曾任执行委员、编辑部主任。同年5月加入中国共产党，并以左联代表资格，参加全国苏维埃区域代表大会。1931年1月在上海被捕，同年2月于龙华就义。遗著有《柔石选集》。

不　安

去，不能倦了，心灰灰的，身懒懒的，说是一切吗？眼前是一切吗？花似非红色的，叶似非绿色的，存在的个个不是庐山真面目，只傲傲倨倨地在假扮。飘荡清风中，有一缕缕酸。

不闻哈哈的笑声反闻有睡鼾的呓语，怪在人间吗？天寥阔而明明，地广漠而晦晦，怪在人间吗？老鸦蹲在屋角，默默而不歌，含泪小女倚在门前憨然而不语，眼前的世界，怕是梦中的世界吗？理想的人儿招呼我，到山穷水尽的所在。去，不能倦了。

心被请到天宫，慰问上帝的清愁；心被请到地府，解劝阎王的暴怒；山巅，水底，风尾，云端，游说了宇宙的遍用。但留浃着一身冷汗，只剩二支空空的白手！怀春少女的胸前，倚门娇妇的眼内，叱牛老农的犁边，弥陀老衲的钵上，都有挂着我馈赠的心之照相了。他们呼喊我做一个仅有伴侣，在一切忘怀的时候。但我去，不能倦了！

父亲远在想，母亲远在念——一个终年在外的儿子，不知消瘦到如何了！但有谁在流泪伤心呢？死了的老祖宗还在拭泪，一个可怜的孙子，已跌下深坑中匍匐而哭，终于不知何时可归来，到所要去的家乡。虎已在前啸了，狼已在吼了，荆棘在他脚下撩拌住了。终于去，不能倦了。

一九二三年，春，百无聊赖之际

【巴　人】

巴人（1901—1972），浙江奉化人。原名王任叔。1923年加入文学研究会。1924年加入中国共产党。1929年赴日本留学，第二年回国到上海，加入“左联”。1935年起，写作重点从小说转向杂文、评论。1938年前后编辑《译报》副刊《爝火》和《大家谈》、《申报》副刊《自由谈》，并与郑振铎、许广平等人共同编辑了600万字的《鲁迅全集》。1940年出版的《文学读本》，是我国现代文学史上较早的文艺理论专著。

况钟的笔

看了昆剧《十五贯》，叫我念念不忘的是况钟那枝三落三起的笔。

自从仓颉造字、蒙恬造笔以来，凡是略识“之乎”的人，都是要用用笔的。读书人著书立说，吟歌赋诗，要用笔；种田的，赶买卖的，记记豆腐白酒账，要用笔；甚至像阿Q那样人物，临到枪毙之前，还要拿起笔来，伏在地上，在判决书上面画个圈圈，并且有慨于圈圈之画得不圆，这就可见笔之为用是大得很哩。

自然，笔各有不同，我们用的或毛笔，或钢笔，而况钟所用的是朱砂笔，况钟虽然是苏州府尹，但这回担任的工作，却是监斩。他的职责就是核对犯人和榜上名字是否属实。如果属实，那就算他“验明正身了”，大可朱砂笔一挥，向榜上名字一点，叫刽子手拉出去，一斩了事的。然而况钟偏不这么做，一听到犯人呼冤，拿起来的笔，便点不下去了。拿过判决书来看，竟是三问六审，经过不少人手，想来案情属实；又拿起笔来，又听到犯人呼冤，并且自叙经过，又点不下去了。经过临时一次调查，冤情已经属实，但他既是监斩官，无权过问判决，于是又拿起笔来，但又看到犯人含冤莫伸的情形，又点不下去。他想到人命关天，要对人负责。他终于立下决心，自担干系，延缓处斩，向巡抚大人据理力争，并且亲自勘察，破了案情，平反了冤狱。这样，况钟的朱砂笔，终于点中了真正的杀人犯。可见一个人会不会用笔是大有讲究的。

我们的机关首长、单位的负责人，以至一般的工作人员，都是要用笔的。有的是起拟计划、稿件等等，有的则是拿起笔来在计划、稿件之类上面批示一下，或同意，或另拟，或写上个名字。但是，我们用笔有没有像况钟那样用得慎重而严肃实在是大可深思一下的。我们之间固然不缺乏像况钟那样的人，善于在笔底下看到“人”，并且用行动来帮助用笔。

但我们之间，也不缺乏像过于执那样的人，只知大笔一挥，看不到笔底下有“人”；或者把任何工作，往上一推，往下一压；自己仅仅经过手，签个名，只考究自己签名的字，是否“龙翔凤舞”，足够威势，也算是用过笔了。

没有对人负责的精神，不可能作出对工作负责的事。况钟的笔底下有“人”，就是况钟用笔的可贵精神。

但况钟的用笔是很不容易的。首先，这枝朱砂笔必须点中真正杀人犯，那才能为社会除掉坏人。而除掉了坏人，也就是保护了好人。但要做到这一点，他得展开两条路线的斗争：一方面，他要同只知排比事件的表面现象，并且会用“人之常情”来作推理根据，却不研究事情的实质的主观主义者作斗争；另一方面，他还要同满足于自己的高官厚禄，闭着眼睛签发文件，而又讨厌下属提出不同意见，为了去掉不顺手的干部，就故意设下陷阱叫你跳下去的官僚主义分子作斗争。这样，况钟的笔就是处在主观主义者过于执和官僚主义者周岑的两枝笔锋夹攻之间了。他要在这两枝笔锋夹攻之间，杀出一条真理的路来，实在是需要有大勇气、大智慧的。

但一个能人对负责的人，一定会得到人民力量的支持，就会有大勇气；而一个得到人民力量支持的人，一定能集中群众的智慧，就会有大智慧。况钟就这样地战胜了两枝夹攻的笔锋，平反了冤狱。况钟可说是善用其笔的人了。

经常用笔而又经常信笔一挥的人，是不能不想想况钟的用笔之法的。

【李求实】

李求实（1903—1931），湖北武昌人。原名国纬，字北平。1922年加入中国共产党。1923年参加领导二七大罢工，任京汉铁路总工会党团成员。1924年到莫斯科东方大学学习，任中共中央驻莫斯科总代表。1925年回国，在上海编辑《中国青年》，后任主编。1926年8月任中国共产主义青年团广东区委宣传部长，主编《主编先锋》。1928年任团中央宣传部长。1931年被捕，不久就义于上海龙华。著有《革命歌集》、《小品文杂感集》等。

怎样才能“到民间去”？

从事地方的调查与研究，

进行地方的和平改良事业，

积极参加并指导地方的斗争，

这样，你便“到民间去”了！

青年们现在多半已经任在各自的家乡，我们特为提出一个问题来讨论，这问题便是：怎样才真是“到民间去”了。

这个问题对于我们的读者已经不是新的一个，我们前次亦时常提到这问题。不用说，大家都明白，我们愿意从事的，我们正在从事的，那伟大的革命工作，都是为被压迫的一切民众而作的；大家亦明白，那工作是需要被压迫的一切民众参加，才能有成，才能奏效。所以，排在我们面前的工作是，怎样去唤起他们来参加革命。

“到民间去”！这个呼声似乎表现着我们的青年都注意到了排在面前的重要工作；然而，实在，这个口号究竟还嫌空洞了，又加以我们青年作工多于不切实与避难就易。于是使得我们过去的努力没有获得预期的结果。

我们自己的毛病是不用讳言的。许多活动的青年，最爱谈论世界大势，“罗加诺会议”，“法美债务”，“日本政友党拒绝入阁”……，拿着他们从报纸上得来的一点零碎消息，一知半解的高谈阔论，表示自己的学识宏富；若提问他，“你本乡里现在一般农户每年约纳租税若干？你乡里的私塾怎样可以改良？”他必瞠目不知所答，或者还说，“这些小问题谁注意他。”又，我们收到了许多地方青年团体办的刊物——周刊，旬刊，半月刊等，从这些刊物里面，我们看见的，内容只是一片的国家大事，世界新闻，文字则新名词加新名词，近百种刊物中，没有三四种真能表现出“地方的色彩”来，X周刊与Y旬刊名称对换，A地发行的旬报改作B地发行，都没有一点不适合的地方。这样“百合论”式的刊物，对于本地人与一张白纸有何分别？这样的不切实，好高骛远，真是我们大部分青年的大病，我们将因此而致革命工作永远没有好的成绩可言。

我们的青年还有一种最大的缺点，便是耽于空谈，怯于实行，好理论，恶实际，说得深刻一点，直是避难就易，偷懒而已！谈到革命问题，“打倒军阀与帝国主义”，“实行全民革命”，“青年应该到民间去”雄辩滔滔，像煞有介事；可是一到了应该“干”的时候，便不见了他的踪影，仿佛他的责扫只在“空谈”，“实行”则是另一部分人的事一样——我们可以揣想到，不少曾经高叫“到民间去”的青年们，此时恐怕都到“民间去”寻了一块清净安适的所在，过那“夏日炎炎正好眠”的生活哩；比较进步的青年尚不免如此，他无论矣！如此中国革命还有希望么？

究竟怎样“到民间去”呢？

“到民间去”的第一件事是从事“地力调查与研究”的工作。我们应该利用各种可能的机会（如个人谈话，邻居访问，……）去调查本地人民的生活状况，其疾苦与其要求……依照适当的表格，将所得的材料加以整理编制，再加以系统地切实地研究与讨论，得出结论。这结论应该注意两点，第一是本地人民当前的需求是什么，第二是本地之“社会的力量”（Social force）在哪里。我们知道了第一点，便寻得了本地革命工作的实际目的；知道了第二点，便懂得在本地的革命工作中，什么是应该运用的力量，什么是应该打倒的。（所谓“社会的力量”，便是指在本地的经济上、政治上，文化上握有实际权力的那些部分人的力量。）

“到民间去”的第二件事便是进行本地和平的改良事业。关于这一点，我不须多解释。如，改良私塾，设立宣讲所，介绍进步的耕作法……这种种是帮助我们接近本地民众，取得民众信任的方法之一，亦即是“到民间去”的一条平坦的大道。关于这一方面的话，我不须多说，过去我们说得很多了。

“到民间去”的第三件事是参加地方斗争的工作。就在最近一年中，乡村小镇已经不是前此那样“安静”的了，到处都起了继续不断的骚动。在任何地方，都各有其大小的形式不同的地方争斗。在湖北各乡镇县城中有纳税改现。覆验红契精监特捐等地方问题，在湖南有勒派军饷，停止教育经费，在河南山东有地契注册，增加地税，军队藉剿红枪会为名，而实行劫掠奸淫，在东三省及京津一带有军用来的滥发，纸币跌价，拉夫，扣车，军队驻扎民宅，在安徽有烟苗特捐，在江西有煤油加税，在云南有随地征借，盐税军饷捐，锡税公债，在江浙，上海连日不断的罢工而外，各小城镇手工业（如丝厂工人，茶叶工人，泥水工人）因生活昂贵而罢工，渔业抗税，在两广有地主土豪勾结土匪，唆使民团，杀戮农民。……总之，在今天没有一块清净的所在，没有一个地方不有其本地的争斗——不论对于军阀，官厅，土豪，劣绅，土匪，流氓。

在这种情势之下，我们应该作的便是积极地参加各本地的地方斗争。我们应该看清这斗争的形势，抓住斗争中的核心问题，定出适当的策略，便即刻牺牲一切，很机警地，很勇敢地去领导群众作战。在作战中，我们应该随时考察我们的策略是否错误，随时鼓励群众的勇气，亦应随时相机为群众解释作战的策略，使其了解，使其信从。一次争斗结束以后，无论胜败，即应搜集各项材料，寻出争斗之起源，经过，胜或败之原因，加以详细之研究，得出教训，宣示群众。

积极参加地方斗争——这工作对于革命的前途有极重大的意义：第一，我们自然是为本地被压迫民众争取当前的利益；第二，从争斗中，可以给与群众以战斗的训练；第三，我们可以从动的环境中，考察我们对于本地研究的结果是否正确；第四，我们可以在争斗中显示我们对于人民利益的忠实，指导的适当，因而获得其信任与听从；最后，我们可以获得实际工作的经验以准备此后更严重的决死战。

可敬爱的青年们，只有这样，才能算作“到民间去”了，否则，永远只是站在离“民间”不知几千万里的地方而空嚷着“到民间去”呵！

【胡也频】

胡也频（1903—1931），福建福州人，原名胡崇轩，笔名也频、白丁、野草等。1921年入天津大沽口海军学校，后到北京。1925年与丁玲结婚。1927年出版第一本短篇小说集《圣徒》。1928年到上海后读了大量苏俄文艺理论和马列主义书籍，创作出《到莫斯科去》和《光明在我们的前面》等正面讴歌工人运动的革命现实主义代表作。1930年5月在上海加入左联，11月加入中国共产党，被选为全国苏维埃区域代表大会代表。1931年1月17日被捕，2月7日于上海龙华就义。

中秋节

离开我的故乡，到现在，已是足足的七个年头了。在我十四岁至十八岁这四年里面，是安安静静地过着平稳的学校生活，故每年一放暑假，便由天津而上海，而马江，回到家里去了。及到最近的这三年，时间是系在我的脚跟，飘泊去，又飘泊来，总是在渺茫的生活里寻觉着理想，不但没有重览故乡的景物，便是弟妹们昔日的形容，在记忆里也不甚清白了；象那不可再得的童时的情趣，更消失尽了！然而既往的梦却终难磨灭，故有时在孤寂的凄清的夜里，受了某种景物的暗示，曾常常想到故乡，及故乡的一切。

因为印象的关系，当我想起故乡的时候，最使我觉得快乐而惆怅的便是中秋节了。

在闽侯县的风俗，象这个中秋节，算是小孩子们一年最快乐里的日子。差不多较不贫穷的家里，一到了八月初九，至迟也不过初十这一天，在大堂或客厅里，便用了桌子或木板搭成梯子似的那阶级，一层一层的铺着极美观的毯子，上面排满着磁的，瓦的，泥的许多许多关于中国历史上和传说里面的人物，以及细巧精致的古董，玩具，——这种的名称就叫做“排塔”。

说到塔，我又记起十年前的事了：那一年，在许多表姊妹表兄弟的家里，都没有我的那个塔高，大，和美了。这个塔，是我的外祖母买给我们的，她是定做下来，所以别人临时都买不到：因此，这一个的中秋节，许多表姊妹兄弟都到我家里来，其中尤其是蒂表妹喜欢得厉害，她老是用她那一双圆圆清澈的眼睛，瞧着塔上那个红葫芦，现着不尽羡慕和爱惜的意思。

“老看干么？只是一个葫芦！”我的蓉弟是被大人们认为十五分淘气的，他看见蒂表妹那样呆呆地瞧着，便这样说。

“我家里也有呢！”她做不出屑的神气。

“你家里的没有这个大，高，美！”

“还我栗子！都不同你好了！”蒂表妹觉得自己的塔确是没有这个好，便由羞成怒了。

“在肚子里，你能拿去么？”蓉弟歪着头撅嘴说，“不同我好？你也还我‘搬不倒’！”

于是这两个人便拌起嘴来了。

母亲因为表姊妹表兄弟聚在一起，年龄又都是在十岁左右，恐怕他们闹事，故常常关心着。这时，她听见蓉弟和蒂表妹争执，便自己跑出来，解分了，但蒂表妹却依在母亲身旁，默默地哭着。

“舅妈明年也照样买一个给你，”母亲安慰她。

“还要大！”蒂表妹打断母亲的话，说着，便眼泪盈盈地笑了。

我因为一心只想到北后街黄伯伯家里去看鳌山，对于这个家里的塔很是淡漠，所以说：

“你如喜欢你就拿去好了，蒂妹！”

她惊喜地望我笑着。

“是你一个人的么！”然而蓉弟又不平了，“是大家的，想一个做人情，行么？吓！”

“行！”我用哥哥的口气想压住他。

“不行！”他反抗着。

母亲又为难了，她说：“得啦！过节拌嘴要不得。我们赶快预备看鳌山去吧。”

“看鳌山？”蓉弟似乎很喜欢，把拌嘴的事情都忘却了。“大家都去么？”他接着问。

“拌嘴的不准去。”

“我只是逗你玩的，谁和谁拌嘴？”蓉弟赶紧去拉蒂表妹的手。

“不同你好！”她还生气着。

“同我好么？”我问。

她没有答应，便走过来，于是我们牵着手，到我的小书房里面去了。

在表姊妹中，我曾用我的眼光去细细地评判，得到以下的结论：

黎表姊太老实，古板，没有趣味；

芝表姊太滑头，喜欢愚弄人，不真挚；

梅表妹什么都好了，可惜头上长满癞疮；

辉表妹真活泼，娇憨，美丽，但年纪大小，合不来！

只有蒂表妹……我没有什么可说了。

这时候我和她牵着手到书房里，而且又在母亲和蓉弟面前得她默默地承认同我好，心里更充满着荣幸的愉快了。我拿出许多私有的食品给她，要她吃，并送她几张关于耶稣的画片。末了还应许她到西湖去，住在她家里。她说：

“你同我好是真的么？萱哥！”

“骗你就是癞狗！”

“怕舅舅和舅妈不准你去我家里吧？”

“那不要紧！你说是姑妈要，还怕什么？”

“那末你读书呢？”

“念书？”这可使我踌躇了。因为那个举人先生，讨嫌极了，一天到晚都不准我离开桌子，限定背三本《幼学琼林》，《唐诗》，《左传句解》，和念一本《告子》注，以及做一篇一百字的文章，默写一篇四百字的小楷，模激一张四方格的大字，真使我连吃饭和上厕的时候都诅他；然而他依样康健，依样用两寸多长的指甲抓他的脚，头，耳朵，和哭丧着脸哑哑地哼着“落霞与孤鹜齐飞，秋水共长天一色！”……有时瞌睡来了，便因了一根纸捻放到鼻孔里旋转着，打着“汽，汽”的喷嚏，将鼻涕溅散到桌子上，又拍一下板子说：

“念呀……”

他的脸…………

“你怎么不说话呢？”蒂表妹突然推一下我的手腕，说。

“念书可就不好办了！”我皱着眉头。

“不管他——鬼先生——不成么？”

“不成。”

我们于是都沉默着。

经过了半点多钟，表姊妹表兄弟们便跑进来了，嘻嘻哈哈地，现着极快乐的样子。

“我们马上就看鳌山去了！”宾表哥说。

“你不去么？蒂妹！”黎表姊接着问。

“我不想去了。”蒂表妹没有说什么，我便答道：“你们去好了。”

“又不是问你！”蓉弟带着不平讽刺的意思。

“不准你说话！”我真有点生气了。

幸得母亲这时候走进来，她似乎还不曾听见我和蓉弟的争执，只问我：

“萱儿！你在这里做什么？”

我摇一下头，表示没有做什么事。

母亲便接着说：

“看鳌山去吧。”

“我不去。”

“为什么呢？”

“不为什么。”

“那么，”母亲向着蒂表妹说，“你去吧。”

“我也不去。”蒂表妹回答。

“也好。你们好好地玩，不要拌嘴。”

于是母亲领着表姊妹表兄弟们走了。

看鳌山，这是我在许多日以前便深深地记在心上的事，但现在既到了可看的时候，又不想去，自然是因为蒂表妹的缘故了。

“你真的不想去看鳌山么？”母亲们都走去很久了，她又问。

“同你好，还看鳌山好么？”

她笑了。

天色虽是到了薄暮时候，乌鸦和燕子一群群地旋飞着，阳光无力的照在树杪，房子里面很暗淡了，但我隔着书桌看着她的笑脸，却是非常的明媚，艳冶，海棠似的。

“只是蒂表妹……我没有什么可说了。”我又默默地想着在表姊妹们里所得的结论。我便走近她身边去，将我的手给她。

“做什么呢？”她看见我的手伸过去，便说。

“给你。”

“给我做什么呢？”她又问。

“给你就是了。”我的手便放在她的手上。

“你真的同我好呀！”她低声地说。

“谁说不是？”

“也学舅舅同舅妈那样的好么？”

“是吧？”我有点犹豫着。

“舅舅同舅妈全不拌嘴，这是妈告诉我的。”

“我们也全不拌嘴。”我接着说。

“这样就是舅舅同舅妈那样的好了。”

“那你还得给我亲嘴。”

“亲嘴做什么呢？”

“你不是说我们象舅舅同舅妈那样的好么？舅妈常常给舅舅亲嘴的，我在白天和夜里都瞧见。”

“是真的么？”

“骗你就算是癞狗！”

“那……那你就……”

她斜过脸来，嘴唇便轻轻地吻上了。

明透了的月亮，照在庭院里，将花架旁边的竹林，疏疏稀稀地映到玻璃窗上，有时因微风流荡过去，竹影还摇动着。我和蒂表妹默默地挨着，低声低声地说着端午节的龙舟，西湖的彩船，和重九登高放纸鸢，以及赌纸虾蟆，踢毽子……说到高兴了，便都愿意的，又轻轻地亲一下嘴。

“你看！那是两个还是一个？”当我们的脸儿偎着，她指那窗上的影儿，说。

“两个。”我仰起头去，回答她。

“是一个。”她又把我的脸儿偎近去。

“真是一个！”这时我的头不仰起去了。

“好玩！……”她快乐极了，将我的脸儿偎得紧紧地，眼睛斜睇着窗上。

我们这样有意思的玩着，大约只有一点多钟，母亲和表姊妹表兄弟们都回来了。蓉弟便自夸奖地在我和蒂表妹面前说：

“鳌山真好，好极了！龙吐水，还有……还有……吓！龙吐水！”

黎表姊也快乐地说：

“种田的，挖菜的，踏水车的，……全是活动的，真好看！”

“你喜欢看鳌山么？”我偷偷地问蒂表妹。

她摇一下头，又撅一下嘴；便也低声地问我：“你呢？”

“我也不。”

不久，我们都到大天井里，吃水果，月饼，喝葡萄酒，并赏月去了。

母亲伴着我们这一群小孩子玩着，猜谜的猜谜。唱歌的唱歌；其中只有蓉弟最贪吃，而且喝了三四杯酒，脸儿通红了，眼睛呆呆地看人，一忽儿他便醉了，哭着。

“醉得好！”我和蒂表妹同样的快乐着。

这样的到露水很浓重的时候，母亲才打发我们睡去。因为，我的身体虚弱，虽是年纪已到十岁了，却还常常尿床，所以我的乳妈（其实早就没有吃她的乳了）固执的不要我和蒂表妹在客厅里睡，把我拖到她的房子里去了。

“老狗子！”我恨恨地骂我的乳妈。

“好好地睡吧。不久天就会亮了，再玩去。”

“可恶的老狗子”，我想着，便朦胧了。

第二天我醒来后，跑至客厅里一看，蒂表妹和其他的表姊妹表兄弟们通通回家去了。……

真的，自那一年到现在，转瞬般已是十年的时间了，我从没有再过个象那样的中秋节，并且最近这三个中秋节还是在我不知月日的生活里悄悄地渡过去。表兄弟们呢，早就为了人类间的壁垒，隔绝着；表姊中有的已做过母亲了，但表妹们总该有女孩子的吧。惟愿她们不象我这样的已走到秋天的路上！至于那个塔，是否还安放在楼上的木箱里，每年在八月初旬由小弟妹们拿出排在大堂上最高的层级上，也不可知了。送这个塔给我们的外祖母还康健着么？故乡的一切却真是值得眷念的事！

【聂绀弩】

聂绀弩（1903—1986），湖北京山县人。原名聂国棪，笔名绀弩、耳耶等。现代作家、古典文学研究家，1924年考入广州中央陆军军官学校。1925年考入莫斯科中山大学学习，1927年回国。1932年，在上海参加中国左翼作家联盟。1935年5月，加入中国共产党。新中国成立后，历任中南区文教委员会委员、香港《文汇报》主笔等职。作品有：短篇小说集《邂逅》，诗集《元旦》，散文集《婵娟》，杂文集《关于知识分子》等。

我若为王

在电影刊物上看见一个影片的名字：《我若为王》。从这影片的名字，我想到和影片毫无关系的另外的事。我想，自己如果作了王，这世界会成为一种怎样的光景呢？这自然是一种完全可笑的幻想，我根本不想作王，也根本看不起王，王是什么东西呢？

难道我脑中还有如此封建的残物么？而且真想作王的人，他将用他的手去打天下，决不会放在口里说的。但是假定又假定，我若为王，这世界会成为一种怎样的光景？

我若为王，自然我的妻就是王后了。我的妻的德性，我不怀疑，为王后只会有余的。但纵然没有任何德性，纵然不过是个娼妓，那时候，她也仍旧是王后。

一个王后是如何地尊贵呀，会如何地被人们像捧着天上的星星一样捧来捧去呀，假如我能够想像，那一定是一件有趣的事情。

我若为王，我的儿子，假如我有儿子，就是太子或王子了。我并不以为我的儿子会是一无所知，一无所能的白痴，但纵然是一无所知一无所能的白痴，也仍旧是太子或王子。一个太子或王子是如何地尊重呀，会如何地被人们像捧天上的星星一样地捧来捧去呀。假如我能够想像，倒是件不是没有趣味的事。

我若为王，我的女儿就是公主；我的亲眷都是皇亲国戚。无论他们怎样丑陋，怎样顽劣，怎样……也会被人们像捧天上的星星一样地捧来捧去，因为她们是贵人。

我若为王，我的姓名就会改作：“万岁”，我的每一句话都成为：“圣旨”。

我的意欲，我的贪念，乃至每一个幻想，都可竭尽全体臣民的力量去实现，即使是无法实现的。我将没有任何过失，因为没有人敢说它是过失；我将没有任何罪行，因为没有人敢说它是罪行。没有人敢呵斥我，指摘我，除非把我从王位上赶下来。但是赶下来，就是我不为王了。我将看见所有的人们在我面前低头、鞠躬、匍匐，连同我的尊长，我的师友，和从前曾在我面前昂头阔步耀武扬威的人们。我将看不见一个人的脸，所看见的只是他们的头顶或帽盔。或者所能够看见的脸都是谄媚的，乞求的，快乐的时候不敢笑，不快乐的时候不敢不笑，悲戚的时候不敢哭，不悲戚的时候不敢不哭的脸。我将听不见人们的真正的声音，所能听见的都是低微的，柔婉的，畏葸和娇痴的，唱小旦的声音：“万岁，万岁！万万岁！”这是他们的全部语言：“有道明君！伟大的主上啊！”这就是那语言的全部内容。没有在我之上的人了，没有和我同等的人了，我甚至会感到单调，寂寞和孤独。

为什么人们要这样呢？为什么要捧我的妻，捧我的儿女和亲眷呢？因为我是王，是他们的主子，我将恍然大悟：我生活在这些奴才们中间，连我所敬畏的尊长和师友也无一不是奴才，而我自己也不过是一个奴才的首领。

我是民国国民，民国国民的思想和生活习惯使我深深地憎恶一切奴才或奴才相，连同敬畏的尊长和师友们。请科学家不要见笑，我以为世界之所以还大有待于改进者，全因为有这些奴才的缘故。生活在奴才们中间，作奴才们的首领，我将引为生平的最大耻辱，最大的悲哀。我将变成一个暴君，或者反而正是明君：我将把我的臣民一齐杀死，连同尊长和师友，不准一个奴种留在人间。我将没有一个臣民，我将不再是奴才们的君主。

我若为王，将终于不能为王，却也真地为古今中外最大的王了。“万岁，万岁，万万岁！”我将和全世界的真的人们一同三呼。

论拍马

有一种会做官的人，到上司那里去的时候，常常是准备好了上、中、下三种书面的对策的。

忘记了是商鞅还是范雎说秦王，曾先说尧舜之道，再说汤武之道，两者都说不进去，才改说桓文之道。如今的老爷们可不这么麻烦，先窥探一下上司的口气，完全不谈那隔得较远的两策，只献出和上司意见相近的一策，使上司以为你只有一策，这一策又和自己的如此地“英雄所见”，而大加激赏。西装，中山装，都口袋多，很便于策士；记好：上策放在左边上面口袋里，中策放在右边下面口袋里，下策常常是被采纳的，尤其要记清楚，里面左边的口袋！这样才不会临时手忙脚乱，弄得牛头不对马嘴。西装，中山装的样式，都是来路货，莫非外国的老爷们也这样办；发明这种衣服式样的莫非就是策士自己？

有策而又献得上，当然是一些优秀而又幸运的人物。但官场中，大多数却是根本无策或有而献不上去的。平凡的老爷们用什么在官场里混，而且混得很不错，不幸的老爷们又怎样变得幸运了的呢？庄子曰：“盗亦有道。”准此以推，当然官亦有法。

孔子曰“事君敬礼，民以为谄也！”说穿了简单得很，就是那个“谄”字，今语谓之拍马屁！有策的人用三策拍马屁，无策的人就少不了设法打洞，用别种方法拍马屁。

拍马屁决不是一件容易事，不是空口说白话地喊几声“万岁”或“伟大的主上”就算得了数的；除了聪明才智会窥探“上头”的意向，还非要有具体表现不可，而那表现有时简直非常血腥，和你的骨肉相连，肢体相连，人性人格相连。不能牺牲这些，就不算真正拍了马屁，也就未必能真正得到“知遇”！历史上有会拍马屁的人，都是些毅然决然的大勇者：易牙蒸儿子给主子吃，乐羊子自己吃儿子的肉羹，吴起杀妻，吕不韦用妻妾施美人计，竖刁阉割自己，弥子瑕、董贤化男为女，以妾妇之道事君……

《二十年目睹之怪现状》里有一位苟观察，听说制台大人的宠妾去世了，他却正有一个绝色寡媳。两老夫妇就跪在地下劝她改嫁给制台作如夫人；寡媳不肯，乃暗中让她吃进一些春药，使她心痒难搔，不得不答应。人同此心，心向此理，这些英雄豪杰，岂不知父子之恩，夫妇之爱，人性人格之可尊又可贵？无奈要顾全这些，就没有人给官做，纵有也做不久，做不大，在官言官，也就不得不如此了！

有一种书，叫做《人怎样变成巨人？》，著者是苏联人，说的是苏联事，至于咱们贵国，如果你曾耳闻目睹过一些官场现形记，就该明白：人怎样变成非人！

我的意思是说，人，只要想做官，在官场里混，还要想尽方法混得不错，那就很容易变成非人的，像上引的易牙乃至苟观察们一样。不过这种现象，大概立刻要结束了。

1946，11，2，重庆。

【冯雪峰】

冯雪峰（1903—1976），浙江义乌人。原名福春，笔名雪峰、画室、洛扬等。1922年与汪静之等组织湖畔诗社。1927年6月加入共产党。后到上海编辑出版《萌芽》月刊，并与鲁迅共同编辑《科学的艺术论丛书》。1930年与鲁迅等发起中国自由运动大联盟。曾任左联党团书记、中共上海中央局文委书记等。新中国成立后曾任《文艺报》主编、人民文学出版社社长兼总编辑、中国作协副主席等。1958年被错划为右派，1979年改正，恢复党籍。著有《湖畔》、《春的歌集》、《真实之歌》、《鲁迅论及其他》、《雪峰文集》、《上饶集中营》、《太平天国》等。

残酷与麻木

这自然很明白：恐惧是残酷或麻木的原因，但麻木和残酷又是一切独裁及一切反动统治的更为显著的特征。

独裁和一切反动统治，是与恐惧同在的，于是这种统治所做的事，就全以巩固其统治为目的；而这样的统治者也自然都是卑怯者了。卑怯的统治者不用说也要笼络人民的，但更多的是残酷的行为：严格的箝制，酷刑和屠杀，剿伐和战争，以及种种毒计和阴谋。

而残酷的结果是麻木。……

麻木决非对人民的装聋作哑，却是残酷到了顶点或最后的状态。麻木自然也反应着人民之麻木的反应，因为人民长久在独裁的反动的残酷统治之下，或者报以粗暴的愤怒的反抗，或者冷酷到失去知觉的麻木的忍受，这都作为人民对于残酷统治的反应，却也反映到统治者而使统治者也有了对这反应的反应。

于是反动统治到了最后的时候，我们就常见这样的现象：统治对人民的压迫和屠杀是残酷到麻木的地步，而人民则麻木地被压和被杀。人民几乎已失去痛苦的感觉，而统治者更是早已不将人民当作会感到痛苦的生物，他们也早已失去这种感觉了。

在这样的社会和时代，要恢复人与人之间的常态或什么慈善之心，必须在人民的愤怒而粗暴的反抗得到胜利之后，必须在残酷到麻木的反动统治被清除之后。

残酷和麻木自然都是治民的手段，但在到了最后地步的反动统治，这也就是一切了；那唯一的目的就只在于挽回和维持能够施行这手段的统治了。

善良的单纯

这句话是从“神圣的单纯”一句话套来的。

记得在一本书上看到，在十四世纪欧洲有一个宗教改革家（我记不起叫什么名字和那一国人了），被判罪为异端，正要被处火刑的时候，有一个信神的老太婆热诚地也取一根柴加到那积聚着的柴堆上去。看见这情形，那临死的宗教改革家便不禁呼道：“哦，神圣的单纯！”

我套这一句话，是因为我忽然想起我的祖父及从前他对我讲故事时的情形了：“从前有兄弟两个，在冷天到山上去砍柴，那个弟弟忽然想起在故事里听到过的，住在金銮殿里的皇帝了。便对哥哥说：哥哥，做皇帝真福气，他砍柴都用金的柴刀砍的呵。那哥哥听了，又好气又好笑，他骂弟弟道：你这呆鸟！做皇帝还要来砍柴么？在这样冷天里，他还有不懒在家里煨芋头吃的！”于是我的祖父就好像一切都可亲爱地哈哈地笑着，还对我解释道：“那弟弟固然想不到做了皇帝那里还要砍柴；那哥哥自以为是聪明了，但也想不到皇帝那里还会吃芋头呢——真是乌鸦笑黑猪呢。”

然而，我的善良的祖父，却也不知道他自己又是乌鸦笑什么罢。当我向他追问：“那么，皇帝吃什么呢？”不是自信地说，“皇帝整年吃白米饭，每餐有大块的猪肉，像我们过新年那样么？”你看，多么的单纯！当我后来走过远地，回到故乡时和他谈到贵人们吃一餐饭所费的巨数，贵妇们所穿的一双袜子的价钱够他两年的吃用，而且穿过一次就不要了的时候，他还说是我哄他，无论怎样也不相信的。

可是我却不能笑我的祖父及和我祖父同样的人们。他单纯，但不但单纯得善良，也单纯得勇敢，——即举一年前一个例子罢，当他一根一根积累起来，已经积聚了六十年了的准备造房子的三四百根大木材，完全被日本人焚烧了的时候，据说像昏迷了似的睡了三天之后，就又恢复了精神，说道："重新来过！"却完全忘记他自己说这话的时候是已经七十八岁了。

1943.8-12月于重庆

【邓小平】

邓小平（1904—1997），四川广安人。原名希贤，又名斌。1920年赴法勤工俭学，1922年加入中国旅欧少年共产党，1924年转入中国共产党。1927年大革命失败后，以中共中央秘书处负责人身份参加八七会议。曾在广西领导百色起义和龙州起义，创建红七军、红八军和左右江革命根据地。1934年随中央红军参加长征。次年以中共中央秘书长的身份参加遵义会议。曾任八路军总政治部副主任、八路军一二九师政委、中共晋冀鲁豫中央局书记、中共淮海战役总前委书记等职。新中国成立后，成为中国共产党以毛泽东同志为核心的第一代中央领导集体的重要成员；党的十一届三中全会以后，成为中国共产党第二代中央领导集体的核心，是中国社会主义改革开放和现代化建设的总设计师，建设有中国特色社会主义理论的创立者。主要著作编为《邓小平文选》。

尊重知识，尊重人才

我们要实现现代化，关键是科学技术要能上去。发展科学技术，不抓教育不行。靠空讲不能实现现代化，必须有知识，有人才。没有知识，没有人才，怎么上得去？科学技术这么落后怎么行？要承认落后，承认落后就有希望了。现在看来，同发达国家相比，我们的科学技术和教育整整落后了二十年。科研人员美国有一百二十万，苏联九十万，我们只有二十多万，还包括老弱病残，真正顶用的不很多。日本人从明治维新就开始注意科技，注意教育，花了很大力量。明治维新是新兴资产阶级干的现代化，我们是无产阶级，应该也可能干得比他们好。

抓科技必须同时抓教育。从小学抓起，一直到中学、大学。我希望从现在开始做起，五年小见成效，十年中见成效，十五年二十年大见成效。办教育要两条腿走路，既注意普及，又注意提高。要办重点小学、重点中学、重点大学。要经过严格考试，把最优秀的人集中在重点中学和大学。

要从科技系统中挑选出几千名尖子人才。这些人挑选出来之后，就为他们创造条件，让他们专心致志地做研究工作。生活有困难的，可以给津贴补助。现在有的人家里有老人孩子，一个月工资几十元，很多时间用于料理生活，晚上找个安静地方读书都办不到，这怎么行呢？对这些人的政治要求要适当。他们在政治上要爱国，爱社会主义，接受党的领导。他们做好研究工作，出了成果，就对政治有利，对中华人民共和国有好处。

一定要在党内造成一种空气：尊重知识，尊重人才。要反对不尊重知识分子的错误思想。不论脑力劳动，体力劳动，都是劳动。从事脑力劳动的人也是劳动者。将来，脑力劳动和体力劳动更分不开来。发达的资本主义国家有许多工人的工作就是按电钮，一站好几小时，这既是紧张的、聚精会神的脑力劳动，也是辛苦的体力劳动。要重视知识，重视从事脑力劳动的人，要承认这些人是劳动者。

在军队中，科研和教育也要一起抓，进行现代战争没有现代战争知识怎么行？要使军队领导干部自己有知识而且尊重知识。要办各级学校，经过训练，使军队领导干部掌握现代科学文化知识和现代战争知识；同时使我们的部队干部年轻化。六十岁的人当军长是不行的。

科技和教育，各行各业都要抓。大的企业都要有科学技术研究机构，有科学技术研究人员。每个部门都要进行科学研究。

一九七七年五月二十四日

用中国的历史教育青年

大学生闹事，主要责任不在学生，而是少数别有用心的人煽动，其中主要是少数党内高级知识分子。我们严肃地处理了这件事。但是，反对资产阶级自由化的斗争还没有结束。对于中国现在干的究竟是什么事情，有些人还没有搞清楚。我们干四个现代化，人们都说好，但有些人脑子里的四化同我们脑子里的四化不同。我们脑子里的四化是社会主义的四化。他们只讲四化，不讲社会主义。这就忘记了事物的本质，也就离开了中国的发展道路。这样，关系就大了。在这个问题上我们不能让步。这个斗争将贯穿在实现四化的整个过程中，不仅本世纪内要进行，下个世纪还要继续进行。正因为斗争是长期的，所以我们不搞运动，主要是进行教育。既是斗争的过程，也是说服教育的过程，但最终说服不相信社会主义的人要靠我们的发展。如果我们本世纪内达到了小康水平，那就可以使他们清醒一点；到下世纪中叶我们建成中等发达水平的社会主义国家时，就会大进一步地说服他们，他们中的大多数人才会真正认识到自己错了。现在看，现我们确定的宏伟目标有希望。

这些年总的发展不错，国家情况好，人民生活逐步提高。学生们放假回家，可以看到自己家里生活确实发生了变化，父母也要给他们上课的。所以，学生闹事这类问题对中国影响不会很大，更不会改变我们的现行方针和政策。至于我们党的总书记胡耀邦同志自己要求辞职，这与学生闹事这件事有一定的关系。但是，这一人事变动对我们的方针政策不会有任何影响，就是说我们的方针政策不会改变，可能执行得更好。总之，我们是一切照旧干下去，我们的决心更加强了。

学生们闹一下的好处，是提醒我们好好总结这几年的发展经验，使我们更清楚了问题在哪里。几年来我们制定的方针政策是成功的，但是在发展中也带来一些消极因素。只有消除消极因素，才能更好地实现发展。消极因素主要表现在理论、思想、文化领域。因此，我们特别强调坚持四项基本原则，反对资产阶级自由化，同时提出加强思想政治工作、说服教育工作，同社会不良风气包括特权思想进行斗争。“文化大革命”带坏了一代人。所以，我们提出要教育人民成为“四有”人民，教育干部成为“四有”干部。“四有”就是有理想、有道德、有文化、有纪律。搞资产阶级自由化的人提出的理想与我们的不同。我们讲的是社会主义、共产主义理想，而他们却提倡资本主义理想。中国从鸦片战争起沦为半殖民地半封建社会，中国人成了世界著名的“东亚病夫”。从那时起的近一个世纪，我国有识之士包括孙中山都在寻求中国的出路。孙中山开始就想学习西方，所谓西方即资本主义。后来，孙中山觉得资本主义西方不行了，提出“以俄为师”，学习十月革命后的俄国，开始了国共合作，导致北伐战争的胜利。孙中山逝世以后，国民党的统治使中国继续处在半殖民地半封建社会的悲惨地位，在日本侵华期间大片国土沦为殖民地。在帝国主义、封建主义和后来发展起来的官僚资本主义压迫下，中国继续贫穷下去。这个历史告诉我们，中国走资本主义道路不行，中国除了走社会主义道路没有别的道路可走。一旦中国抛弃社会主义，就要回到半殖民地半封建社会，不要说实现“小康”，就连温饱也没有保证。所以了解自己的历史很重要。青年人不了解这些历史，我们要用历史教育青年，教育人民。总之，我们在本世纪还要用十几年时间，下世纪还要用三五十年时间，继续向人们证明，我们选择的道路是正确的。我们对自己的发展充满信心，同时也认识到这不是一件轻而易举的事，不能丧失警惕。斗争要求我们把工作做得更细致一些，注意经常总结经验。

一九八七年二月十八日

【艾　芜】

艾芜（1904—1992），四川新繁人。原名汤道耕，笔名刘明、吴岩、汤爱吾等。1932年加入左联。1944年由桂林逃难到重庆，编辑抗敌协会重庆分会会刊《半月文艺》。1946年到陶行知担任校长的社会大学任教。1949年后，任重庆市文化局长、中国作家协会理事、全国文联委员等职。1957年加入中国共产党。主要作品有短篇小说集《南行记》、长篇小说《山野》、《百炼成钢》等。

冬　夜

冬天，一个冰寒的晚上。在寂寞的马路旁边，疏枝交横的树下，候着最后一辆搭客汽车的，只我一人。虽然不远的墙边，也蹲有一团黑影，但他却是伸手讨钱的。马路两旁，远远近近都立着灯窗明灿的别墅，向暗蓝的天空静静地微笑着。在马路上是冷冰冰的，还刮着一阵阵猛厉的风。留在枝头的一两片枯叶，也不时发出破碎的哭声。

那蹲着的黑影，接了我的一枚铜板，就高兴地站起来向我搭话，一面抱怨着天气："真冷呀，再没有比这里更冷了！……先生，你说是不是？"

看见他并不是个讨厌的老头子，便也高兴地说道："乡下怕更要冷些吧？"

"不，不，"他接着咳嗽起来，要吐出的话，塞在喉管里了。

我说："为什么？你看见一下霜，乡下的房屋和田野，便在早上白了起来，街上却一点也看不见。"

他捶了几下胸口之后，兴奋地接着说道："是的，是的，……乡下冷，你往人家门前的稻草堆上一钻就暖了哪……这街上，哼，鬼地方！……还有那些山里呵，比乡下更冷哩，咳，那才好哪！火烧一大堆，大大小小一家人，闹热呀！……"

接着他便说到壮年之日，在南方那些山中冬夜走路的事情。一个人的漂泊生活，我是喜欢打听的，同时车又没有驰来，便怂恿他说了下去，他说晚上在那些山里，只要你是一个正派的人，就可以朝灯火人家一直走去，迎着犬声，敲开树阴下的柴门，大胆地闯进。对着火堆周围的人们，不管他男的女的，用两手向他们两肩头一分，就把你带着风寒露湿的身子，轻轻地放了进去。烧山芋和热茶的香味，便一下子扑入你的鼻子。抬头看，四周闪着微知的眼睛，欢迎着，毫没有怪你唐突的神情。你刚开口说由那儿来的时候，一杯很热的浓茶，就递在你的下巴边上。老太婆吩咐她的孙女，快把火拨大些，多添点子柴，说是客人要烘暖他的身子；你暖和了，还不觉得疲倦的话，你可以摸摸小孩子的下巴，拧拧他们的脸蛋，做一点奇怪的样子，给他们嘻笑。年轻的妈妈，一高兴了，便会怂恿他的孩子把拿着要吃的烧山芋，分开一半，放在你这位客人的手上。如果你要在他们家过夜，他们的招待，就更来得殷勤些。倘若歇一会，暖暖身子，还要朝前赶路，一出柴门，还可听见一片欢送的声音，“转来时，请来玩呀！”老头子讲着讲着，给冷风一吹，便又咳嗽起来，我听得冷都忘记了，突然老头子忘形地拉着我问道：

“先生，这到底是什么原因哪？……这里的人家，火堆一定烧得多的，看窗子多么亮哪，……他们为什么不准一个异乡人进去烤烤手哩？”

搭客汽车从远处轰轰地驰来了，我赶忙摆他的手，高声说：道：“因为他们是文明的人，不像那些山里的……”

再跳进通明的汽车里，蓦地离开他了。但远的南国山中，小小的灯火人家里面，那些丰美的醉人的温暖，却留在我的冬夜的胸中了。

【丁　玲】

丁玲（1904—1986），湖南临澧人。湖南临澧人。原名蒋冰之，笔名彬芷等。1924年进入中国共产党创办的上海大学中国文学系学习。 1931年参加左联，后出任左联机关刊物《北斗》主编及左联党团书记。1932年加入中国共产党。新中国成立后，致力于社会主义文学事业，先后任《文艺报》主编、中共中央宣传部文艺处长、中国作协党组书记、副主席和《人民文学》主编等职；还担任了全国政协委员、常委，国务院文化教育委员会委员、中国妇联理事、中国文联委员和党组副书记、全国人大代表等社会职务。主要作品有《莎菲女士的日记》、长篇小说《太阳照在桑干河上》等。

彭德怀速写

“一到战场上，我们便只有一个信心，几十个人的精神注在他一个人身上，谁也不敢乱动；就是刚上火线的，也因为有了他的存在而不懂得害怕。只要他一声命令‘去死！’我们就找不到一个人不高兴去迎着看不见的死而勇猛地冲上去！我们是怕他的，但我们更爱他！”

这是一个二十四岁的青年政治委员告诉我的。当他述说这一段话的时候，发红的脸上隐藏不住他的兴奋。他说的是谁呢？就是现在我所要粗粗画几笔的彭德怀同志，他现在正在前方担任红军的前敌副总指挥。

穿的是最普通的红军装束，但在灰色布的表面上，薄薄浮着一层黄的泥灰和黑色的油，显得很旧，而且不大合身，不过他似乎从来都没有感觉到。脸色是看不清的，因为常常有许多被寒风所摧裂的小口布满着，但在这不算漂亮的脸上有两个黑的、活泼的眼珠转动，看得见有在成人的脸上找不到的天真和天真的顽皮。还有一张颇大的嘴，充分表示着顽强，这是属于革命的无产阶级的顽强的神情。每一遇到一些青年干部或是什么下级同志的时候，看得出那些昂奋的心都在他那种最自然诚恳的握手里显得温柔起来。他有时也同这些人开玩笑，说着一些粗鲁无伤的笑话，但更多的时候是耐烦地向他们解释许多政治上工作上的问题，恳切地显着对一个同志的勉励。这些听着的人便望着他，心在沉静了，然而同时又更奋起了。但一当他不说话沉思着什么的时候，周围便安静了，谁也惟恐惊扰了他。有些时候他的确使人怕的，因为他对工作是严格的，虽说在生活上是马马虎虎；不过这些受了严厉批评的同志却会更爱他的。

拥着一些老百姓的背，揉着它们，听老百姓讲家里事，举着大拇指在那些朴素的脸上摇晃着说："呱呱叫，你老乡好得很……"那些嘴上长得有长胡的也会拍着他，或是将烟杆送到他的嘴边，哪怕他总是笑着推着拒绝了。后来他走了，但他的印象却永远留在那些简单的纯洁的脑子中。

一九三六年十二月

我怎样飞向了自由的天地

我出生的家庭，是一个没落的望族，这种家庭对于人一点好处没有。好容易我母亲冲到社会上来而且成为一个小学校长。我也完全由我母亲的教育而做一个女子师范学校的预科生。但我的母亲由于环境和时代的限制，她的思想也不过是使得我将来有谋取职业的本领，不至于在家里受气，和一个人应该为社会上做一番事业。我自己呢，完完全全是一个糊涂的小孩子，从来也没有过什么思想，顶满意自己的环境，觉得自己很聪明，校长、教员、同学都喜欢我，可是这时忽然来了"五四"。"五四"的思想在那时因为我的年龄和知识都够不上接受什么，没有什么直接影响，但对于我的前途却有很大的关系，我之所以有今天，不能不说是"五四"的功劳。

"五四"那年，我正在桃源女师预科读书。这个学校以前没有过什么社会活动。但"五四"的浪潮，也冲击到这小城市了。尤其是里面的一小部分同学，她们立刻成立学生会，带领我们去游街、讲演、喊口号。我们开始觉得很茫然，她们为什么这样激动呢？我也跟在她们后边，慢慢我有了一个思想：“不能当亡国奴。”她们那时在学校里举行辩论会，讨论很多妇女问题、社会问题。教员很少同情她们，同学们大多数赞成她们。我很佩服其中的两个同学：杨代诚和王剑虹。可惜由于我那时班次低，年龄小，没有同她们在一起，然而只要有机会我就表示了我的态度。譬如有一次她们讲到女子剪发，同教员们做了很激烈的论争，教员讲话，我们不鼓掌；王剑虹一讲话，我们就鼓掌。会后许多人都把辫子剪了，我也不假思索的跟着做。现在剪发是太平凡了，而且成为当然的现象，但那时却是件大事。我们为着没有辫子，四处遭受冷嘲或责骂。后来她们又办了一个贫民夜校，看见我喜欢活动，叫我去教珠算，学生们看见我比讲台的桌子高不了多少，都叫我“崽崽先生”。

这一群同学当时是我的指路明灯，她们唤起我对社会的不满，灌输给我许多问号，她们本身虽没有给我以满意的答复，却使我有追求真理的萌芽。后来我又随着王剑虹、杨代诚到了上海，她们把我领到广大的领域里。我们做了很好的朋友，茅盾先生在《丁玲传》里说到她们。现在让我纪念早死的剑虹，和致意活在南方的一知吧（一知即杨代诚）。

我的母亲在常德，当时她如何受到“五四”的影响，我不大清楚。总之，当我暑假回到家时，我的母亲便同我谈到转学问题，她觉得一个人要为社会做事首先得改革这个社会，如何改革这个社会是今天必求的学问。一般的师范中学的课程，不能解决这个问题。她说长沙周南女子中学要进步得多，那里面有新思想。于是母亲自己把我送到长沙，把我托付给她的一个旧同学陶斯咏先生了。一年半以后，我母亲又放手让我随王剑虹到上海去，也基于这种思想，她要使我找着一条改革中国社会的路。后来她自己也打到了这条路，她完全同意我，我们不只是母女关系，我们是同志，是知己。从那时离开她二十多年，我都在外奔波，她从没有后悔，而且向往着我的事业，支持我。我的母亲呵！你现在生活怎样？我们被反动者们封锁了隔绝了，你无依无靠，但是你会挣扎的，你的生命力是坚强的。中国今天已经有了和平民主的曙光，中国的道路和我的道路都已经很明白的摆在中国人民面前了。这二十多年的革命历史，多少先烈在前面牺牲了，他们的血，和我们的奋斗不是白费的。母亲呵！你愉快吧！祝福你健康的活在人间，不久的将来我们会再见的。

母亲！

进了周南之后，幸运的是我那一班的国文教员陈启明先生是全校最进步的人物。我们那时把他看成一个神圣的人物。他是湖南第一师范毕业的学生，同当时即在湖南有名的毛泽东同志是同学。他订了许多外边的杂志报纸，他在那些文章上用朱笔画上圈交给我们读，读不懂他便讲解。很多《新青年》上的文章成了教材。我们同学大部分都不大注意别的功课，欢喜谈论问题，反对封建制度成为那时主要的课题。我在这种空气中，自然也就变得多所思虑了，而且也有勇气和一切旧礼教去搏斗。当我再回到家里的时候，首先我废除了那些虚伪繁琐的礼节，公开指斥那些腐化生活，跟着也得着我母亲的帮助把婚约解除了。大家都认为我是大逆不道，都责备我母亲对我的放任，可是我是多么骄傲。陈启明不只在思想上替我种下某些社会革命的种子，而且是多么鼓励我从事文学。在没有进周南以前，当我还在小学的时候，我便读过很多的小说，可是我的作文总不十分好。因为是用文言作文，有时还要我作四六文呢。陈启明介绍我读了许多新小说、新诗，我那时即读胡适的文章、诗、他的翻译小说，读康白情的诗，读秋瑾的《秋风秋雨愁煞人》，《最后一课》、《二渔夫》等是我最喜欢的。当然那故事的情调，写普法战争，法国感到快要亡国的痛苦，是深合于那时我们的情绪的。于是我便学着写，写诗，写散文，还写过一篇小说，有两首小诗刊载在陈启明等编辑的《湘江日报》上。这些东西当然是非常幼稚，算不得什么写作，不过却培养了我的文学兴趣，使后来我在社会上四处碰壁无路可走的时候，我会想起用一枝笔来写出我的不平，和对于中国社会的反抗，揭露统治阶级的黑暗。一直到现在，使我有这枝笔为中国人民服务，陈启明先生给我的鼓励是有作用的。

陈启明因他的思想“过激”，而被解聘，我们感到很大的难受，我随着几个年长的同学又跑到一个男子中学去读书。这时这几个同学因为年龄和知识都比我较大较高，大家都感觉到在这个学校里也学不到什么，她们便离开了学校，准备自修。我呢，总觉得要向一个更遥远更光明的地方去追求。恰巧王剑虹从上海回来了。她向我宣传陈独秀、李达他们在上海要办一个平民女子学校，她邀我一起去。我又得着我母亲的赞助，抱着满怀的幻想到上海去了。自然，我并没有一下便找着光明大道，我打过几个圈子，碰了许多壁才走上正确的路的。但从这时我却飞到了一个较广阔，较自由的天地。我是放任过我自己，勇敢翱翔过，飞向天，被撞下地来，又展翅飞去，风浪又把我卷回来。我尽力回旋，寻找真理，慢慢才肯定方向，落到实际。我虽没有参加“五四”，没赶得上，但“五四”运动却影响了我。我在“五四”浪潮极后边，它震动了我，把我带向前边。

一九四六年五月为《时代青年》写

【邓颖超】

邓颖超（1904—1992），祖籍河南光山，生于广西南宁。原名文淑。1919年与周恩来、郭隆真等组织觉悟社。1924年加入中国社会主义青年团，次年转入中国共产党。同年与周恩来结婚。长期从事领导中共中央妇委工作。新中国成立后，长期在全国妇联从事领导工作，曾担任第一、二、三届全国妇联副主席和第四届名誉主席。

恋爱与结婚

我们为什么要恋爱呢，第一，因为要得到婚姻的美满结果与求得精神上的安慰。第二，是要互相鼓励，互相劝勉和互相进步。即是经过恋爱的过程以达到结婚的美满结果。

怎样恋爱呢？——我们既不是恋爱至上主义者，又不愿马马虎虎的结合，那末就必须从政治方面出发，并求不妨碍工作和学习。青年人在恋爱时期应该提出工作竞赛来互相鼓励，互相进步。这样，两性生活才不至于变成无意义和觉得厌烦，只要从学习和工作方面来努力，来互相鼓励，爱情生活一定会过得好的。

要结婚的美满，要自由恋爱，就必须男女社交公开，使男女之间没有隔膜。但是有人就没有这样的认识，他们时常是只要见到某两个男女在一起玩一玩，溜一溜，坐在一起随便谈谈，便要说人家是在恋爱了，这是不对的。这样一来，男女青年之间自己就给自己造下了一座墙。我们主张男女之间应该多接触，那一个合不合，才可以选择。这样达到的结婚才能巩固。

恋爱时间的长短不能预先决定，要多少时间才算正好，得看本身的需要。两个人觉得了解够了，婚姻前后的许多问题都解决了，两性的常识知道了，就可以结婚。不过我觉得从恋爱到结婚必需有一个相当长的时期，因为男女婚姻问题，真是一个人的所谓“终身大事”，关系着一生的幸福。

谈到为什么结婚的问题，就有人认为“结了婚在政治上会落后”，也有人说“结婚是恋爱的坟墓”，特别是一些女同志觉得结了婚，终身事业就完了，最少也要妨碍了自己的进步；而我觉得都不是这样的，我以为结婚应该是恋爱的最高发展。

我们为什么结婚呢？是为了求得两性的安慰与幸福，也是为了人类生活的持续。所以问题不在应否结婚，而在如何慎重其事以及如何进行结婚以后的生活。

我们应该认为婚姻是幸福和安慰，同时也应该慎重，但是要在世界上找到完全没有缺点的人是办不到的，所以我们在这个问题上，第一，就必须知道帮助对方前进，必须有一个坚定的立场第二，就必须在思想上相同，和从革命的原则出发。为了这些，应该经常的进行两性教育，在延安，从青年团体、妇女团体与学校，一直到医院都应该进行各方面的，政治的、生理的和两性生活的教育。我们反对对两性问题的忽视程度。

至于谈到结婚以后应该如何生活的问题，我们就以为结婚是幸福的开始。“爱情是创造的”这句话是对的。只有不断的创造爱情，使彼此都感觉到生活是向上的，是新鲜的，才能克服感情上的冲动，达到美满持久的爱情生活。怎样创造爱情？就是在工作、学习和生活上要更加能够互相帮助，在新的知识上互相进步。但这里要注意一个问题，就是在工作上和政治上倂如发现对方有了不良倾向，就应该进行善意的斗争，不能让步，至于生活方面的琐细问题，男同志应多多体贴和帮助女同志，多让步一些。

在这里我们常常看到这种现象；就是一部分女同志在结婚以后，就以为终身有靠便不再求进步，一部分男同志也认为既经结婚，女的便是我的，因而不愿帮助她来进步，甚至彼此互相监视，禁止和异性接触，以致把生活弄得沉闷而厌倦，这种现象只有使爱情死亡和生活痛苦，完全是错误的。上面讲过，我们不愿结婚，大约就是因为看到这种不正当的表现而引起的概念。

最后，还有一件对于婚后生活很有关系的问题，就是生小孩的问题。为了传留后代，而且是为了扶养将要继续人类革命事业的新生的后辈，我们是赞成生育，鼓励生育的。当然，因为战争环境，因为物质条件的困难以及为了可以轻身参加革命，一般青年要节制生育，要避孕，也不能厚非，不过我们总以为走到极端的倾向是需要铲除的。在我们之间有一部分人轻视怀孕的和生育小孩的女人，有一部分怀孕和抚育小孩的女人也认为自己是政治上的落后者，把小孩当作自己的绊脚石，这种现象固然是发生在我们猛列要求革命的热望之中，但究竟是不对的。我们以为既然生了小孩就应该尽父母之力来爱护小孩，要把扶育小孩当做革命工作的一部分；而在整个生产和扶育小孩的过程中，男的应该特别关心和鼓励女的，做得好，生育的问题是可以使夫妇之间的爱情更巩固，生活更活跃的呵！

【陈　云】

陈云（1905—1995），江苏青浦（今属上海）人。1920年入上海商务印书馆当学徒、店员。1925年加入中国共产党，后在上海从事工人运动。曾任中共松浦特委组织部长，江苏省委沪宁巡视员和省委委员，中共上海闸北、法南区委书记和江苏省委组织部部长、省委书记等职。1933年到江西中央革命根据地。次年参加长征。曾任中共驻共产国际代表团团员。新中国成立后，曾任政务院副总理兼财经委员会主任、重工业部部长、商业部部长、中央财经领导小组组长、国家基本建设委员会主任、中央政治局委员、书记处书记等职。主要著作编为《陈云文选》、《陈云文稿》等。

一个深晚

一九三二年阴历十一月的某一天，大约是深晚十一时许了，我坐着一辆黄包车，把戴在头上的铜盆帽挪低到眉毛以下，把吴淞路买来的一件旧的西装大衣的领头翻起盖满两颊，由曲曲弯弯的小路到了北四川路底一路电车掉头的地方就停下了黄包车。付了车钱，往四边一看，没有人“盯梢”，我就迅速地走进了沿街的一座三层楼住宅房子的大门。这是一座分间出租的住宅，走进大门就是楼梯。大约是在三层楼的右首的那间房间的门口，门上有着一个同志预先告诉我的记号。我轻轻的扣了两下，里面就出来了一位女主人。我问：“周先生在家吗？我是×先生要我来，与×先生会面的。”女主人就很客气的请我进去。

秋白同志一切已经准备好了，他的几篇稿子和几本书放在之华同志的包袱里，另外他还有一个小包袱装着他和之华的几件换洗的衣服。我问他：“还有别的东西吗？”他说：“没有了。”“为什么提箱也没有一只？”我奇怪的问他。他说：“我的一生财产尽在于此了。”他问我：“远不远？”“很远，我去叫三辆黄包车。”我说着，正想下楼去叫车子，旁边那位五十以外庄重而很关心我们的主人就说：“不用你去，我叫别人去叫黄包车。”说着就招呼女主人去叫黄包车去。这时候，秋白同志就指着那位主人问我：“你们会过吗？”我和那位主人同时说：“没有。”秋白同志说：“这是周先生，就是鲁迅先生。”同时又指着我向周先生说：“这是×同志。”“久仰得很！”我诚恳地尊敬地说了一声。的确，我是第一次见鲁迅。他穿着一件旧的灰布的棉袍子，庄重而带着忧愁的脸色表示出非常担心地恐怕秋白、之华和我在路上被侦探、巡捕捉了去。他问我：“深晚路上方便吗？”“正好天已下雨，我们把黄包车的篷子撑起，路上不妨事的。”我用安慰的口气回答他。我是第一次与鲁迅会面，原来不知他哪里人，听他的说话，还多少带着绍兴口音。后来我把秋白、之华送到了他们要去的房子里，问起秋白同志，才知道鲁迅确是绍兴人。

一会儿女主人回头说：“车子已经停在门口。”我说“走吧”，就帮助之华提了一个包袱，走到门口。秋白同志向鲁迅说：“我要的那两本书，请你以后就交××带给我。”又指着我向鲁迅说：“或者再请×同志到你这里来拿一下。”我就顺便插口：“隔几天我来拿。”正想开门下楼去，之华还在后头与女主人话别。我们稍微等了一下，鲁迅就向秋白同志说：“今晚上你平安到达那里以后，明天叫××来告诉我一声，免得我担心。”秋白同志答应了。一会儿，我们三人就出了他们的房门下楼去，鲁迅和女主人在门口连连的说：“好走，不送了。”当我们下半只楼梯的时候，我回头去望望，鲁迅和女主人还在门口目送我们，看他那副庄严而带着忧愁的脸色上，表现出非常担心我们安全的神气。秋白同志也回头望了他们一眼，说：“你们进去吧。”他们默不作声地点了点头。当我们走下到了二层楼梯口，才听到三层楼上拍的一声关上了房门。

秋白同志自从一九三二年××同志被捕以后，侦探到处在追逐他，病得又很重，住在鲁迅家里已经好久了。虽然鲁迅当时也为暗探四面跟踪着，但是鲁迅终于把秋白同志安全地保护了几个月。后来因为外面已经有些“风声”，所以我们就把秋白同志搬到另一个地方。我们本来还要到鲁迅家去替秋白同志拿那几本书，我也很想再去会会鲁迅，后来因为别的原因，很快的离开了上海，所以没有再去。我这第一次的会见鲁迅也就成了最后一次的会见鲁迅了。

鲁迅竟死了！当我读了报纸上鲁迅病卒的消息时，我脑子里一阵轰轰的声音，坐在椅子上呆呆的出神了几分钟，那身穿灰布棉袍和庄严而带着忧愁脸色的鲁迅立刻在我脑子里出现，似乎他还在说：“深晚路上方便吗？”

鲁迅虽然死了，但是鲁迅的思想却深印在中国百万青年的脑子里。鲁迅的“坚决，不妥协的反抗”的精神，永远遗留在我们中国青年的思想里，将领着他们走上解放中华民族与解放劳动大众的光明大道。鲁迅虽死，鲁迅的精神不死。

鲁迅的死，是我们中华民族绝大的损失。鲁迅的死，损失了一个爱护我们党，爱护我们革命战士的中国共产党的最好的朋友。同志们！朋友们！不用悲伤！向前进吧！鲁迅一生奋斗的事业，还需要我们勇敢坚决去完成。

一九三六年十月二十六日

【杨　刚】

杨刚（1905—1957），祖籍湖北沔阳，生于江西萍乡。原名杨季征、扬缤。1928年至1932年就读于北平燕京大学英国文学系。1930年加入中国共产党。193 8年任香港《大公报》副刊《文艺》主编。1943年赴美国学习文艺。1944年至1948年，担任《大公报》驻美国特派员。1948年回国后任天津《进步日报》副总编辑。1950年调北京任周总理办公室主任秘书、中宣部国际宣传处处长、《人民日报》副总编辑。著有散文集《沸腾的梦》、《东南行》，历史小说《公孙鞅》，长诗《我站在地球中央》，中篇小说集《桓秀外传》，通讯集《美国札记》

星

神奇和美妙倘若不存于人间，则天上一定不会有神奇。有美妙，不，连宇宙都不会有。

我面着宇宙，我仰慕那浩渺无穷的苍天。特别喜欢留连在晚上，没有月亮的时候，那时节晶子一样透明的星，豪奢无度的布满了黯默的天。那天，在那时是黑暗，是哑默，并且连手势和暗号都不能作，永不能使人知道明天还有没有光明的后继者，黑暗能不能永远霸占了光明的位置，将人生就此埋葬得不见天日。

星星，最快乐，最丰繁谦逊，屏绝了一切自我狂，虚荣感的星星不只是黑暗中的晶子，也是宇宙的宝库。它点点碎碎，细细密密，可是精精亮亮地撒遍了宇宙的每一个小角落：成为自然伟大的美的创造。每一颗星的工程都极其精致，仿佛一架复杂机器上的一枚小螺旋钉，但每一颗星在自己的地位上都极其大方，十分尊重，各自以百分的至心发辉光明。燃烧这光明，使它一直跑着几千万万，几亿万万里的长途，永不乏力，永是那么清醒。那么晶亮，那么快乐，各自站在自己的位置上，成为美与真的融合。宇宙若没有星星，宇宙该埋在黑暗底下了吧；宇宙没有星星，人将用什么信心爬上床去，用安息度过黑暗，直等到明天的光明来临？人将凭了什么知道光明还未曾死灭？

可是宇宙神奇中之神奇者莫过于我民族里巨万的星星。在黑暗——抗战的洗礼——要临到的时候，他们各自站好了自己的地方准备着。他们是丰繁得无比，在战场上，在壕沟里，在大炮旁边，机关枪底下，也在水火死亡，流离破散中间，在×人的刺刀尖和靴尖上，在×人间谍，汉奸的侦逐网下，总之在一切失去了漂亮背境的场合中，他们谦逊的屏绝了自我狂和虚荣感而生活在大时代黑境暗的一面，用自己的光明作光明，用自己的能力当启示，作为永恒光明的保障。我想着这些神奇美妙的星子，心头是涌着血潮，而眼中却不能忍禁泪珠！我们巨万巨万的星星，是以伟大的沉默在×人无比的喧嚣之下，黑暗用各种的张狂吼叫以增加它的威势，而我们的星星除了以十分至心发出它万年生命中最完美无缺的光明之外，他们缄着口经历碎尸裂骨，被苍蝇吃死，被疼痛咬死，被霍乱疟痢，暴暑隆寒鞭打煎熬至死，没有怨声，只有谦逊和笑容！这超越宇宙的神奇美妙，那里再去找呢？这不是光明的铁券是什么？世上该有大群大群为了星星的存在而消灭了对黑暗的恐怖的吧，我因此深庆幸我是中国人，尤庆我生在今日！

【李广田】

李广田（1906—1968），山东邹平人。号洗岑，笔名黎地、曦晨等。1923年考入济南第一师范后，开始接触五四以来新思潮、新文学。1929年考入北京大学外语系。1935年北大毕业，回济南教书，后出版散文集《画廊集》、《银狐集》。1941年秋至昆明，在西南联大任教。1948年加入中国共产党。历任中国科学院云南分院文学研究所所长，作协云南分会副丰席、中国作协理事等。著有长篇小说《引力》，理论专著《诗的艺术》、《文学枝叶》、《文艺书简》、《创作论》、《论文学教育》，诗集《汉园集》（合著）、《春城集》等。

花　潮

昆明有个圆通寺。寺后就是圆通山。从前是一座荒山，现在是一个公园，就叫圆通公园。公园在山上。有亭，有台，有池，有榭，有花，有树，有鸟，有兽。后山沿路，有一大片海棠，平时枯枝瘦叶，并不惹人注意，一到二、四月间，其是花团锦簇，变成一个花世界。

这几天天气特利好，花开得也正好，看花的人也就最多。“紫陌红尘拂面来，无人不道看花回”，办公室里，餐厅里，晚会上，道路上，经常听到有人问答：“你去看海棠没有？”“我去过了。”或者说：“我正想去。”到了星期天，道路相逢，多争说圆通山海棠消息。一时之间，几乎形成一种空气，甚至是一种压力，一种诱惑，如果谁没有到圆通山看花，就好像是一大憾事，不得不挤点时间，去凑个热闹。

星期天，我们也去看花。不错，一路同去看花的人可多着哩。进了公园门，步步登山，接踵摩肩，人就更多了。向高处看，隔看密密层层的绿荫，只见一片红云，望不到边际，真是，“寺门尚远花光来，漫天锦绣逢云开”。这时候，什么苍松啊，翠柏啊，碧梧啊，修竹啊，……都挽不住游人。大家都一口气地攀到最高峰，淹没在海棠花的红海里。

后山一条大路，两旁，四周，都是海棠。人们坐在花下，走在路上，既望不见花外的青天，也看不见花外还有别的世界。花开得正盛，来早了，还未开好，来晚了已经开败，“千朵万朵压枝低”，每棵树都炫耀自己的鼎盛时代，每一朵花都在微风中枝头上颤抖着说出自己的喜悦。“喷云吹雾花无数，一条锦绣游人路”，是的，是一条花巷，一条花街，上天下地都是花，可谓花天花地。可是，这些说法都不行，都不足以说出花的动态，“四厢花影怒于潮”，“四山花影下如潮”，还是“花潮”好。古人写诗真有他的，善于说出要害，说出花的气势。你不要乱跑，你静下来，你看那一望无际的花，“如钱塘潮夜澎湃”，有风，花在动，无风，花也潮水一般地动，在阳光照射下，每一个花瓣都有它自己的阴影，就彷佛多少波浪在大海上翻腾，你越看得出神，你就越感到这一片花潮正在向天空向四面八方伸张，好像有一种生命力在不断扩展。而且，你可以听到潮水的声音，谁知道呢，也许是花下的人语声，也许是花丛中蜜蜂嗡嗡声，也许什么地方有黄莺的歌声，还有什么地方送来看花人的琴声，歌声，笑声……这一切交织在一起，再加上风声，天籁人籁，就如同海上午夜的潮声。大家都是来看花的，可是，这个花到底怎么看法？有人走累了，拣个最好的地方坐下来看，不一会，又感到这里不够好，也许别个地方更好吧，于是站起来，既依依不舍，又满怀向往，慢步移向别处去。多数人都在花下走来走去，这棵树下看看，好，那棵树下看看，也好，伫立在另一棵树下仔细端详一番，更好，看看，想想，再看看，再想想。有人很大方，只是驻足观赏，有人贪心重，伸手牵过一枝花来摇摇，或者干脆翘起鼻子一嗅，再嗅，甚至三嗅。“天公斗巧及如此，令人一步千徘徊”。人们面对这绮丽的风光，真是徒唤奈何了。

老头儿们看花，一面看，一面自言自语，或者嘴里低吟着什么。老妈妈看花，扶着拐杖，牵着孙孙，很珍惜地折下一朵，簪在自己的发髻上。青年们穿得整整齐齐，干干净净，好像参加什么盛会，不少人已经穿上雪台的衬衫，有的甚至是绸衬衫，有的甚至已是短袖衬衫，好像夏天已经来到他们身上，东张张，西望望，既看花，又看人，神气得很。青午妇女们，也都打扮得利利落落，很多人都穿着花衣花裙，好像要与花争妍，也有人擦了点胭脂，抹了点口红，显得很突出，可是，在这花世界里，又叫人感到无所谓了。很自然地想起了龚自珍《西郊落花歌》中说的，“如八万四千天女洗脸罢，齐向此池倾胭脂”，真也有点形容过分，反而没有真实感了。小学生们，系着漂亮的红领巾，带着弹弓来了，可是他们并没有射击，即便有鸟，也不射了，被这一片没头没脑的花淹末了。画家们正调好了颜色对花写生，看花的人又围住了画花的，出神地看画家画花。喜欢照像的人，抱着像机跑来跑去，不知是照花，还是照人，是怕遮了花，还是怕花遮了人，还是要选一个最好的镜头，使如花的人永远伴着最美的花。有人在花下喝茶，有人在花下弹琴，有人在花下下象棋，有人在花下打桥牌。昆明四季如春，四季有花，可是不管山茶也罢，报春也罢，梅花也罢，杜鹃也罢，都没有海棠这样幸运，有这么多人，这样热热闹闹地来访它，来赏它，这样兴致勃勃地来赶这个开花的季节。还有桃花什么的，目前也还开着，在这附近，就有几树碧桃正开，“猩红鹦绿天人姿，回首夭桃惝失色”，显得冷冷落落地呆在一旁，并没有谁去理睬。在这圆通山头，可以看西山和滇池，可以看平林和原野，可是这时候，大家都在看花，什么也顾不得了。

看着看着，实在也有点疲乏，找个地方坐下来休息一下吧，哪里没有人？都是人。坐在一群看花人旁边，无意中听人家谈论，猜想他们大概是哪个学校的文学教师。他们正在吟诗谈诗：

一个吟道：“泪眼问花花不语，乱红飞过秋千去。”

一个说：“这个不好，哪来的这么些眼泪！”

另一个吟道：“一片花飞减却春，风飘万点正愁人。”

又一个说：“还是不好，虽然是诗圣的佳句，也不好。”

一个青年人抢过去说：“‘繁枝容易纷纷落，嫩蕊商量细细开’，也是杜诗，好不好？”

一个人回答：“好的，好的，思想健康，说的是新陈代谢。”

一个人不等他说完就接上去：“好是好，还不如龚定庵的‘落红不是无情物，化作春泥更护花’，有辩证观点，乐观精神。”

有一个人一直不说话，人家问他，他说：“天何言哉，四时兴焉，万物生焉，天何言哉。桃李无言，下自成蹊。你们看，海棠并没有说话，可是大家都被吸引来了。”我也没有说话。想起泰山高处有人在悬崖上刻了四个大字：“予欲无言”，其实也甚是多事。回家的路上，还是听到很多人纷纷议论。

有人说："今年的花，比去年好，去年，比前年好。"

有人说："今天看花好，今夜睡梦好，明天工作好。"

有人说："明天作文课，给学生出题日，有了办法。"

有人说："最好早晨来看花，迎风带露的花，会更娇更美。"

有人说："雨天来看花更好，海棠看雨胭脂透，当然不是大雨滂沱，而是斜风细雨。"

有人说："也许月下来看花更好，将是花气氤氲。"

有人说："下星期再来看花，再不来就完了。"

有人说："不怕花落去，明年花更好。"

好一个"明年花更好"。我一面走着，一面听人家说着，自己也默念着这样两句话：

春光似海，盛世如花。

【吴伯箫】

吴伯箫（1906—1982），山东莱芜人。原名熙成，笔名山屋、山荪。1941年8月加入中国共产党。1942年5月，参加了延安文艺座谈会和整风运动。在延安期间，先后担任陕甘宁教育厅教育科长、文化协会秘书长。解放战争至新中国成立后，先后担任东北大学社会科学院副院长、东北师范大学副教务长兼文学院长、东北教育学院副院长、人民出版社副社长兼总编辑、中国文联委员、社会科学院文学研究所副所长等职务。1956年10月，赴民主德国参加“海涅学术会议”。作品主要收集在《羽书》、《黑红点》、《北极星》、《忘年》、《吴伯箫散文集》中。

菜园小记

种花好，种菜更好。花种得好，姹紫嫣红，满园芬芳，可以欣赏；菜种得好，嫩绿的茎叶，肥硕的块根，多浆的果实，却可以食用。俗话说：“瓜菜半年粮。”

我想起在延安蓝家坪我们种的菜园来了。

说是菜园，其实是果园。那园里桃树杏树很多，还有海棠。每年春二三月，粉红的桃杏花开罢，不久就开绿叶衬托的艳丽的海棠花，很热闹。果实成熟的时候，杏是水杏，桃是毛桃，海棠是垂垂联珠，又是一番繁盛景象。

果园也是花园。那园里花的种类不少。木本的有蔷薇，木槿，丁香；草本的有凤仙，石竹，夜来香，江西腊，步步高，……草花不名贵，但是长得繁茂泼辣。甬路的两边，菜地的周围，园里的角角落落，到处都是。草花里边长得最繁茂最泼辣的是波斯菊，密密丛丛地长满了向阳的山坡。这种花开得稠，有绛紫的，有银白的，一层一层，散发着浓郁的异香；也开得时间长，能装点整个秋天。这一点很像野生的千头菊。这种花称作“菊”，看来是有道理的。

说的菜园，是就园里的隙地开辟的。果树是围屏，草花是篱笆，中间是菜畦，共有三五处，面积大小不等，都是土壤肥沃，阳光充足，最适于种菜的地方。我们经营的那一处，三面是果树，一面是山坡；地形长方，面积约二三分。那是在大种蔬菜的时期我们三个同志在业余时间为集体经营的。收成的蔬菜归集体伙食，自己也有一份比较丰富的享用。

那几年，在延安的同志，大家都在工作，学习，战斗的空隙里种蔬菜。机关，学校，部队里吃的蔬菜差不多都能自给。那个时候没有提出种“十边”，可是见缝插针，很自然地“十边”都种了。窑洞的门前，平房的左右前后，河边，路边，甚至个别山头新开的土地都种了菜。

我们种的那块菜地，在那园里是条件最好的。土肥地整，曾经有人侍弄过，算是熟菜地。地的一半是韭菜畦。韭菜有宿根，不要费太大的劳力（当然要费些工夫），只要施施肥，培培土，浇浇水，出了九就能发出鲜绿肥嫩的韭芽。最难得的是，菜地西北的石崖底下有一个石窠，挖出石窠里的乱石沉泥，石缝里就涔涔地流出泉水。石窠不大，但是积一窠水恰好可以浇完那块菜地。积水用完，一顿饭的工夫又可以蓄满。水满的时候，一清到底，不溢不流，很有点像童话里的宝瓶，水用了还有，用了还有，不用就总是满着。泉水清冽，不浇菜也可以浇果树，或者用来洗头，洗衣服。“沧浪之水清兮，可以濯我缨；沧浪之水浊兮，可以濯我足”。这比沧浪之水还好。同样种菜的别的同志，菜地附近没有水泉，用水要到延河里去挑，不像我们三个，从石窠通菜地掏一条窄窄浅浅的水沟，用柳罐打水，抬抬手就把菜浇了。大家都羡慕我们。我们也觉得沾了自然条件的光，仿佛干活掂了轻的，很不好意思，就下定决心要把菜地种好，管好。

“庄稼一枝花，全靠粪当家”。为了积肥，大家趁早晚散步的时候到大路上拾粪，那里来往的牲口多，“只要动动手，肥源到处有”啊。我们请老农讲课，大家跟着学了不少知识。《万丈高楼从地起》的歌者、农民诗人孙万福，就是有名的老师之一。记得那个时候他是六十多岁，精神矍铄，声音响亮，讲话又亲切又质朴，那老当益壮的风度，到现在我还留着深刻的印象。跟那些老师，我们学种菜，种瓜，种烟。像种瓜要浸种、压秧，种烟要打杈、掐尖，很多实际学问我们都是边做边跟老师学的。有的学会烤烟，自己做挺讲究的纸烟和雪茄；有的学会蔬菜加工，做的番茄酱能吃到冬天；有的学会蔬菜腌渍、窖藏，使秋菜接上春菜。

种菜是细致活儿，“种菜如绣花”；认真干起来也很累人，就劳动量说，“一亩园十亩田”。但是种菜是极有乐趣的事情。种菜的乐趣不只是在吃菜的时候，像苏东坡在《菜羹赋》里所说的：“汲幽泉以揉濯，持露叶与琼枝。”或者像他在《后杞菊赋》里所说的：“春食苗，夏食叶，秋食花实而冬食根，庶几西河南阳之寿。”种菜的整个过程，随时都有乐趣。施肥，松土，整畦，下种，是花费劳动量最多的时候吧，那时蔬菜还看不到影子哩，可是“种瓜得瓜，种豆得豆”，就算种的只是希望，那希望也给人很大的鼓舞。因为那希望是用成实的种子种在水肥充足的土壤里的，人勤地不懒，出一分劳力就一定能有一分收成。验证不远，不出十天八天，你留心那平整湿润的菜畦吧，就从那里会生长出又绿又嫩又茁壮的瓜菜的新芽哩。那些新芽，条播的行列整齐，撒播的万头攒动，点播的傲然不群，带着笑，发着光，充满了无限生机。一棵新芽简直就是一颗闪亮的珍珠。“夜雨剪春韭”是老杜的诗句吧，清新极了；老圃种菜，一畦菜怕不就是一首更清新的诗？

暮春，中午，踩着畦垅间苗或者锄草中耕，煦暖的阳光照得人浑身舒畅。新鲜的泥土气息，素淡的蔬菜清香，一阵阵沁人心脾。一会儿站起来，伸伸腰，用手背擦擦额头的汗，看看苗间得稀稠，中耕得深浅，草锄得是不是干净，那时候人是会感到劳动的愉快的。夏天，晚上，菜地浇完了，三五个同志趁着皎洁的月光，坐在畦头泉边，吸吸烟；或者不吸烟，谈谈话；谈生活，谈社会和自然的改造，一边人声咯咯罗罗，一边在谈话间歇的时候听菜畦里昆虫的鸣声；蒜在抽薹，白菜在卷心，芫荽在散发脉脉的香气：一切都使人感到一种真正的田园乐趣。

我们种的那块菜地里，韭菜以外，有葱、蒜，有白菜、萝卜，还有黄瓜、茄子、辣椒、西红柿，等等。农谚说：“谷雨前后，栽瓜种豆。”“头伏萝卜二伏菜。”虽然按照时令季节，各种蔬菜种得有早有晚，有时收了这种菜才种那种菜；但是除了冰雪严寒的冬天，一年里春夏秋三季，菜园里总是经常有几种蔬菜在竞肥争绿的。特别是夏末秋初，你看吧：青的萝卜，紫的茄子，红的辣椒，又红又黄的西红柿，真是五彩斑斓，耀眼争光。

那年蔬菜丰收。韭菜割了三茬，最后吃了薹下韭（跟莲下藕一样，那是以老来嫩有名的），掐了韭花。春白菜以后种了秋白菜，细水萝卜以后种了白萝卜。园里连江西腊、波斯菊都要开败的时候，我们还收了最后一批西红柿。天凉了，西红柿吃起来甘脆爽口，有些秋梨的味道。我们还把通红通红的辣椒穿成串晒干了，挂在窑洞的窗户旁边，一直挂到过新年。

1961年4月9日

记一辆纺车

我曾经使用过一辆纺车，离开延安的那年，把它跟一些书籍一起留在蓝家坪了。后来常常想起它。想起它，就像想起旅途的旅伴，战场的战友，心里充满了深深的怀念。

那是一辆普通的纺车。说它普通，一来它的车架，轮叶，锭子，跟一般农村用的手摇纺车没有什么两样；二来它是延安上千上万辆纺车中的一辆。的确，那个时候在延安的人，无论是机关的干部，学校的教员和学员，也无论是部队的指挥员和战斗员，在工作、学习或者练兵的间隙里，谁没有使用过纺车呢？纺车跟战斗用的枪，耕田用的犁，学习用的书和笔一样，成为大家亲密的伙伴。

在延安，纺车是作为战斗的武器使用的。那是在抗日战争最艰苦的时候，国民党反动派发动反共高潮，配合日寇重重封锁陕甘宁边区，想困死抗日的领导力量。我们抗日军民热烈响应毛主席的伟大号召：“自己动手，丰衣足食”，结果彻底粉碎了敌人围困的阴谋。在延安的人，在所有抗日根据地的人，不但吃得饱，而且穿得暖，坚持了抗战，争取到了抗战的最后胜利。开荒，种庄稼，种蔬菜，是保证足食的战线；纺羊毛，纺棉花，是保证丰衣的战线。

大家用纺的毛线织毛衣，织呢子；用纺的棉纱合线，织布。很多同志穿的衣服鞋袜，就是自己纺线或者跟同志们换工劳动做成的。开垦南泥湾的部队甚至能够在打仗、练兵和进行政治、文化学习而外，纺毛线给指战员发军装呢。同志们亲手纺线织布做的衣服，穿着格外舒适，也格外爱惜。那个时候，人们对一身灰布制服，一件本色的粗毛线衣，或者自己打的一副手套，一双草鞋，都很有感情。衣服旧了，破了，也“敝帚自珍”，不舍得丢弃。总是脏了洗洗，破了补补，穿一水又穿一水，穿一年又穿一年。衣服只要整齐干净，越朴素穿着越随心。西装革履，华丽的服饰，只有在演剧的时候作演员的服装，平时不要说穿，就是看看也觉得碍眼、隔路。美的概念里是更健康的内容，那就是整洁，朴素，自然。

纺线，劳动量并不太小，纺久了会胳膊疼腰酸；不过在刻苦学习和紧张工作的间隙里纺线，除了经济上对敌斗争的意义而外，也是一种很有兴趣的生活。在纺线的时候，眼看着匀净的毛线或者棉纱从拇指和食指中间的毛卷里或者棉条里抽出来，又细又长，连绵不断，简直会有一种艺术创作的快感，摇动的车轮，旋转的锭子，争着发出嗡嗡、嘤嘤的声音，像演奏弦乐，像轻轻地唱歌。那有节奏的乐音和歌声是和谐的，优美的。

纺线也需要技术。车摇慢了，线抽快了，线会断头；车摇快了，线抽慢了，毛卷、棉条会拧成绳，线会打成结。摇车，抽线，配合恰当，成为熟练的技巧，可不简单，需要用很大的耐心和毅力下一番工夫。初学纺线，往往不知道劲往哪儿使。一会儿毛卷拧成绳了，一会儿棉纱打成结了，纺手急得满头大汗。性子躁一些的人甚至为断头接不好生纺车的气，摔摔打打，恨不得把纺车砸碎。可是那关纺车什么事呢？尽管人急得站起来，坐下去，一点也没有用，纺车总是安安稳稳地呆在那里，像露出头角的蜗牛，像着陆停驶的飞机，一声不响，仿佛只是在等待，等待。一直等到使用纺车的人心平气和了，左右手动作协调，用力适当，快慢均匀了，左手拇指和食指间的毛线或者棉纱就会像魔术家帽子里的彩绸一样无穷无尽地抽出来。那仿佛不是用羊毛、棉花纺线，而是从毛卷里或者棉条里往外抽线，线是现成的，早就藏在毛卷里或者棉条里的。熟练的纺手，趁着一豆灯光或者朦胧的月光，也能摇车，抽线，上线，一切做得优游自如。线上在锭子上，线穗子就跟着一层层加大，直到沉甸甸的，像成熟了的肥桃。从锭子上取下穗子，也像从果树上摘下果实，劳动后收获的愉快，那是任何物质享受都不能比拟的。这个时候，就连起初想砸毁纺车的人也对纺车发生了感情。那种感情，是凯旋的骑士对战马的感情，是“仰手接飞猱，俯身散马蹄”的射手对良弓的感情。

纺线有几种姿势：可以坐着蒲团纺，可以坐着矮凳纺，也可以把纺车垫得高高的站着纺。站着纺线，步子有进有退，手臂尽量伸直，像″白鹤晾翅″，一抽线能拉得很长很长。这样气势最开阔，肢体最舒展；兴致高的时候，很难说那是生产，是舞蹈，还是体育锻炼。

为了提高生产率，大家也进行技术改革，运用物理学上轮轴和摩擦传动的道理，在轮子和锭子中间安装加速轮，加快锭子旋转的速度，把手工生产的工具变成半机械化。大多数纺车是在纺羊毛、纺棉花的劳动实践中培养出来的木工做的；安装加速轮也是在劳动实践中大家摸索出来的创造发明。从劳动实践中还不断总结出一些新的经验。譬如，纺羊毛跟纺棉花常有不同的要求：羊毛要松一些，干一些；棉花要紧一些，潮一些。因此弹过的羊毛要卷成卷，棉花要搓成条，烘晒毛卷和阴润棉条都有一定的火候分寸。这些技术经验，不靠实践是一辈子也不知道里边的奥妙的。

为了交流经验，互相提高，纺线也开展竞赛。三五十辆或者百几十辆纺车搬在一起，在同一个时间里比纺线的数量和质量。成绩好的有奖励，譬如奖一辆纺车，奖手巾、肥皂、笔记本之类。那是很光荣的。更光荣是被称为纺毛突击手、纺纱突击手。竞赛，有的时候在礼堂，有的时候在窑洞前边，更有的时候在山根河边的坪坝上。在坪坝上竞赛的那种场面最壮阔，“沙场秋点兵”或者能有那种气派？不，阵容相近，热闹不够。那是盛大的节日里赛会的场面。只要想想：天地是厂房，深谷是车间，幕天席地，群山环拱，怕世界上还没有哪个地方哪一种轻工业生产有那样的规模哩。你看，整齐的纺车行列，精神饱满的纺手队伍，一声号令，百车齐鸣，别的不说，只那嗡嗡的响声就有点像飞机场上机群起飞，扬子江边船只拔锚。那哪是竞赛，那是万马奔腾，在共同完成一项战斗任务。因此竞赛结束，无论是纺得多的还是纺得比较少的，得奖的还是没有得奖的，大家都感到胜利的快乐。

就这样，用劳动的双手，自力更生。纺线，不只在经济上保证了革命根据地的人大家有衣穿，使大家学会了一套生产劳动的本领，而且在思想上还教育了大家认识“劳动为人生第一需要”的意义；自觉地克服了那种“认为劳动只是一种负担，凡是劳动都应当付给一定报酬的习惯”。劳动为集体，同时也为自己。在劳动的过程里，很少人为了个人的什么去锱铢计较；倒是为集体做了些什么有意义的事情，才感到是真正的幸福。

就因为这些，我常常想起那辆纺车。想起它像想起老朋友，心里充满了深深的怀念。围绕着这种怀念，也想起延安的种种生活。在党中央和毛主席的周围工作，学习，劳动，同志的友谊，革命大家庭的温暖，把大家团结得像一个人。真是既团结，紧张，又严肃，活泼。那个时候，物质生活曾经是艰苦的、困难的吧，但是，比起无限丰富的精神生活来，那算得了什么！凭着崇高的理想，豪迈的气概，乐观的志趣，克服困难不也是一种享受吗？

跟困难作斗争，其乐无穷。

【潘汉年】

潘汉年（1906—1977），江苏宜兴人。1924年参加创造社，主编刊物《洪水》。1925年加入中国共产党。曾任《革命军报》总编辑，国民革命军总政治部宣传科科长、中共中央宣传部文化工作委员会书记、左翼文化总同盟中共党组书记、中共江西苏区中央局宣传部部长、中国工农红军总政治部宣传部部长兼地方工作部部长等。曾代表中共同鲁迅建立联系，组织左翼作家联盟。1936年被中共中央正式任命为与国民党谈判的代表。1937年9月任八路军驻上海办事处主任。抗日战争和解放战争期间，在上海等地领导对敌地下斗争和开展统战工作。新中国成立后，任中共中央华东局社会部部长和统战部部长、上海市委副书记和第三书记、上海市副市长。1955年4月3日因莫须有的“内奸”问题被判刑。1977年含冤病逝。1982年8月平反，公开恢复名誉。

左拉时代与闻一多

可是电影《左拉传》，口头推崇的人比较影评文字还要广泛，甚至几个不大爱看电影的文化界朋友，都先后去看了，事后均不约而同向我称道此片如何如何的好，鼓动我不能不去一看。这一下使我想起几个大报刊载《左拉传》本事，或对话，不完全为了义务宣传吧，居然也去赏光一次，而且是一位热心此片的朋友，不惜二度欣赏陪我去的。出了电影院，朋友问我：如何？我答复他：并无特别，保罗茂尼的演技是一向令我佩服的。朋友大不以为然，他很感慨的对我道：左拉的时代不就是我们的时代吗？栽赃诬陷，法律的黑暗，权势者的制造舆论，监视钉梢……左拉的控诉，不屈不挠，以笔为人类正义而斗争，……唉，左拉的时代！……是的，左拉的时代离我们不远，但是，我们的左拉呢？不用说中国没有左拉其人，我以为也没有左拉的时代！即使有伟大作家如左拉其人，也没有一个接受文人控诉业已定案的总统，法院。

仅仅有一个诗人闻一多，为了民主运动的同道者李公朴被人暗杀，他曾大声疾呼要继承他的遗志，居然相隔未久，他也遭受到暗杀，虽然激动了一时舆论，追悼会也开过了，纪念文字也过时了，而今而后，民主，自由的呼声，一若寒蝉，前不见左拉的胜利，后不见公朴的昭雪，我们只有闻一多倒在血泊里的时代！呜呼，左拉时代何在？

因此，我没有办法否认对《左拉传》的一般好评，因为左拉时代究竟比闻一多时代要好得多，我有什么理由反对大家希望左拉其人其事来安慰大家呢？

闻一多的著作，声誉，地位当然比不上左拉，可是今天的中国只能有闻一多，不会有左拉。假如要学左拉的控诉，就要预备有闻一多的勇气，而不能妄想左拉的胜利，更不能企待罗曼罗兰崇高的悼词。

我个人当然由衷希望中国左拉的出现，不过双手掩住自己的眼睛，看不见闻一多倒在血泊里的时代，空喊左拉，左拉，于个人伟大成就无补，于中国时代无关。

我高兴左拉的胜利，但更尊视闻一多牺牲的崇高。我们生在闻一多的时代，妄想左拉的胜利，也不过是和尚念经，超度众生的把戏。

【陆定一】

陆定一（1906—1996），江苏无锡人。1925年秋加入中国共产主义青年团，同年冬转为中国共产党党员。1937年抗日战争爆发后，历任八路军总政治部宣传部部长、八路军前方总部野战政治部副主任，领导《新华日报》华北版的工作。1942年8月，担任《解放日报》总编辑。新中国成立后，曾任中共中央宣传部长、中央政治局候补委员、中央书记处书记、国务院副总理、全国政协第五、六届副主席、中共中央顾问委员会常务委员等重要职务。主要作品有《两大主力军会合歌》、《打骑兵歌》等。

老山界

我们决定要爬一座三十里高的瑶山，地图上叫越城岭，土名叫老山界。

下午才动身，沿着山沟向上走。前面不知道为什么走不动，等了好久才走了几步，又要停下来等。队伍挤得紧紧的，站累了，就在路旁坐下来，等前头喊着“走，走，走”，就站起来再走。满望可以多走一段，可是走不了几次又要停下来。天色晚了，肚子饿了，许多人烦得叫起来，骂起来。我们偷了个空儿，跑到前面去。地势渐渐更加陡起来。我们已经超过自己的纵队，跑到“红星”纵队的尾巴上，恰好在转弯地方发现路旁有一间房子，我们就进去歇一下。

这是一家瑶民，住着母女二人；男人大概是因为听到过队伍，照着习惯，到什么地方去躲起来了。

“大嫂，借你这里歇歇脚儿。”

“请到里边坐。”她带着些惊惶的神情说。队伍还是极迟慢地向前行动。我们就跟瑶民攀谈起来。照我们一路上的经验，不论是谁，不论他们开始怎样怕我们，只要我们对他们说清楚了红军是什么，没有不变忧为喜，同我们十分亲热起来的。今天对瑶民，我们也要试一试。

我们谈到红军，谈到苛捐杂税，谈到广西军阀禁止瑶民信仰自己的宗教，残杀瑶民，谈到她住在这里的生活情形。那女人哭起来了。

她说她原来也有过地，但是汉人把他们从自己的地上赶跑了。现在住到这荒山上来，种人家的地，每年要缴特别重的租。她说："广西的苛捐杂税对瑶民特别重，广西军阀特别欺侮瑶民。你们红军早些来就好了，我们就不会吃这样的苦了。"

她问我们饿了没有。这一问正问中了我们的心事。她拿出仅有的一点米，放在房中间木头架成的一个灶上煮粥。她对我们道歉，说没有多的米，也没有大锅，要不就多煮些给部队吃。我们给她钱，她不要。好容易来了一个认识的同志，带来一袋米，够吃三天的粮食，虽然明知道前面粮食缺乏，我们还是把这整袋子米送给她。她非常欢喜地接受了。

部队今天非夜里行军不可，她的房子和篱笆都是枯竹编成的，我们生怕有人拆下来当火把点，就写了几条标语，用米汤贴在外面显眼的地方，告知我们的部队不准拆篱笆当火把。我们问了瑶民，知道前面还有竹林，可以砍来作火把，就派人到前面竹林去准备。

粥吃起来十分香甜，因为确是饿了。我们也拿碗盛给瑶民母女吃。打听前面的路程，知道前面有一个地方叫雷公岩，很陡，上山三十里，下山十五里，再前面才是塘坊边。我们现在还没到山脚下呢。

自己的队伍来了，我们饶了些水给大家喝。一路前进，天黑了才到山脚，果然有许多竹林。

满天都是星光，火把也亮起来了。从山脚向上望，只见火把排成许多"之"字形，一直连到天上，跟星光接起来，分不出是火把还是星星。这真是我生平没见过的奇观。

大家都知道这座山是怎样地陡了，不由浑身紧张，前后呼喊起来，都想努一把力，好快些翻过山去。

"不要掉队呀！"

"不要落后做乌龟呀！"

"我们顶着天啦！"

大家听了，哈哈地笑起来。

在"之"字拐的路上一步一步地上去。向上看，火把在头顶上一点点排到天空；向下看，简直是绝壁，火把照着人的脸，就在脚底下。

走了半天，忽然前面又走不动了。传来的话说，前面又有一段路在峭壁上，马爬不上去。又等了一点多钟，传下命令来说，就在这里睡，明天一早登山。

就在这里睡觉？怎么行呢？下去到竹林里睡是不可能的。但就在路上睡么？路只有一尺来宽，半夜里一个翻身不就骨碌下去了么？而且路上的石头又非常不平，睡一晚准会疼死人。

但这是没有办法的，只得裹一条毯子，横着心躺下去。因为实在太疲倦，一会儿就酣然入梦了。

半夜里，忽然醒来，才觉得寒气逼人，刺入肌骨，浑身打着颤。把毯子卷得更紧些把身子蜷起来，还是睡不着。天上闪烁的星星好象黑色幕上缀着的宝石，它跟我们这样地接近哪！黑的山峰象巨人一样矗立在面前。四围的山把这山谷包围得象一口井。上边和下边有几堆火没有熄；冻醒了的同志们围着火堆小声地谈着话。除此以外，就是寂静。耳朵里有不可捉摸的声响，极远的又是极近的，极洪大的又是极细切的，像春蚕在咀嚼桑叶，像野马在平原上奔驰，像山泉在呜咽，像波涛在澎湃。不知什么时候又睡着了。

黎明的时候被人推醒，说是准备出发。山下有人送饭上来，不管三七二十一，抢了一碗就吃。

又传下命令来，要队伍今天无论如何爬过这座山。因为山路很难走，一路上需要督促前进。我们几个人又停下来，立刻写标语，分配人到山下山上各段去喊口号，演说，帮助病员和运输员。忙了一会，再向前进。

走了不多远，看见昨晚所说的峭壁上的路，也就是所谓雷公岩的，果然陡极了，几乎是九十度的垂直的石梯，只有一尺多宽；旁边就是悬崖，虽然不很深，但也够怕人的。崖下已经聚集了很多马匹，都是昨晚不能过去、要等今天全纵队过完了再过去的。有几匹曾经从崖上跌下来，脚骨都断了。

很小心地过了这个石梯。上面的路虽然还是陡，但并不陡得那么厉害了。一路走，一路检查标语。我渐渐地掉了队，顺便做些鼓动工作。

这很陡的山爬完了。我以为三十里的山就是那么一点；恰巧来了一个瑶民，同他谈谈，知道还差得远，还有二十多里很陡的山。

昨天的晚饭，今天的早饭，都没吃饱。肚子很饿，气力不够，但是必须鼓着勇气前进。一路上，看见以前送上去的标语用完了，就一路写着标语贴。累得走不动的时候，索性在地上躺一会儿。

快要到山顶，我已经落得很远了。许多运输员都走到前头去了，剩下来的是医务人员和掩护部队。医务人员真是辛苦，因为山陡，伤员病员都下了担架走，旁边需要有人搀扶着。医务人员中的女同志们英勇得很，她们还是处处在慰问和帮助伤员病员，一点也不知道疲倦。回头向来路望去，那些小山都成了“矮子”。机关枪声很密，大概是在我们昨天出发的地方，五、八军团正跟敌人开火。远远地还听见敌人飞机的叹息，大概是在叹息自己的命运：为什么不到抗日的战线上去显显身手呢？

到了山顶，已经是下午两点多钟。我忽然想起：将来要在这里立个纪念碑，写上某年某月某日，红军北上抗日，路过此处。我长长地吐了一口气，坐在山顶上休息一会。回头看队伍，没有翻过山的只有不多的几个人了。我们完成了任务，把一个坚强的意志灌输到整个纵队每个人心中，饥饿，疲劳甚至受伤的痛苦都被这个意志克服了。难翻的老山界被我们这样笨重的队伍战胜了。

下山十五里，也是很倾斜的。我们一口气儿跑下去，跑得真快。路上有几处景致很好，浓密的树林里，银子似的泉水流下山去，清得透底。在每条溪流的旁边，有很多战士们用脸盆、饭盒子、茶缸煮粥吃。我们虽然也很饿，但仍旧一气儿跑下山去，一直到宿营地。

这回翻山使部队开始养成一种新的习惯：那就是用脸盆、饭盒子、茶缸煮饭吃，煮东西吃。这种习惯一直保持了很久。

老山界是我们长征中所过的第一座难走的山。但是我们走过了金沙江、大渡河、雪山、草地以后，才觉得老山界的困难，比起这些地方来，还是小得很。

金色的鱼钩

1935年秋天，红四方面军进入草地，许多同志得了肠胃病。我和两个小同志病得实在跟不上队伍了，指导员派炊事班长照顾我们，让我们走在后面。

炊事班长快四十岁了，个儿挺高，背有点儿驼，四方脸，高颧骨，脸上布满皱纹，两鬓都斑白了。因为全连数他岁数大，对大家又特别亲，大伙都叫他“老班长”。

三个病号走不快，一天只走二十来里路。一路上，老班长带我们走一阵歇一阵。到了宿营地，他就到处去找野菜，和着青稞面给我们做饭。不到半个月，两袋青稞吃完了。饥饿威胁着我们。老班长到处找野菜，挖草根，可是光吃这些东西怎么行呢！老班长看我们一天天瘦下去，他整夜整夜地合不拢眼。其实他这些天比我们还瘦得厉害呢。

一天，他在一个水塘边给我们洗衣裳，忽然看见一条鱼跳出水面。他喜出望外地跑回来，取出一根缝衣针，烧红了，弯成了钓鱼钩。这天夜里，我们就吃到了鲜美的鱼汤。尽管没加作料，可我们觉得没有比这鱼汤更鲜美的了，端起碗来吃了个精光。

以后，老班长尽可能找有水塘的地方宿营，把我们安顿好，就带着鱼钩出去了。第二天，他总能端着热气腾腾的鲜鱼野菜汤给我们吃。我们虽然还是一天一天衰弱下去，比起光吃草根野菜来毕竟好多啦。可是老班长自己呢，我从来没见他吃过一点儿鱼。

有一次，我禁不住问他：“老班长，你怎么不吃鱼啊？”

他摸了摸嘴，好像回味似的说：“吃过了。我一起锅就吃，比你们还先吃呢。”

我不信，等他收拾完碗筷走了，就悄悄地跟着他。走近前一看，啊！我不由得呆住了。他坐在那里捧着搪瓷碗，嚼着几根草根和我们吃剩下的鱼骨头，嚼了一会儿，就皱紧眉头硬咽下去。我觉得好像有万根钢针扎着喉管，失声喊起来：“老班长，你怎么……”

老班长猛抬起头，看见我目不转睛地看着他手里的搪瓷碗，就支吾着说：“我，我早就吃过了。看到碗里还没吃干净，扔了怪可惜的……”

“不，我全知道了。”我打断了他的话。

老班长转身朝两个小同志睡觉的地方看了一眼，一把把我搂到身边，轻声说：“小声点儿，小梁！咱们俩是党员，你既然知道了，可不要再告诉别人。”

“可是，你也要爱惜自己啊！”

“不要紧，我身体还结实。”他抬起头，望着夜色弥漫的草地。好久，才用低沉的声音说，“指导员把你们三个人交给我，他临走的时候说：’他们年轻。一路上，你是上级，是保姆，是勤务员啊，无论多么艰苦，也要把他们带出草地。’小梁，你看这草地，无边无涯，没个尽头。我估计，还要二十天才能走出去。熬过这二十天不简单啊！眼看你们的身子一天比一天衰弱，只要哪一天吃不上东西，说不定就会起不来，真有个三长两短，我怎么去向党报告呢？难道我能说，’指导员，我把同志们留在草地上，我自己克服了困难出来啦’？”

“可是，你总该跟我们一起吃一点儿呀！”

“不行，太少啦。”他轻轻地摇摇头，“小梁，说真的，弄点儿吃的不容易啊！有时候等了半夜，也不见鱼上钩。为了弄一点儿鱼饵，我翻了多少草皮也找不到一条蚯蚓……还有，我的眼睛坏了，天色一暗，找野菜就得一棵一棵地摸……”

我再也忍不住了，抢着说：“老班长，以后我帮你一起找，我看得见。”

“不，咱们不是早就分好工了吗？再说，你的病也不轻，不好好休息会支持不住的。”

我还坚持我的意见。老班长忽然严厉地说：“小梁同志，共产党员要服从党的分配。你的任务是坚持走路，安定两个小同志的情绪，增强他们的信心！”

望着他那十分严峻的脸，我一句话也说不上来，竟扑倒在他怀里哭了。

第二天，老班长端来的鱼汤特别少，每个搪瓷碗里只有小半条猫鱼，上面漂着一丁点儿野菜。他笑着说：“吃吧，就是少了点儿。唉！一条好大的鱼已经上了钩，又跑啦！”

我端起搪瓷碗，觉得这个碗有千斤重，怎么也送不到嘴边。两个小同志不知道为什么，也端着碗不往嘴边送。老班长看到这情况，收敛了笑容，眉头拧成了疙瘩。他说："怎么了，吃不下？要是不吃，咱们就走不出这草地。同志们，为了革命，你们必须吃下去。小梁，你不要太脆弱！"最后这句话是严厉的，意思只有我知道。

我把碗端到嘴边，泪珠大颗大颗地落在热气腾腾的鱼汤里。我悄悄背转身，擦擦眼睛，大口大口地咽着鱼汤。老班长看着我们吃完，脸上的皱纹舒展开了，嘴边露出了一丝笑意。可是我的心里好像塞了铅块似的，沉重极了。

挨了一天又一天，渐渐接近草地的边了，我们的病却越来越重。我还能勉强挺着走路，那两个小同志连直起腰来的力气也没有了。老班长虽然瘦得只剩皮骨头，眼睛深深地陷了下去，还一直用饱满的情绪鼓励着我们。我们就这样扶一段，搀一段，终于走到草地边上，远处，重重叠叠的山峰已经看得见了。

这天上午，老班长快活地说："同志们，咱们在这儿停一下，好好弄点儿吃的，鼓一鼓劲，一口气走出草地去。"说罢，他就拿起鱼钩找水塘去了。

我们的精神显得特别好，四处去找野菜，拾干草，好像过节似的。但是过了好久，还不见老班长回来。我们四面寻找，最后在一个水塘旁边找到了他，他已经昏迷不醒了。

我们都着慌了。过雪山的时候有过不少这样的例子，战士用惊人的毅力支持着自己的生命，但是一倒下去就再也起不来了。要挽救老班长，最好的办法是让他赶快吃些东西。我们立即分了工，我去钓鱼，剩下的一个人照料老班长，一个人生火。

我蹲在水边，心里不停地念叨："鱼啊！快些来吧！这是挽救一个革命战士的生命啊！"可是越性急，鱼越不上钩。等了好久，好容易看到漂在水面的芦秆动了一下，赶紧扯起钓竿，总算钓上来一条两三寸长的小鱼。

当我俯下身子，把鱼汤送到老班长嘴边的时候，老班长已经奄奄一息了。他微微地睁开眼睛，看见我端着的鱼汤，头一句话就说："小梁，别浪费东西了。我……我不行啦。你们吃吧！还有二十多里路，吃完了，一定要走出草地去！”

“老班长，你吃啊！我们抬也要把你抬出草地去！”我几乎要哭出来了。

“不，你们吃吧。你们一定要走出草地去！见着指导员，告诉他，我没完成党交给我的任务，没把你们照顾好。看，你们都瘦得……”

老班长用粗糙的手抚摸我的头。突然间，他的手垂了下去。

“老班长！老班长！”我们叫起来。但是老班长，他，他的眼睛慢慢地闭上了。

我们扑在老班长身上，抽噎着，很久很久。

擦干了眼泪，我把老班长留下的鱼钩小心地包起来，放在贴身的衣兜里。我想，等革命胜利以后，一定要把它送到革命烈士纪念馆去，让我们的子子孙孙都来瞻仰它。在这个长满了红锈的鱼钩上，闪烁着灿烂的金色的光芒。

【廖沫沙】

廖沫沙（1907—1990），湖南长沙人。原名家权。1922年入长沙师范学校，曾和贺绿汀组织文学社。1930年加入中国共产党。1934年加入左联。曾先后在湖南《抗战日报》、桂林《救亡日报》、香港《华商报》晚刊、重庆《新华日报》任编辑主任。新中国成立后，先后任中共北京市委宣传部副部长、市教育部部长、市统战部部长、市政协副主席、全国政协委员。1961年参加编辑《前线》半月刊《三家村札记》专栏。代表作有《鹿马传》、《分阴集》、《廖沫沙文集》（四卷）等。

人才与奴才

九月十五日重庆《大公报》登载了一篇《论人才》的长文，这是在“人才不见有，奴才满街走”的地方，罕见的一篇精辟而痛快的文章；可惜这文章流传得还不够广，而她的针砭，一时也未必便能生效。

中间最精采的一段正是论“人才和奴才”。这文章的作者，认为“近世以来好象只有奴才，没有人才，至少也是奴才有用，人才没用”，所以他不禁有天下“夸毗之徒”太多的感叹。

因为是有感而发，不免有偏颇的地方，譬如他说到“人才”的要素的一项——所谓正气、节操、骨骼和血性——是“一个人先天的气质，不可以学而致之”，更无法“修养得来”，这就颇有宿命论的观点。又如他分析人才少而奴才多的由来，“要由居上位之人负其责”，“居上领导主人，希望人才则人才辈出，希望奴才则奴才涌至”，这不但和他的“先天气质论”不相调和，并且居今而言世事，就难免不使人为之气短，而奴才们得意洋洋。我们知道曹操当权，有不怕犯颜的孔融、祢衡；秦桧执政，而岳飞、虞允文相继辈出；韩侂胄、魏忠贤的同时，也存在着文天祥、陆秀夫、史可法、杨涟、左光斗。虽然他们不尽是全副人才，但至少也是人才要素之要素中的铮铮者；虽然他们也多数是失败的英雄，但也证明，奴才当世，天下便不一定没有人才——正气、节操，骨骼和血性的人因此而绝种。倘使居上位的人只希望奴才，而“夸毗之徒”充满天下，难道说中国就只有灭亡的一条路么？有四十八万人上书王莽，同时也会有拥护汉光武起义的马武、耿弇之徒，有猪仔议员们向曹锟劝进，同时也会有国民革命的勃兴。问题是我们把什么做“中心”，就居上位的帝王说，奴才或有当兴之日，就全民族来说，天下却未必一定是奴才们霸占得了的。我相信奴才越猖狂，人才也越不会绝灭！

自注，我所说的“人才”，不重在人才之“才”，而重在人才之“人”。《论人才》一文原作，则“人”与“才”并重。

志欲大而心欲小

诗圣杜甫，好诗当然极多。但是我在青年时期读杜诗，印象最深刻的一首，却是《奉赠韦左丞丈二十二韵》。我对这首诗感触深刻，以至三十多年来还能随口背诵，例如“纨绔不饿死，儒冠多误身”；“读书破万卷，下笔如有神”；“自谓颇挺出，立登要路津。致君尧舜上，再使风俗淳”；我背诵得最熟而又感受最深的是这几句：“此意竟萧条，行歌非隐沦。骑驴十三载，旅食京华春。朝扣富儿门，暮随肥马尘。残杯与冷炙，到处潜悲辛！”每当背诵到这些地方，不但心里是酸酸的，而且眼前立即浮现出一个年逾三十还飘泊无依的穷书生，生活逼迫着他风尘仆仆地东奔西走。

在我的青年时期，我之所以对这首诗感触特别深刻，是因为我虽同杜甫相隔一千多年，自己的才能更不能与杜甫相比，但是所处的社会环境却大体相似？同样是“纨袴不饿死，儒冠多误身”的阶级社会。在那样的社会，任何一个“自谓颇挺出”的穷青年，即使满腔抱负，壮志凌云，也都无济于事；在社会上闯来闯去若干年，最后不能不落到“青冥却垂翅，蹭蹬无纵鳞”。

在杜甫的时代，以他的才能和抱负，青年书生的出路只有一条："主上顷见征，欻然欲求伸。"一旦此路没有走通，那就陷入四门无路的绝境。唐宋以后直到解放前为止，知识青年的出路就是那么窄狭，而且愈往后愈窄狭。秦汉间，似乎还可以"学书不成去学剑尹（《史记》），班超投笔从戎，就是有名舱历史故事。据《后汉书•班超传》："超与母随至洛阳，家贫，常为官佣书以供养；久劳苦，尝辍业投笔叹曰：大丈夫无他志略，犹当效傅介子、张骞，立功异域，以取封侯。安能久事笔研（砚）间乎？左右皆笑之，超曰：小子安知壮士志哉广他总算得到父兄（班彪、班固）的庇荫，找到笔砚以外仅有的一条出路。倘使他生在杜甫的时代，又没有父兄的扶助，投了笔，还有什么可干的事呢？他的"壮士志"，最后恐怕也只好象杜甫一样，"此意竟萧条！"

这样的时代，现在是一去不复返了！现在的青年，既不是处在杜甫的时代，也不能理解"纨袴不饿死，儒冠多误身"的社会阶级境界，更用不到"骑驴十三载"，"到处潜悲辛"了。也不再象班超，须到"异域"才能"立功"，而且一投笔：就"左右皆笑之"。现在的青年，如果放下书本，不仅不是没有事可干，而是可干的事业实在太多，无论哪一行哪一业，他都可以为国家人民立功，成为社会主义建设的英雄豪杰。问题是青年们自己的"志略"如何，立的是"大志"，还是"小志"？

志，就是奋斗的目标，《尚书》："若射之有志。""有的放矢"的"的"，当然有大有小，大"的"是容易射中的，小"的"不易射中。用"的"来比"志"：也有同样的规律。在私有制社会，一般人只能从个人利益出发来立志。班超的"以取封侯"，算是他的"大志"，但是从今天看来，实际不过是个"小志"；"致君尧舜上，再使风俗淳"，已经有些超出个人的范围，但仍然是从封建统治阶级的利益出发，同我们这个社会的"大志"有根本性的区别。我们的"大志"，即奋斗目标，应当是社会主义的建设，人民群众的利益。

讲到这一点，青年同志们或许会不约而同地说：这还用你来提醒吗？我们谁不是立下这样一个"大志"跨出学校大门来的呢？

这当然是事实。当今之世的青年，抱有这样大志的是多数，但也仍有一些人，分不清大志和小志的界线，口里说的是大志，心里想的却不出小志的范围，有的在工作岗位上、工作条件上择肥拣瘦，有的在工作地区上怯寒避暑，有的在专业上患得患失。面前摆着海阔天空的大路，却踌躇而不前的人也有。现在的青年人不是出路太少：而是出路太多，可是有些人对出路却选择得过严而不是过宽。从这些方面看来，这部分青年同志，同杜甫所碰到的“悲辛”，正好是个反面。

唐朝有个孙思邈，说过两句有名的话：“胆欲大而心欲小，智欲圆而行欲方。”这是两句很好的话。但是我还想借他的第一句话用一用，并且把“胆”字改成“志”字：“志欲大而心欲小。”“志欲大”就是立志要立到大处，即立到人民群众和社会主义的利益上；“心欲小”就是把个人的利害得失放在次要的、最小的地位。不要把大志同小心眼搅混了，甚至颠倒过来了。

孔子说过：“士志于道，而耻恶衣恶食者，未足与议也！”孔子是封建主义的圣人，他的道也是封建主义之道。但是他主张为了封建之道，就不要计较个人的衣食好坏；如果只讲究吃穿，就不配谈什么“道”了。难道我们讲社会主义、共产主义的大道，还能计较个人的什么得失么？

【萨空了】

萨空了（1907—1988），原籍内蒙古昭乌达盟，生于四川成都。笔名了了、艾秋飙。蒙古族人。20世纪20年代开始从事新闻工作，历任《世界日报》、《北京晚报》、《世界画报》记者、编辑、主编，1935年11月应邀到上海《立报》工作，初任副刊《小茶馆》主编，后任总编辑兼经理。1939年赴新疆从事抗日宣传活动，任《新疆日报》第一副社长。1941年任重庆《新蜀报》总经理，配合《新华日报》进行抗日救亡宣传。1943年被捕囚禁达两年之久。获释后往香港，任《华商报》、《光明报》总经理。1949年6月《光明日报》在北京创刊，任秘书长。新中国成立后，任中央人民政府新闻总署副署长。1960年加入中国共产党。曾任中国人民政治协商会议全国委员会常务委员、副秘书长兼《人民政协报》总编辑，中华全国新闻工作者协会理事，中国民主同盟副主席。著有《科学的新闻学概论》等。

谈风月

现在是只可以谈风月的年月，所以今天我也就改换改换论调来谈谈花儿草儿吧！

这几天法租界公园的花是什么都凋零了，昨天傍晚的时候我在那公园中巡行一周后，立刻叫我想到了北平的中山公园。

在北平要找春天的迹象，只有到中山公园去。春天才到的时候，园中一条小溪旁边的桃花林里的桃花便全开了，桃花谢后，跟着便是紫藤，丁香，牡丹，芍药；有三个月的工夫，中山公园的花不会断，所以我相信今生我不论走到那里去，在春天我决不会忘了中山公园。我并且相信凡是在春天到过北平，去过中山公园的人，都不会忘掉它。

在中山公园的各种花里，我最爱牡丹。因为我在从前年起差不多在牡丹花开的时候，就是每天下午，都坐在中山公园中牡丹开的最好的来今雨轩的。

我现在还能记得，坐在那里可以嗅得到牡丹香，甚至于常常可以碰见在一起看牡丹的人，不管他是我至好的朋友，或是陌生的人。

中山公园在牡丹盛开的时候在每一个牡丹花圃，都悬上作得很细致的红绿绢制的灯笼，记得去年有几个月色很好的夜里，我在那些花园中巡行，看那一排排的不很明又不很暗的灯光，闻那一阵阵随风袭来的香气，抬头望去，上面是几百年的柏树林遮住了天空，但从那枝杈的空隙里，还可以看见圆圆的银色的明月。

请合上眼睛来一想，这是一种什么样子的享受。

我相信，像这样的享受，没有一个人能说他不愿意获得。

所以有风月可谈的时候，谈风月，并不能说是不应当。

故此如果有人说："只许你谈风月！"我也并不反对。

但是现在，我谈起中山公园的风月来，竟在后面不能不跟着想到，中山公园，说不定会有一天不再叫我们进去，而成为人家享受的地方。这样请试想想，是多么扫兴？

这样的风月，我们还忍心谈么？我要请那些希望我们谈风月的回答我！

【萧　军】

萧军（1907—1988），生于辽宁义县。原名刘鸿霖，笔名三郎、田军等。1932年冬天结识萧红，次年两人出版了第一部小说、散文合集《跋涉》。1934年11月到上海，得到鲁迅亲自指导，参加了《海燕》和《作家》等杂志的编辑工作。1935年出版了第一部长篇小说《八月的乡村》。1940年赴延安，先后担任中华全国文艺界抗敌协会延安分会理事及延安鲁迅艺术学院教员。抗战胜利后，曾任东北大学鲁迅艺术学院院长。1948年加入中国共产党。新中国成立后先在抚顺总工会从事戏剧创作和研究。1951年调至北京市“文物组”当文物研究员。

我研究着

不是为了孤独，也不是为了寂寞，只是常常喜欢一个人在夜里走走，更是落着一点雨的夜。

人在行走的中间，可以想着各种各类的事情，有的时候如果对什么发生了兴味，就停止在那里，待看够了再走。

每次经过白渡桥的时候，我就要这样研究着：

“这水是向哪个方向流啊？”

若同朋友们坐电车，我也常常要问他：

“你，先不许看，说给我，这苏州河的水是向哪一面流？”

他们也常常是答不出，虽然他们全是生活在上海很久了的人。

“也许是向西吧？”

“也许？……”我高兴了，觉得自己这试验很成功。

“这和普通的中国河流一样，也是向东的啊！”

起始我也总是疑惑这条水也许是流向西的。察看着飘流在水上的木片和碎叶……证明了这水是流向东。可是到第二次经过的时候，我又怀疑了这断定：

——也许在江水涨潮的时候，它要流向西……？

在涨潮时，水面上要碰巧没有木片和碎叶等，只好看着那往来的船只：进行艰难的一面，当然就是逆水了。从确定了这河底流向，我也就不再研究它。但，我还是常常喜欢在那里走走。

也是个落着雨的夜！不很大，蒙蒙散散近乎雾似的；我也是和平常差不多，捡着自己所爱走的街走；捡着自己所爱停留的地方就停留。除开这条河以外，就是沿着外滩那条江堤走。那江水的气味——更是落过雨的夜间——腥臭得是那样地浓烈！掮夜班的码头夫们尖锐的喊叫，又是那样没有韵节地伤着人的心！我也还是爱着那地方。当然我也可以捡着有街树的宜于散步，比方像霞飞路那样地方走，不过我一走到那样有诗味的路，就要感到一种说不出的孤独！那江水的臭味和码头夫们底吆喝声，却使我增添着人生的憎和爱！

只要一看到那每所巍峨得山岳似的建筑物，生了斑锈的铜铸像，更是那个伸展着翅膀的和平的女神，我也常是这样研究：

——这要多少个黄色药包呢？才能一个不剩，轰炸得粉粉碎碎……

这念头象婴儿似的，总是在我的心里生长着。如果我有了儿孙，这也许会要遗传给我的儿孙，要想拔除也是没有用！

我对那伸着小翅膀的女神，并不存着什么憎和爱。那不过相同铸枪铸炮用的一堆铜或铁！那些砖和瓦也是无辜的，还是应该炸碎享受这些和借用这些名义的臭虫们！

“和平的女神”建立在中国是不应该的，更是那个地方，它的意义很模糊：究竟还是要谁和平呢？是侵略者，还是被侵略者？——我研究着。

如果在二白渡桥上停下来，倚着栏干，看一看那从路灯上投在地上的灯影，像一只剪贴的蝴蝶似的；在雨中，灯底光亮也温柔得很可爱！我研究着，什么时候写小说，可以把这段夜景插进去呢？要把这整个的景物，用怎样节省的语句，才能使读着的人，嗅到这气味——这气味也是腥臭得很浓烈！日间，可以看得见那水已经变得墨水似的发了黑；为了过渡发酵，上面飘浮的泡沫，白得相同很好看的菜花了。——看到这景物——我研究着。

我在上海常常看到有这样水的地方，并且还住满了像离开这水就生活不下去似的居民——徐家汇就是一例——我想，凡是居住这类地方的人民，他们底鼻器官一定和我们这些上等人参构造上不相同，他们不懂得臭！并且卫生常识也不充分，还尽在那水里洗濯东西。他们大约是太愚蠢了，不晓得遵从官家卫生运动的纲领！至于“孝悌忠信；礼义廉耻”对于他们当然更不懂了——我研究着。

桥脚蹲着的那个赤着脚的瘦孩子，他并不看我，只是反复地，像是在数着，又不像，从这个手里把铜元掉转到那只手里，又掉转回来……我却看清了，无论怎样掉转那还是三个铜元。他又像个机警的鸟雀似的，转着自己的头——一辆准备过桥的人力车被他发见了，快得相同一颗流星似的，飘飞着身上的布片奔走去，帮同车夫，取着很巧妙的姿势，肩膀一顺而后把身子一扭手去，如果坐车的人有分寸地，摇一摇头，于是他就回到了原蹲过的地方。——返回来的行走不像一颗流星了，只像一条慵懒的虫了——再数着铜元；再转着鸟雀似的头……

——一些衣帽和化妆品的店铺全是为女人们开的吗？为什么预备女人们用的东西总是那样地多！饮食店里的男人又是这样地多！

我研究的结果：女人大半好穿好装修，而男人们则好吃。不错，这全是为每人所喜欢而预备的；同样那发着臭味的苏州河，那桥脚，那码头……一定也是为那些鼻器官构造特殊，不懂卫生常识的居民；赤脚的孩子；喜欢在夜里走跳板的码头夫们预备的。那每所高耸的建筑物；“和平的女神”，也一定是为那些能享受这些的“主人”；爱和平的“主人”而预备的。至于这落着有点诗味的雨底夜，大约也就是为喜欢这样夜的人们——像我——而预备的了。——就像证明了苏州河的水是流向东以后一样，我也就不再研究它。

【陶　铸】

陶铸（1908—1969），湖南祁阳人。又名陶际华，号剑寒。1926年入黄埔军校学习，同年加入中国共产党。1927年参加南昌起义和广州起义。曾任中共福建省委秘书长和省委书记、湖北省委宣传部部长、新四军鄂豫挺进支队政委、东北野战军第七纵队政委、东北野战军政治部副主任。新中国成立后曾任中共广东省委第一书记、中共中央中南局第一书记、国务院副总理、中共中央宣传部部长，中共中央政治局常委兼书记处常务书记。"文革"中受到迫害，1969年在合肥逝世。主要著作编为《陶铸文集》，并出版有《陶铸诗词选》等。

松树的风格

去年冬天，我从英德到连县去，沿途看到松树郁郁苍苍，生气勃勃，傲然屹立。

虽是坐在车子上，一棵棵松树一晃而过，但它们那种不畏风霜的姿态，却使人油然而生敬意，久久不忘。当时很想把这种感觉写下来，但又不能写成。前两天在虎门和中山大学中文系的师生们座谈时，又谈到这一点，希望青年同志们能和松树一样，成长为具有松树的风格，也就是具有共产主义风格的人。现在把当时的感觉写出来，与大家共勉。

我对松树怀有敬畏之心不自今日始。自古以来，多少人就歌颂过它，赞美过它，把它作为崇高的品质的象征。

你看它不管是在悬崖的缝隙间也好，不管是在贫瘠的土地上也好，只要有一粒种子——这粒种子也不管是你有意种植的，还是随意丢落的，也不管是风吹来的，还是从飞鸟的嘴里跌落的，总之，只要有一粒种子，它就不择地势，不畏严寒酷热，随处茁壮地生长起来了。它既不需要谁来施肥，也不需要谁来灌溉。狂风吹不倒它，洪水淹不没它，严寒冻不死它，干旱旱不坏它。它只是一味地无忧无虑地生长。松树的生命力可谓强矣！松树要求于人的可谓少矣！这是我每看到松树油然而生敬意的原因之一。

我对松树怀有敬意的更重要的原因却是它那种自我牺牲的精神。你看，松树是用途极广的木材，并且是很好的造纸原料：松树的叶子可以提制挥发油；松树的脂液可制松香、松节油，是很重要的工业原料；松树的根和枝又是很好的燃料。

更不用说在夏天，它用自己的枝叶挡住炎炎烈日，叫人们在如盖的绿荫下休憩；在黑夜，它可以劈成碎片做成火把，照亮人们前进的路。总之一句话，为了人类，它的确是做到了“粉身碎骨”的地步了。

要求于人的甚少，给予人的甚多，这就是松树的风格。

鲁迅先生说的“我吃的是草，挤出来的是奶，血”，也正是松树风格的写照。

自然，松树的风格中还包含着乐观主义的精神。你看它无论在严寒霜雪中和盛夏烈日中，总是精神奕奕，从来都不知道什么叫做忧郁和畏惧。

我常想：杨柳婀娜多姿，可谓妩媚极了，桃李绚烂多彩，可谓鲜艳极了，但它们只是给人一种外表好看的印象，不能给人以力量。松树却不同，它可能不如杨柳与桃李那么好看，但它却给人以启发，以深思和勇气，尤其是想到它那种崇高的风格的时候，不由人不油然而生敬意。

我每次看到松树，想到它那种崇高的风格的时候，就联想到共产主义风格。

我想，所谓共产主义风格，应该就是要求人的甚少，而给予人的却甚多的风格；所谓共产主义风格，应该就是为了人民的利益和事业不畏任何牺牲的风格。

每一个具有共产主义风格的人，都应该像松树一样，不管在怎样恶劣的环境下，都能茁壮地生长，顽强地工作，永不被困难吓倒，永不屈服于恶劣环境。每一个具有共产主义风格的人，都应该具有松树那样的崇高品质，人们需要我们做什么，我们就去做什么，只要是为了人民的利益，粉身碎骨，赴汤蹈火，也在所不惜，而且毫无怨言，永远浑身洋溢着革命的乐观主义的精神。

具有这种共产主义风格的人是很多的。在革命艰苦的年代里，在白色恐怖的日子里，多少人不管环境的恶劣和情况的险恶，为了人民的幸福，他们忍受了多少的艰难困苦，做了多少有意义的工作呵！他们贡献出所有的精力，甚至最宝贵的生命。就是在他们临牺牲的一刹那间，他们想的不是自己，而是人民和祖国甚至全世界的将来。然而，他们要求于人的是什么呢？什么也没有。这不由得使我们想起松树的崇高的风格！

目前，在社会主义革命和社会主义建设的日子里，多少人不顾个人的得失，不顾个人的辛劳，夜以继日，废寝忘食，为加速我们的革命和建设而不知疲倦地苦干着。在他们的意念中，一切都是为了把社会主义革命进行到底，为了迅速改变我国“一穷二白”的面貌，为了使人民的生活过得更好。这又不由得使我们想起松树的崇高的风格。

具有这种风格的人是越来越多了。这样的人越多，我们的革命和建设也就会越快。我希望每个人都能像松树一样具有坚强的意志和崇高的品质；我希望每个人都成为具有共产主义风格的人。

太阳的光辉

谁都知道，认真地对待工作中的缺点和错误，认真地在党内开展批评和自我批评，是马克思列宁主义政党的重要标志。但是，为什么要这样做呢？我看，原因很简单，因为我们的党是马克思列宁主义的党，我们是用辩证唯物主义的观点看待问题的。

辩证唯物主义者认为：主观和客观的矛盾是永远存在的，主观认识客观也是需要一个过程的，因而想一下子就把工作做得十全十美，完整无缺，这虽然是一个好愿望，但是它不合乎实际，是个没法实现的好愿望。因此，我们从来就不认为我们的工作会百分之百的正确。另外一个原因，就是因为我们的党是一个为广大人民群众服务，为广大人民群众利益奋斗到底的政党；因此，认真地对待工作中的缺点和错误，认真地进行批评和自我批评，除了失掉缺点和错误之外，什么东西都不会失掉；而得到的却将是工作更顺利的进行，是广大人民群众更热烈的拥护。本来，对于马克思列宁主义者说来，这是很一般的道理了，但是在实际工作中有人却往往不懂得或是懂得不够深刻。

有的人怕谈缺点和错误，也许是从维护我们的事业出发吧，他们认为一谈就会影响我们所从事的事业的伟大，影响我们所做的工作的正确。要知道，像我们这样一个马克思列宁主义的党，在正确的路线领导下，成绩总是主要的，缺点和错误总是次要的，而且总是要被克服和改正的。远的不说，以开国十年的情况来说，就完全可以得到证明。仅仅是十年时间，从工农业生产增长的情况来看，从人民生活水平迅速的提高来看，我们都取得了史无前例的巨大成就。十年的成就远远地超过了过去几十年、几百年的成就。尽管如此，但它并不意味着我们十年来的工作丝毫没有缺点和错误。我想，认真地对待我们工作中的缺点和错误，并无损于我们事业的伟大与工作的成绩。相反地，只有如此，我们才能更深刻地认识过去成绩的伟大，才能更好地在今后工作中取得更大成绩。

一想到这个问题，就常想到太阳的光辉。我看用太阳的光辉来比喻我们党所领导着的六亿五千万人民所从事的社会主义的伟大事业，是再恰当不过的了。我们试想想看：山川大地壮丽奇瑰，可谓多彩多姿了，但如果没有太阳的照耀，它们将顿然失去光彩；万物生灵蓬蓬勃勃，可谓生机万类了，但如果没有太阳的浴泽，它们将逐渐枯萎以至死亡。更不要说，太阳的光与热给我们的生存所带来的必需的东西了。

我看广大人民群众对这一点理解得是很深刻的。他们用“黑夜”来形容过去剥削阶级的统治；他们以“长夜漫漫何时旦”的心情来渴望解放，争取解放；他们以“东方红，太阳升”来形容我们伟大事业的朝气勃勃；他们以“如日之恒”来祝福我们伟大事业的日益发展和巩固；他们以太阳来歌颂我们的党和领袖。这都是很明显的例证。

但是，又有谁说过太阳毫无缺点呢？尽管太阳是人类生存不可缺少的，但总还是有人批评太阳的某些过失。譬如当大暑天骄阳似火，晒得人们流汗的时候，人们就会埋怨，说太阳的光和热发射得过分了。而且大家都知道并且也都指出过，太阳本身上还有黑点。虽然这些都是事实，但谁个曾怀疑人类可以不需要太阳呢？谁个曾因为太阳本身有黑点就否认了它的灿烂光辉呢？没有。我想，我们的党，我们的党领导下的伟大事业，也正是如此。我们用不着怕提缺点和错误，相反地，当我们意识到我们所从事的事业的伟大性，以及工作中所取得的胜利和成绩的巨大性以后，我们更应该虚怀若谷地倾听大家议论我们工作中的缺点和错误。这将会帮助我们大踏步地前进。这本来是我们党的优良传统作风，但我们往往在工作顺利的情况下，把这种作风忘掉了。

有些同志不愿听别人讲自己的缺点和错误，还由于缺少一种革命者所必须具有的宽阔胸怀。还是看看那普照大地的太阳吧，你看它从早到晚，把它的光和热照在每一个角落，从不吝惜，从不偏袒，从不计较报酬，它那样大公无私，那样一心一意地为人民发射光和热，这是何等宽阔的胸怀！如果有了这样的胸怀，还有什么容不下的东西呢？还为什么不能听取别人的意见并改正自己的缺点和错误呢？尤其是当他理解到克服缺点和改正错误，对人民将有更大利益的时候。我们每一个党员，每一个革命工作者，不都是应该具有太阳一样的光明磊落的胸怀吗？

实际上，我们也是这样做了。我们废寝忘食，夜以继日地工作着；我们和六亿五千万人民一起，对改变我国“一穷二白”的落后面貌抱着强烈的愿望，奋不顾身地工作着，难道这不是太阳那种大公无私的精神么？我们既然有这样一种崇高的强烈的愿望，既然有这样一种奋不顾身的工作精神，那我们为什么怕提缺点和错误，为什么怕进行批评和自我批评呢？

要知道，由于我们主观上对客观规律认识的局限性，在工作中有缺点和错误是难免的。所以，我总认为，是不是一个好的革命者，是不是全心全意为人民服务，问题不在于工作中有没有缺点和错误（当然我们要尽量避免），而在于能不能认真地对待缺点和错误。在工作中没有缺点和错误的人是没有的。除非他不做工作。一个政党也是如此。

同样的问题，还有九个指头与一个指头的问题。用九个指头与一个指头来形容我们工作中成绩是主要的，缺点和错误是次要的，当然是可以的。但是，这决不等于只谈九个指头，不谈一个指头；更不等于那一个指头已经不存在。有些同志听不得人家的批评，看不得人家的批评文章，一听到或者看到就跳了起来，说人家为什么不看到九个指头，说人家为什么否定我们的成绩。这种看法无疑是片面的，这种态度是要不得的，对我们的事业是有害的。

我认为，只要是本着搞好社会主义革命和社会主义建设的精神，我们应该允许大家自由地议论。九个指头可以议论，九个指头和一个指头可以同时议论，一个指头也可以议论。我们的报纸应该刊登这些议论。报纸应该大量刊登我们工作中的成绩，这是肯定的，因为不如此，就不能真实地反映我们的时代。但是，报纸也应该用一定的篇幅刊登我们工作中的缺点和错误，尽管这是一个指头的问题，也应该刊登。因为只有这样，才能全面地真实地反映我们的时代，更好地推动我们的工作。我们的事业本身早已证明，一个指头仅只是一个指头，正如同太阳中的黑点也仅只是黑点一样，指出来正应该欢迎，为什么要反对呢？孔子的学生子贡说过："君子之过也，如日月之食焉：过也，人皆见之；更也，人皆仰之。"

如果说一个古代的"君子"能做到这样，一个共产党员，一个革命者，就更能做到这样了，因为我们为群众工作之心，党在群众心目中的地位，不知比古代的那些"君子"要高多少倍。

有些同志还怕谈缺点会被反动派利用。我看这一点不用怕。因为我们不谈缺点，他们也会造谣中伤。他们就是唯恐我们不"天下大乱"。所以，从骨子里来看，反动派是怕我们谈缺点的，因为这将对我们的事业更加有利，而对他们却更加不妙。

为了使我们的事业有更大的发展，为了我们的工作取得更大的成绩，我希望我们不但议论我们的伟大成就，并且也议论我们的缺点和错误。也希望有些同志不但善于听取别人议论成就，也善于听取别人议论缺点和错误。

【吴　晗】

吴晗（1909—1969），浙江义乌人。1927年毕业于浙江省立第七中学。1931年考入清华大学历史系，专攻明史。1937年任云南大学教授，1940年任西南联大教授。1946年回北平，任清华大学教授。1948年赴解放区，投身革命。1949年初，回清华大学任历史系主任、文学院院长、校务委员会副主任。曾参加第一届中国人民政治协商会议，出席开国大典。新中国成立后，历任北京市副市长，中华全国青年联合会副主席兼秘书长，中国科学院历史研究所委员，中国史学会理事，第二、三届全国政协常委，第一、二、三届全国人民代表。著有《朱元璋传》、《海瑞罢官》等100余部。

谈骨气

我们中国人是有骨气的。

战国时代的孟子，有几句很好的话："富贵不能淫，贫贱不能移，威武不能屈，此之谓大丈夫。"意思是说，高官厚禄收买不了，贫穷困苦折磨不了，强暴武力威胁不了，这就是所谓大丈夫。大丈夫的这种种行为，表现出了英雄气概，我们今天就叫做有骨气。

我国经过了奴隶社会、封建社会的漫长时期，每个时代都有很多这样有骨气的人，我们就是这些有骨气的人的子孙，我们是有着优良革命传统的民族。

当然，社会不同，阶级不同，骨气的具体含义也不同。这一点必须认识清楚。但是，就坚定不移地为当时的进步事业服务这一原则来说，我们祖先的许多有骨气的动人事迹，还有它积极的教育意义，是值得我们学习的。

南宋末年，首都临安被元军攻入，丞相文天祥组织武装力量坚决抵抗，失败被俘后，元朝劝他投降，他写了一首诗，其中有两句是："人生自古谁无死，留取丹心照汗青。"意思是人总是要死的，就看怎样死法，是屈辱而死呢，还是为民族利益而死？他选取了后者，要把这片忠心纪录在历史上。文天祥被拘囚在北京一个阴湿的地牢里，受尽了折磨，元朝多次派人劝他，只要投降，便可以做大官，但他坚决拒绝，终于在公元1283年被杀害了。

孟子说的几句话，在文天祥身上都表现出来了。他写的有名的《正气歌》，歌颂了古代有骨气的人的英雄气概，并且以自己的生命来抗拒压迫，号召人民继续起来反抗。

另一个故事是古代有一个穷人，饿得快死了，有人丢给他一碗饭，说："嗟，来食！"（喂，来吃！）饿人拒绝了"嗟来"的施舍，不吃这碗饭，后来就饿死了。不食嗟来之食这个故事很有名，传说了千百年，也是有积极意义的。那人摆着一副慈善家的面孔，吆喝一声"喂，来吃！"这个味道是不好受的。吃了这碗饭，第二步怎样呢？显然，他不会白白施舍，吃他的饭就要替他办事。那位穷人是有骨气的：看你那副脸孔、那个神气，宁可饿死，也不吃你的饭。

不食嗟来之食，表现了中国人民的骨气。

还有个例子。民主战士闻一多是在1946年7月15日被国民党枪杀的。在这之前，朋友们得到要暗杀他的消息，劝告他暂时隐蔽，他毫不在乎，照常工作，而且更加努力。明知敌人要杀他，在被害前几分钟还大声疾呼，痛斥国民党特务，指出他们的日子不会很长久了，人民民主一定得到胜利。毛主席在《别了，司徒雷登》一文中指出："许多曾经是自由主义者或民主个人主义者的人们，在美国帝国主义者及其走狗国民党反动派面前站起来了。闻一多拍案而起，横眉怒对国民党的手枪，宁可倒下去，不愿屈服。"高度赞扬他表现了我们民族的英雄气概。

孟子的这些话，虽然是在两千多年以前说的，但直到现在，还有它积极的意义。当然我们无产阶级有自己的英雄气概，有自己的骨气，这就是绝不向任何困难低头，压不扁，折不弯，顶得住，吓不倒，为了社会主义、共产主义建设的胜利，我们一定能够克服任何困难，奋勇前进。

说谦虚

“谦受益，满招损”，这两句经过无数世代、无数次实践总结出来的经验，流传到今天至少有两千多年了。这是普遍真理，任何地区、时代都适用的真理。这条真理指出了人们成功和失败的道理。但是，可惜得很，并不是所有的人都能从这两句话受到教益。

人们对事物的认识是需要一个过程的，对于新的事物，总是从不认识到认识一些，认识得更多一些，从无知到有知，这是一个不可违反的客观规律。先知先觉，对新萌芽的事物，一露头便能认识其全部意义、内涵规律的人是不存在的。相反，所贵于先知先觉的，正是因他们具有丰富的实践经验，能够认识这是个新事物，是萌芽，对之采取欢迎、扶植、研究的态度，时刻注意，逐步增加认识、理解，达到更多的更完全的认识，使之成为人们共有的认识，都能认识的事物。先知先觉之所以能够这样做，正是因为他们首先有了很多知识，而又承认自己知识不够：“吾生也有涯，而知也无涯。”对新事物采取谦虚、谨慎、严肃、认真的态度。

当然，有更多的人并不是这样对待新事物的。他们满足于已有的知识、经验，满足于当前的环境，对新事物的出现，一看脸孔蓦生，不是采取怀疑的态度，不加理睬，不去注意，就是大喝一声，哪里来的异端！一棍子打死。这样的例子举不胜举，在自然科学发展的历史中，有不少科学家认识了真理，并且坚持了真理，结果被过去愚昧的统治者杀死、烧死。他们的学说、著作也被禁止、焚毁。但是，人们可以被处死，书可以被烧毁，真理却是杀不死、烧不坏的，不但一直流传下来，而且愈来愈发出灿烂的光辉。

不过，话也说回来，人们对新事物的认识也还不是一帆风顺的。正因为不认识，所以容易犯错误。人们总是从不断犯错误增长知识的，“吃一堑，长一智”便是这个道理。认识有个深化的过程，需要时间，更需要不断的实验，在这个问题上害急性病，要求在很短时间，不经过试验，不犯一些错误，就能全部掌握新事物的规律，这种人只能是主观主义的唯心主义者。

社会主义建设事业对于我们来说，是个全新的事业。要认识、掌握建设的规律、法则，是需要一个认识深化的过程的。在建设工作中，犯一些错误，有一些缺点，是难免的。问题是对待错误、缺点的态度。只要能够不断发现错误、缺点，而又能够不断改正这些错误、缺点，从错误中学会新的知识、本领，便可以达到知识、经验的不断深化、完善的过程，从而逐步掌握规律，达到胜利。

研究学问也是如此，没有一个学者是全能的，像旧小说所写的“诸子百家，无所不晓，三教九流，无所不通。”这样的人物只能是虚构的。在科学日益发达的今天，学术分工愈益细密了，以此，不但通晓所有各种科学的人并不存在，就是对于自己所专门研究的学科来说，也还是有大片的空白园地，广大的未知的领域存在。不认识这一点，学术的进步、提高就会受到损害。以此，学术研究工作者也必须抱谦虚、谨慎、严肃、认真的态度。首先要承认自己知识不够，才能去探索、研究未知的领域，并且要下定决心，不怕失败，要从不断失败中丰富知识，把未知的领域逐步缩小，从而提高学术研究的水平。在这个问题上，采取自满的态度也是不行的。

总之，在任何工作中，都要记住这两句话：“谦虚使人进步，骄傲使人落后。”

古人的业余学习

在封建社会里，学术文化是掌握在地主阶级手里的。因为只有他们才有时间，读得起书，才有钱，抄或买得起书，和请得起老师，付得出束脩。

农民、手工业者和其他的穷苦人，这样也没有，那样也没有，读不起书，更谈不到掌握学术文化。

这是封建社会阶级关系的一种表现，教育被垄断、绝大多数人民被排除在学术文化领域之外，是普遍的基本的现象。说是普遍的基本的现象，也还是有不少的例外。

历史上有不少穷困的农民、穷人，发愤图强，克服困难，顽强学习，成为著名的学者。例子很多，现在只举列入儒林传的一些人，顺便指出，正史里名列儒林传的大体是后一时代认为要某一学术领域有成就、有贡献的学者。

后汉桓荣年轻时和哥哥元卿在田里做活，一到休息时候，桓荣便打开书本，朗诵起来。哥哥笑他，白费气力讨苦吃，中什么用？后来桓荣成为学者，哥哥才叹口气说，象我们这样农民，哪能知道念书有这样好处呢！另一学者兜宽，从名儒孔安国受业，也是家里穷，只好为人佣作，带经而锄，上学以后，给同学做杂事维持生活。虞溥《江表传》记张竑居贫，躬耕稼，带经而锄，孜孜汲汲，夜以继日，至于弱冠，无不穷览。晋徐苗白天耕种，晚上念书。梁沈峻家世农夫，他发愤好学，白天黑夜，努力钻研，到困极时便拿棍子打自己，后来博通五经，尤长于三礼。孔子袪耕耘樵采时，还带着书念，一到农闲，越发努力，成为古文《尚书》学者。北齐李铉春夏务农，冬闲入学，成为当代经师。

也有的是看猪、放羊、放牛的苦孩子，经过刻苦努力，成为学者的。著例如后汉的承宫，七岁时替人放猪，同村《春秋》学者徐子盛正在讲学，承宫每次经过，在门下偷听。主人发现了，要打承宫，徐子盛的学生出来阻止，承宫就此留在徐家，替学生们砍柴做杂活，一面学习，终于有了成就。晋朝王育替人佣工牧羊豕，住的地方靠近学堂，他便趁空捡些柴火，卖了钱请人抄书，晚上用蒲叶学写字，终于博通经史。前燕张悕也靠牧牛过活，他和王育一样，拾柴请人抄书，在树叶上写字，成为学者的。

他们解决生活和学习的矛盾的方法，是边劳动，边学习，没有书，便自己抄，如梁朝袁峻家里穷，买不起书，便向人借书，自己抄写，每天抄五十张纸，抄完不休息。任孝恭向人借了书，每读一遍，讽诵略无所遗。《三国演义》里诸葛亮舌战群儒，对手之一的阚泽，是替人抄书出身的，他抄了一遍，便记得了。

上面所举的只是极少数的几个例子。由此看来，在历史上，尽管封建地主阶级包办了学术文化，但是学术文化却不尽出于封建地主阶级，穷苦农民和牧猪牧羊的孩子只要有坚定的决心，持久的毅力，不懈的学习，是可以克服一切困难，攀登当时学术的高峰的。当然，这些人在成为学者以后，或者有了田地，或者做了官，阶级成份变了，那是另一回事。

克服困难，勤劳学习，这是我们祖先的优良传统，是值得业余学习之风，古已有之。不同的是古人只能凭个人的努力，而今天呢，有各种各样业余学习的机会，党和政府为愿意学习的人们准备了一切条件，看看我们先人的榜作，不是值得我们思之重思之吗？

【柯　灵】

柯灵（1909—2000），原籍浙江绍兴，生于广东广州。原名高季琳，1926年在上海《妇女杂志》发表叙事诗《织布的妇人》而步入文坛。1941年与师陀合作根据高尔基的话剧《底层》改编成话剧剧本《夜店》（后改编成电影）。1948年到香港《文汇报》工作。1949年回到上海，次年加入中国共产党。曾任《文汇报》副社长兼副总编、上海电影剧本创作所所长、上海电影艺术研究所所长、《大众电影》主编、上海作协书记处书记、上海影协常务副主席等职。

鬼混哲学

我们有一种极其古怪的处世哲学，这就是“鬼混主义”。

原来算是在做人，一样以无涯的岁月，对付着有涯的生命的，浪费一天，也就是向坟墓跑近一步，本来并无什么玩笑可开。然而偏有一种聪明的办法，使庄严的人生场面，在嘻嘻哈哈之中打发过去。

他们并无一定的主张。做官就做官，经商就经商，做文学家就做文学家。今天追随张三，可以慷慨激昂；明天陪伴李四，无妨风流倜傥。

做人八面玲珑，无分爱憎，一例笑嘻嘻地打拱作揖；做事一鼓作气，不问是非，一例热烘烘地使劲出力。然而按诸实际，对人固是敷衍，对事也无非搪塞。

只是在一件事上，他异常认真，毫不放松。——这就是个人的利益。

这才真是十足道地的“个人主义”！民族、社会，在这类人的天平上面，分量远不及个人。打仗以前他爱国，因为爱国可以做官；打仗之后他通敌，因为通敌可以发财。“吾道一以贯之”：前后并不矛盾。然而看见熟人，他悄悄地说道：“为的吃饭呀，谁愿意这样做呢。混混而已！”——时机一熟，他还是要“爱国”的。

精通了鬼混哲学，就可以走遍天下，无往而不利。可是无论什么场合，只要有鬼混专家在内，却就无往而不败。

伟大的寂寞

——悼周木斋

战斗又谈何容易，但私淑的心情却是有的，由于自幼看着忠厚劳苦的母亲受人欺凌而死，小妹失恃漂泊而死，而我也就是漂泊于欺凌者群之间的一个，以沉默为反抗，日积月累，便酿成了一副戆脾气。这是升华吧，但欺凌者群也有“升华”的，我们不是感到窒息吗？

周木斋：《消长集•前记》

一九四一年七月二十五日午后，在武定路一家殡仪馆里，我参加了一个亡友的丧仪。这朋友是年轻而寂寞的，他和冷酷的社会战斗了一生，和缠绵的疾病挣扎了十个月，现在他匆促地放下一切，悄然走了。

人是社会的生物——我们生活在流光的海里，人的海里，爱与憎，拥抱与斗争，使人间悲喜交织，充满着大热闹。然而人们有时是极其寂寞的——寂寞地生下来，寂寞地活着，寂寞地战斗，然后寂寞地死去。

恰如死者的生平，丧仪也异常地落寞，灵堂地位很小，孝幔低垂，冷清清挂着仅有的一副挽联——旧小说上说“白头人反送黑头人”，这唯一的挽联正是他尊人的哀辞，那素朴的骈语上就淋漓着老人的血泪。灵前有三五个花园，供桌上除了香烛，是一张高度还不满一尺的遗影——他还是生前那样，拘谨、温和、沉静地望着人，似乎有许多话要说，可是又说不出来。

孝幔里面传出哭声，是一种使人断肠的哭声。灵前有几个乐人弄着丧曲，像塞上黄昏的唢呐，凄凄切切地回荡。

望着死者的遗影，我觉得眼睑的酸涩和沉重。他是这以前的三天死去的，他的死讯在熟人间无一得到，直到大殓这一天，一个朋友偶然从报纸上看到他的报丧广告，才惊疑地通知了几个较为接近的朋友。到殡仪馆去的路上，我还怀有万一的侥幸心，希望广告上所刊的或者竟是别一个同姓名的人。——人有时不免于自私，我们愿意幸运降临于自己的周围，而不幸属于陌路的他人。可是现在证明了这是一种妄想，我们已经永远失去这可敬爱的朋友了。无常的人生！活得这样强的，却死得这样早，钢铁的意志竟无补于生命的脆弱！

我和同去的朋友黯然坐在灵堂的一角，我们都没有说话。死者生前的耿介使他寡交，赶来吊唁的更显得寥落。零星地来，断续地去，看情形，有许多怕还是他父亲和哥哥的友人，为了慰唁生者而来的。他自己接近的朋友总共不过六七人，他们都是默然而来，默然向灵前行礼，接着眼红红地退下来，默然相望，不发一言。

要恰当地赞美一个人，正像中肯的批评一样艰难。要写出对这亡友的正确的理解，而又不偏于感情，或偏于理智，是困难的。他和有些旧知识分子一样，有点洁癖，一生远避着势利和虚骄，但他同时是谦和的；而且，他并不躲避现实，他站在新世界和旧世界斗争的前线，近十年来不断发表数量可观的杂文，正是他驰突的痕迹；这些文字是尖锐、进步的，说明他是一个勇猛的革命斗士。可是这斗士却出奇地孤独，“由于自幼看着忠厚劳苦的母亲受人欺凌而死，小妹失恃漂泊而死，而我也就是漂泊于欺凌者群之间的一个，以沉默为反抗，日积月累，便酿成了一副戆脾气。”这戆脾气使他对一切都不肯将就。

“沉默”，真是他的一个大缺点。他的性情实际并不冷，他爱朋友，但不擅谈吐，即使是最熟的熟人，跟他在一起，也常常弄得相对无言。他温和而沉静地望着你，似乎要说话，到头却是沉默。他可以给你潜在的温暖，但你没法从他得到娓娓清谈的愉快。最糟的是过分的拘谨，送朋友必送到大门以外。这些缺点使若干友人纵然惦记着他，也轻易不向他访问。

谁都想得到，在这崇尚招摇、时行哄骗的社会里，这样的性格会招致什么结果。冷淡！在如海的人潮中，他永远是寂寞的一个。

战前他在一家晚报当编辑，上海沦陷，那报纸接受了敌人的检查（但后来不久就改悬“洋商”招牌，恢复独立），他冒着饥饿的危险，跟几个同事一起毅然退出了，随后他又前后在两家报馆做事，接着却不欢而散。在一家报馆他编的是副刊。上海的报馆老板，是像一个模子里塑出来的，他们发最廉的薪水，出最低的稿费，却要求三教九流无不爱看的好读物；他自然没法满足要求。有一天，老板笑嘻嘻地提出交涉：“先生！副刊最好编得趣味浓一点，我们征求一篇×××的小说，你看好不好？”他没有回答，第二天默默地辞了职。以后由朋友介绍，还有两家报馆请他，他咬紧牙关，不再干这个了。

“合则留，不合则去”，原没有什么了不起，可是在这样的世道，至少也得骨头硬一点才行，因为接下去他就要受生活的熬炼。

好！冷淡，失业，贫穷，都来吧，他还有一枝笔！两年来他关紧房门，不断地写，以比战前更刻薄的稿费，应付着涨了十倍的生活高潮，直到力疾而仆。（香港一般书店卢豫冬主编的“新现实丛书”中，他有一本近四百页的《新中国政治史》，就是这时期写成的。）可是他不喊一声音，即使在最接近的朋友前面，在文字里，他也轻易不表现自己。……

是那样落寞的生，默无一言的死——几乎像是陨星流泻，落地无声。他什么人都不惊扰。

坐在四壁萧然的灵堂里，面对这庄严而苍凉的人生，谁能够无动于衷呢？

大殓时，我们向死去的友人作了最后的告别。他平静地躺在黑洞洞的棺木里，闭着双眼，除了过分瘦削，还是那样的安详，那神色仿佛传达着一片无产的语言：磨尽了生命的光，完成了为人的义务，“施比受更为有福”，他已经无所憾于人世。每一个送别者都懂得这语言，他们多数低了头，用手巾擦着眼。

白发的老人对爱子重温了最后的一瞥，又逃避似地跑开去，从喉咙底里发出了一串干咽。他的哥哥在一边挥泪相向。攀着棺沿嚎啕的是他的夫人，两个女眷抱着劝解也解不开她疯狂一样的悲痛，一个七八岁的小女孩，满身缟素，怔怔地望着母亲，却不发一语。——可怜的孩子！让我们来祝福她！这小小的灵魂，似乎已经承袭着不幸的遗传，她平时就不爱跟一般孩子作伴，一看见生人就要哭泣，那孤独的性格正像她的父亲。

我再也禁不住我眼泪。

走出殡仪馆，茫然踅向归途，我被一种矛盾苦恼着：有些正直的人一生受尽排挤，一经长眠，却无论敌友，都来悼惜，哄哄然好不热闹；这种热闹固然令人啼笑皆非，像这样从生到死的冷淡，却也真使人禁不住倒抽一口寒气。但对这位已逝者，这恐怕倒是最合适的吧？

这寂寞的战斗者，让我用最虔敬的哀悼来纪念他——周木斋先生。

一九四一年七月三十日

【艾　青】

艾青（1910—1996），浙江金华人。原名蒋正涵，号海澄，曾用笔名莪加、克阿、林壁等。1928年在杭州学习绘画，1929年赴法勤工俭学，1932年回国后参加中国左翼美术家联盟，1941年赴延安，1945年入党。曾任全国政协候补委员、全国文联委员、中国作协副主席、中国美协理事、《人民文学》主编、《诗刊》编委。1957年被错划为右派。主要作品有《大堰河——我的保姆》、《艾青诗选》。

坪上散步——关于作者、作品及其他

把一篇作品看做一个引擎，一个轮子，或是一把镰刀都好。

却不要把它当做装饰，一块会议桌上的桌布，或是办公厅的窗子上的窗帘。

没有比一篇作品完成时所给我们的愉快和安慰更真实的了。这种愉快和安慰，不是任何怀着甚深的偏见的批评家所能夺去的；也不是任何怀着执拗的成见的敌人所能减少一分的。

与其穿了不合身材的衣服，还不如赤裸。

越是对艺术有勇猛的情热的作者，越是欢喜赤裸。

为什么我们要摈弃说教呢？因为说教常常是装腔做态的，不自然的，虚伪的。

当你的情感不曾达到完全纯真的时候，是很难产生好的作品的。

作家和编者之间的互相帮助是：作家能把“好的”稿子给编者，编者能退还“不好的”稿子给作家。

作家和编者之间的崇高的友谊应该是：作家拿“好的”稿子，提高编者的声誉，编者退还“坏的”稿子，提高作家的声誉。

当我听一个人发表他对于另外一个人的意见时，我常常注意他心里的活动——即透过他的显得客观的语言，去看他躲藏在背后的真的意见，这样的结果，使我发现：能公见地批评人的是不很多的，大多数是狡猾的。

有些人内心充满嫉妒，外表却假装冷漠。当你问他对于某个作家或作品的意见时，他从鼻孔里哼出冷笑，装出不屑谈的样子，沉默着；另一种人则含糊其词，企图抹煞。

伟大的艺术品必须蕴蓄一种东西，这就是一个时代为了选择自己的代言人，而托付给作家的东西。

不朽的作品，常包含一种一切时代所共同具有的人类向上的美的精神——引导人类从琐屑、偏狭、卑污走向善良、宽大、高贵的精神。

小市民式的自满，是艺术家走向成功路上最可怕的敌人。

纯正的艺术品和虚伪的制造物之间的距离，凡是有良心的作家自己是很清楚的。

那些装腔做态的东西，我们常常是要用很大的努力才能读完它。当读完它的时候，我们就感到悲哀——这种悲哀，与其说是为了那作品，倒不如说是为了那作者，为了他的那个发表作品的可怜的动机。

摹仿、抄袭、剽窃，都是缺乏创造力的结果。

我真讨厌抄袭，当你刚刚用心血创造了一些语言或形象，第二天就看到那些抄袭家们的复写了——那些复写常常显得那样拙劣，他们往往把你原来用苦辛所创造的东西，弄得卑俗化了。

对于一个作家的要求，不只是文章简洁通顺，这是一种起码的要求——但我们的很多作家，却连这起码的要求都成了最高的要求了。

老练的文体，不是困苦的雕琢，和艰难修饰的结果。

老练的文体，是作者对他所接触的思想情感透澈了解的结果。

批评家的工作是：发现作家，发现作家对现实的接近和距离，发现作品和现实之间的接近和距离。

却不是在司令台上喝叱着，发号施令。

我们的文坛产生了一些文坛掌故家，却很少文学史家，因为我们很多所谓文学史家是以掌故当作史料的，不是以作品当做史料的。

因此，我们的文坛以谁知道掌故更多就是最好的文学史家；因此，我们的很多批评家，就成天在收集掌故——却很少愿意化精力在研究作品的工作上。

大多数的批评家不知怎么的，很少能把一个作家正确地反映给读者，好像他们的能力永远限制在运用空洞的术语上，不会用正确的美学观点，有耐心地，具体地去了解一个作家。

一个作家，除了文章写得简洁通顺之外，必须在他的作品里包含一种思想。

所写的人物，必须有社会的根源，人物而没有社会的根源，不能成为典型。

个人是依附在阶级一起的，批评他应该和他的阶级一起批评。

他的成功和失败，是联系在他所属的阶级的成功和失败上的。

为什么写人物呢？写人物无非是通过人物写社会。假使不是这样，那么写的人物是没有生命的，是一种剪影。

我们的大多数读者，现在还只是停留在理解名词和动词的可悲的阶段，对于形容词，副词，接读词之类的苦心，他们是不很尊重的。

一般地说，文章写坏了，或是写得不通了，作者是不知道的；假如他知道，那一定羞于拿出来发表的；同时编者也是不知道的，要是知道，他也不愿意刊登的。

这样才显出批评的重要。

好的批评家不应该先注意作者写什么东西就算完了，更重要的是注意他怎样写——用怎样的态度处理题材，从什么角度看世界，采取怎样的手段……等等。

高明的理论家不从作品所采用的题材的阶级的区别去衡量作品；而是从作品中所反映的各个阶级的真实，与他们之间的矛盾程度去衡量作品。

一九四二年立春抄于蓝家坪

【艾思奇】

艾思奇（1910—1966），云南腾冲人。原名李生萱。早年留学日本，1935年参加中国共产党。1935—1936年任上海《读书杂志》编辑。1937年到延安，历任抗日军政大学主任教员、中央研究院文化思想研究室主任、中共中央文委秘书长、《解放日报》副总编辑。新中国成立后，长期从事马克思主义哲学的研究、宣传和教育工作。主要著作有《大众哲学》、《哲学与生活》，主编《辩证唯物主义与历史唯物主义》等。

月　蚀

听见有人说报载今晚月蚀，才注意到天上的月亮果然比昨晚缺了许多。凭着楼窗望出去，天空里没有云彩，使得那被蚀瘦了的半月分外显眼。道路上站满了仰望的人，敲锣，呐喊，放爆竹，种种嘈杂的声音乱成一片。为着天上的月蚀，地上的多少人们都紧张而兴奋了。

据说月蚀是因为月亮遇到了天狗，被天狗咬着要吞下，于是渐渐失去了光辉。为要吓走天狗，从厄难中救出我们的月公，人们就敲锣，呐喊，放爆竹。这就是今晚所看见的景象，也是一种的习俗。传说和习俗的力量真是不小，它竟能动员起这么广大的人群，使他们向着同一的目的行动。中国全国各地都看得见这次的月蚀，如果全国各地都同样地在那儿扰嚷，那么这全部的扰嚷声可就伟大得很了，即使是一百只天狗，恐怕也要被骇走罢？

民众的合力是伟大的，万里长城的长，金字塔的高，在完全不知道科学技术的古代社会里竟公然能够完成，使几千年来的人都惊叹咋舌，这不是奴隶民众一滴滴的血汗堆积成的么？人生哲学家不惜辛劳地探求要怎样才能使自己成为超人；佛学家叫我们了悟从“无人无我……”以进于大慈大悲的大道理，据说这可以增加人的精神力，能够成就伟大的事业。但是，伟大了的如果只是个人，那也没有丝毫用处的，不鞭挞成千成万的奴隶，则纵有一百个尼采在埃及也建筑不起百分之一的金字塔。佛祖释迦据说确是神通广大，但大抵也只是传说，决不会真有那么一个能移山倒海的个人。个人的能力无论如何总有限得很，真正的超人，其实还是伟大的群众。

但民众的伟力常常被浪费了。就说月蚀罢，这不过是自然现象的一种，它要亏蚀是必然的，但也会自然地过去，用不着敲锣呐喊也一样的行。然而成千成万的人偏偏要多事，迷信的传说鼓动着他们的心，他们的精力都用在无益的紧张和兴奋上去了，这不是太可惜吗？又譬如说目前的旱灾罢，上自天师活佛的设坛祈灵，下至乡农的扎龙求雨，糟踏了多少的财力，完全用在空处。苏联能用科学的方法造成连续四十五分钟的霖雨，所费的工力虽说不经济，总也不会比我们白费了的财力更不经济罢？但活佛之流还是有理由坚持他们的主张；他们会说：“诚则灵，现在不灵，只怪我们民众不诚罢了。”然而，米谷是民众的生死的寄托物，为着这性命一般的米谷，民众还有不诚心祈求的么？人谁不高兴好好地生存下去？求生的热诚是人人都有的，既有热诚，又为什么不“灵”？不灵，民众的热诚不是白白抛散了么？

单只有伟大的能力也是不行的，能力要没有浪费，才能成全其伟大。无缘无故地把脑袋拿到石头上去硬碰，这虽也许可以算得有勇气，然这种勇气也就未免可怜了。设坛求雨的大师们虽然似乎了不得的贤明，但那所做所为的结果却与碰石头一般无二。人类之有智慧，贵乎能看清楚事物的必然法则，在用不着使气力的地方就把气力节省下来，这并不是怯懦，更不是不“诚”，“诚”是必要的，但“诚”而至于盲目，就没有用处了。“无人无我……”的“猛”勇精神不是万应药，真正最紧要的还是科学的认识。这就是说，对于事物，要先了解它的现实的物质的基矗打破了一切神权，迷信，宿命等非科学的观念之后，民众才能够刚健地站立起来，去自动地建筑比金字塔更高千万倍的自己的纪念塔。

【叶　紫】

叶紫（1910—1939），湖南益阳人。原名余昭明，又名余鹤林、汤宠。1926年就读于武汉军事学校第三分校。1932年与陈企霞共同创办《无名文艺》，同年加入左联，走上文学道路。1933年参加中国共产党，并第一次以叶紫为笔名发表短篇小说《丰收》，引起文坛注目。1935年在鲁迅支持下，自费出版了短篇小说集《丰收》，收入《奴隶丛书》。同年在病中写作和出版了中篇小说《星》及短篇小说集《山村一夜》。抗日战争爆发后，因贫病交困离沪返湘。1939年逝世。

鬼

关于迷信，我不知道和母亲争论多少次了。我照书本子上告诉她说：

“妈妈，一切的神和菩萨，耶稣和上帝……都是没有的。人——就是万能！而且人死了就什么都完了，没有鬼也没有灵魂……”

我为了使她更加明白起见，还引用了许多科学上的证明，分条逐项地解释给她听。然而，什么都没有用。她老是带着忧伤的调子，用了几乎是生气似的声音，转着她那陷进去了，昏黄的眼睛，说：

“讲到上帝和耶稣，我知道——是没有的。至于菩萨呢，我敬了一辈子了。我亲眼看见过许多许多……在夜里，菩萨常常来告诉我的吉凶祸福！……我有好几次，都是蒙菩萨娘娘的指点，才脱了苦难的！……鬼，也何尝不是一样呢？他们都是人的阴灵呀，他们比菩萨还更加灵验呢。有一次，你公公半夜里从远山里回来，还给鬼打过一个耳光，脸都打青了！并且我还看见……

我能解释得出的，都向她解释过了：那恰如用一口钉想钉进铁板里去似的，我不能将我的理论灌入母亲的脑子里。我开始感觉到：我和母亲之间的时代，实在相差得太远了；一个在拼命向前，一个却想拉回到十八或十九世纪的遥远的坟墓中去。

就因为这样，我非常艰苦地每月要节省一元钱下来给母亲做香烛费。家里也渐渐成为菩萨和鬼魂的世界了。铜的，铁的，磁的，木的……另外还有用红纸条儿写下来的一些不知名的鬼魂的牌位。

大约在一个月以前，为了实在的生活的窘困，想节省着这一元香烛钱，我又向母亲宣传起“无神论”来了。那结果是给她大骂一场，并且还口口声声要脱离家庭，背了她的菩萨和鬼魂，到外乡化缘去！

我和老婆都害怕起来了。想想为了一元钱欲将六十三岁的老娘赶到外乡化缘去，那无论如何是罪孽的，而且不可能的事情。我们屈服了。并且从那时起，母亲就开始了一些异样的，使我们难于捉摸的行动。譬如有时夜晚通宵不睡，早晨不等天亮就爬起来，买点心吃必须亲自上街去……等等。

我们谁都不敢干涉或阻拦她。我们想：她大概又在敬一个什么新奇的菩萨吧。一直到阴历的七月十四日，她突然跑出去大半天不回家来，我和老婆都着急了。

“该不是化缘去了吧！”我们分头到马路上去找寻时，老婆半开玩笑半焦心地说。

天幸，老婆的话没有猜中！在回家的马路上寻过一通之后，母亲已经先我们而回家了。并且还一个人抱着死去的父亲和姊姊的相片在那里放声大哭！在地上——是一大堆不知道从什么地方弄来的鱼肉，纸钱，香烛和长锭之类的东西。

“到哪里去了呢？妈妈！”我惶惑地，试探地说。

“你们哪里还有半点良心记着你们的姊姊和爹爹呢？……”母亲哭得更加伤心起来，跺着脚说：“放着我还没有死，你就将死去的祖宗、父亲都忘记得干干净净了！……明天就是七月半，你们什么都不准备，……我将一个多月的点心钱和零用钱都省下来……买来这一点点东西……我每天饿着半天肚子！……”

我们一句话都说不出，对于母亲的这样的举动，实在觉得气闷而且伤心！自己已经这样大的年纪了，还时时刻刻顾念着死去的鬼魂，甘心天天饿着肚子，省下钱来和鬼魂作交代！……同时，更悔恨自家和老婆都太大意，太不会体验老人家的心情了。竟让她这样的省钱，挨饿，一直延续了一个多月。

“不要哭了呢！妈妈！”我忧愁地，劝慰地说：“下次如果再敬菩萨，你尽管找我要钱好了，我会给你老人家的！……现在，咏兰来——”我大声地转向我的老婆叫着：“把鱼肉拿到晒台上去弄一弄，我来安置台子，相片和灵牌……”

老婆弯着腰，沉重地咳嗽着拿起鱼肉来，走了。母亲便也停止哭泣，开始和我弄起纸钱和长锭来。孩子们跳着，叫着，在台子下穿进穿出：

“妈妈弄鱼肉我们吃呢！妈妈弄鱼肉我们吃呢！”

“不是做娘的一定要强迫你们敬鬼，实在的……”母亲哽着喉咙，吞声地说：“你爹爹和姊姊死得太苦了，你们简直都记不得！……我梦见他们都没有钱用，你爹爹叫化子似的……而你们——……”

“是的！”我困惑地，顺从地说：“实在应该给他们一些钱用用呢！……”

记起了爹爹和姊姊的死去的情形来，我的心里的那些永远不能治疗的创痕，又在隐隐地作痛！照母亲梦中的述说，爹爹们是一直做鬼都还在闹穷，还在阎王的重层压迫之下过生活——啊，那将是一个如何的，令人不可想象的鬼世界啊！

老婆艰难地将菜肴烧好的时候，已经是午后三四时了。孩子们高兴地啃着老婆给他们的一些小小的肉骨头，被母亲拉到相片的面前机械地跪拜着：

“公公保佑你们呢！……”

然后，便理一理她自家的白头发，喃喃地跪到所有鬼魂面前祈祷起来。那意思是：保佑儿孙们康健吧！多赚一点钱吧！明年便好更多的烧一些长锭给你们享用！……

我和老婆都被一一地命令着跪倒了！就恰如做傀儡戏似的，老婆咳嗽着首先跳了起来，躲上晒台去了。我却还在父亲和姐姐的相片上凝视了好久好久！一种难堪的酸楚与悲痛，突然地涌上了我的心头！自己已经在外飘流八九年了，有些什么能对得住姐姐和爹爹呢？……不但没有更加努力地走着他们遗留给我的艰难的、血污的道路，反而卑怯地躲在家中将他们当鬼敬起来了！啊啊，我还将变成怎样的一种无长进的人呢？……

夜晚，母亲烧纸钱和长锭时对我说：

“再叩一个头吧！今夜你爹爹有了钱用了，他一定要报一个快乐的、欢喜的梦给你听的！”

可是，我什么好梦都没有做，瞪着一双眼睛直到天亮！脑子里，老是浮着爹爹那满是血污的严峻的脸相，并且还仿佛用了一根无形的、沉重的鞭子，着力地捶打我的懦怯的灵魂！

【徐懋庸】

徐懋庸（1911—1977），生于浙江上虞。原名徐茂荣，1926年参加大革命，后因被政府通缉，逃亡上海，考入半工半读的劳动大学。1932年翻译了《托尔斯泰传》。1933年夏开始写杂文并向《申报•自由谈》投稿。1934年在上海加入“左联”，1935年出版《打杂集》。同年翻译日本、苏联等国的进步著作。解放后，历任武汉大学副校长，中南文化部、教育部副部长，中国科学院哲学研究所研究员。1956—1957年间写杂文100多篇，结集为《打杂新集》。

羊和猫

大凡学习法文的人，到了读选文的时候，总要读到一篇东西：都德（A.Daudet）的《塞根先生的山羊》（La Chevre de m onsleu Seguin）。

这是说塞根先生先后养了许多山羊，但那些山羊先后地逃走了。原因是，它们不堪绳子和栅门的羁勒锢闭，而憧憬于后山的生活。那里，虽然有狼，但是可以随意地跳，随意地跑，随意地打滚；狼来的时候，则可以用了两只角去对付。

而这里，园子虽然整洁，草儿虽然鲜嫩，主人虽然爱护备至，但绳子和栅门到底太难堪了，所以一有机会，它们都挣脱了绳子，溜出了栅门，跑到后山去，过了一天新生活之后，晚上遇着狼，就战到力尽，然后倒毙，死而无悔。

这样，塞根先生从不曾养牢过一只山羊。即使把绳子放长，把先前的山羊遇狼的故事引以为诫，但他的山羊总是一只一只地逃了去。

和这故事相反的是左拉（Zola）的《猫的天堂》（Le Paradis des Chats）。

那是说一个太太所养的一只猫，也因为厌倦了温暖、舒适的牢狱似的生活，逃出外面，与群猫为伍，想过自由的生活。可是过不到一天，它就恐慌起来了，它看到所谓自由的生活，是淋雨，挨饿，奔波，逃避……它要求一只雌猫送它回到了老家，它留她一同过它所过的生活，但她不屑地走了。

女主人因为它曾逃走，把它打了一顿，接着就拿肉给它吃，所以它下结论说："挨打而有肉吃的地方，就是我们猫的天堂。"

都德和左拉，都是法国的大作家，他们都有别的伟大的作品在。上面所举的，不过是小品而已，但即是小品，也何等可爱。先前分别地读过，也曾感动，今天一起想了起来，觉得他们不谋而合地写出这样的作品来，其中一定含着并非偶然的社会的意义。

【何其芳】

何其芳（1912—1977），四川万县人。原名何永芳，1935年于北京大学哲学系毕业，曾创办刊物《工作》，1938年，到延安鲁迅艺术学院任教，同年加入中国共产党，为革命文艺做了大量拓荒工作。1949年后，历任第一、二、三届全国政协委员，第三届全国人大代表，中国文联历届委员，中国作家协会书记处书记，中国社会科学院哲学社会科学部学部委员、文学研究所所长，《文学评论》主编。著有诗集《预言》、《夜歌和白天的歌》，散文集《画梦录》、文艺论文集《关于现实主义》、《论〈红楼梦〉》、《关于写诗和读诗》、《文学艺术的春天》等。

黄　昏

马蹄声，孤独又忧郁地自远至近，洒落在沉默的街上如白色的小花朵。我立住。一乘古旧的黑色马车，空无乘人，纡徐地从我身侧走过。疑惑是载着黄昏，沿途散下它阴暗的影子，遂又自近至远地消失了。

街上愈荒凉。暮色下垂而合闭，柔和地，如从银灰的归翅间坠落一些慵倦于我心上。我傲然，耸耸肩，脚下发出凄异的长叹。

一列整饬的宫墙漫长地立着。不少次，我以目光叩问它，它以叩问回答我：

——黄昏的猎人，你寻找着什么？

狂奔的猛兽寻找着壮士的刀，美丽的飞鸟寻找着牢笼，青春不羁之心寻找着毒色的眼睛。我呢？

我曾有一些带伤感之黄色的欢乐，如同三月的夜晚的微风飘进我梦里，又飘去了。我醒来，看见第一颗亮着纯洁的爱情的朝露无声地坠地。我又曾有一些寂寞的光阴，在幽暗的窗子下，在长夜的炉火边，我紧闭着门而它们仍然遁逸了。我能忘掉忧郁如忘掉欢乐一样容易吗？

小山巅的亭子因暝色天空的低垂而更圆，而更高高地耸出林木的葱茏间，从它我得到仰望的惆怅。在渺远的昔日，当我身侧尚有一个亲切的幽静的伴步者，徘徊在这山麓下，曾不经意地约言：选一个有阳光的清晨登上那山巅去。但随后又不经意地废弃了。这沉默的街，自从再没有那温柔的脚步，遂日更荒凉，而我，竟惆怅又怨抑地，让那亭子永远秘藏着未曾发掘的快乐，不敢独自去攀登我甜蜜的想象所萦系的道路了。

一九三三年初夏

一夜的工作

周总理在“全国文学艺术工作者第一次全国大会”上作了报告。《人民文学》杂志要发表这个报告，由我把记录稿做了整理，把稿子送给总理审阅。

这一天，总理办公室通知我去中南海政务院去。我走进总理的办公室。那是一间高大的宫殿式的房子，室内陈设极其简单，一张不大的写字台，两把小转椅，一盏台灯，如此而已。总理见了我，指着写字台上一尺来高的一叠文件，说：“我今晚上要批这些文件。你们送来的稿子，我放在最后。你到隔壁值班室去睡一觉，到时候叫你。”

我就到值班室去睡了。不知到了什么时候，值班室的同志把我叫醒，他对我：“总理叫你去。”

我立刻起来，揉揉蒙胧的睡眼，走进总理的办公室。总理招呼我坐在他的写字台对面，要我陪他审阅我整理的记录稿，其实是咨询的意思。他一句一句地审阅，看完一句就用笔在那一句后面画上一个小圆圈。他不是浏览一遍就算了，而且一边看一边思索，有时停笔想一想，有时问我一两句。夜很静，经过相当长的时间总理才审阅完，把稿子交给了我。

这时候，值班室的同志送来两杯热腾腾的绿茶，一小碟花生米，放在写字台上。总理让我跟他一起喝茶，吃花生米。花生米并不多，可以数得清颗数，好像并没有因为多了一个人而增加了分量。喝了一会儿茶，就听见公鸡喔喔喔地叫鸣了。总理站起来对我说：“我要去休息了。上午睡一觉，下午还要参加活动。你也回去睡觉吧。”

我也站起来，没留意把小转椅的上部带歪了。总理过来把转椅扶正，然后就走进后面去了。

在回来的路上，我不断地想，不断地对自己说：“这就是我们新中国的总理。我看见了他一夜的工作。他是多么劳苦，多么简朴！”

我想高声对全世界说，好像全世界都能听见我的声音：“看啊，这就是我们中华人民共和国的总理。我看见了他一夜的工作。他每个夜晚都是这样工作的。你们看见过这样的总理吗？”

【胡乔木】

胡乔木（1912—1992），江苏盐城人。本名胡鼎新，笔名乔木。1930年加入中国社会主义青年团。曾任共青团北平市委委员、宣传部长。1935年转入中国共产党。曾参加领导上海的左翼文化运动和抗日救亡运动。1937年到延安，任中共中央青委委员。1941年任毛泽东秘书和中共中央政治局秘书。1948年任新华总社社长。次年任新闻总署署长。新中国成立后，曾任中共中央宣传部副部长、中共中央副秘书长、中国社会科学院院长、毛泽东著作编委会办公室主任、中顾委常委等职。著有《中国共产党的三十年》、《胡乔木文集》、《关于人道主义和异化问题》、诗集《人比月亮更美丽》。

说　难

“难”之一字，拿破仑君说是只在愚人的字典里才有的。我自幼就一直用着愚人的字典，大概是愈用愈愚了，我现在竟以为，在真正愚人的字典里，怕只有曲个易字，而拿君之所以一败于莫斯科，再败于滑铁卢，终至身败名裂者，或者也就是吃了聪明人的字典的亏吧。

知难并不是怕难。不知难而见难，所以怕难，见难而不难，则因为知难。空想家的拿破仑不怕难，但是怕承认难，结果与怕难就只隔了一层纸。我们必须不怕难也不怕承认难，故我们必须知难。

进化论的知识虽然不好贴上封条搬到人类史上来适用，但人类的祖先能够不断辞别千千万万的因苟安而灭亡的同辈，为他们今日的子孙开辟一条这样寂寞而且漫长的旅程，想来决不是易事。缩小范围来说，对于一个卵子的受精而成人，虽然雄蜂样的懒汉们也常自命为完成了什么任务，但是一个母亲却知道她为了这个任务，如何在六千七百多小时里，沉默地贡献她的一身作资本，并且加上她的一生作赌注。而每一个新的地球的子民刚一脱离母体就哭了，想像力泛滥的诗人虽因此一口判定为天才的厌世家，但是愚笨的生理学者却慢慢发现了这原来是为了呼吸。生理学者并且发现了，无论一个聪明人怎样把世界看得容易，他的每一个细胞却不待主人的指挥，总还是辛勤地工作着，奋斗着，直到他的死。这一切也就说明了生存竞争，宣示了辩证法的真理。子曰：天行健。我想除了寥寥的几尊聪明脑袋以外，这天应该是包含了凡有人类的生命在内的。

天行健，因为天里面孕含着矛盾。客观和主观之间横阻着可恶的矛盾，于是有难。妄人轻难而败，懦夫怕难而退，勇者知难而进。马克思列宁主义者是真勇者，所以他们革命，他们提倡朴素切实、埋头苦干、艰苦奋斗。困难是无穷的，旧的完了，新的又来，所以革命永远厌恶轻妄和怠惰，正如轻妄和怠惰永远厌恶革命。这是革命的纪律，这也是生命和自然的纪律。

中国人说，人生识字忧患始。有忧虑乃有进步和快乐。所以这句话并不会吓倒了人们不识字。而且应该首先说，人生忧患识字始。文穷而后工，欲速则不达。历史从不给排列空洞词句的文学家、玩弄肤浅思想的哲学家、追逐个人地位的政治家留下地位，正如几何学从不给拒绝下苦功的国主们准备道路一样。

【邓　拓】

邓拓（1912—1966），福建福州人。原名邓子健、邓云特。新闻工作者，历史学家，诗人，杂文家。1930年，参加左联，同年加入中国共产党。历任中共晋察冀中央局宣传部副部长、《晋察冀日报》社社长兼总编辑、新华社晋察冀分社社长等职。新中国建立后，历任《人民日报》社社长兼总编辑、全国新闻工作者协会主席、中共北京市委书记处书记等职，并主编理论刊物《前线》。1961年3月，开始以“马南邨”为笔名在北京晚报副刊《五色土》开设《燕山夜话》专栏。1966年5月17日，遭“四人帮”迫害，含冤死去。1979年2月，得以昭雪。主要作品有《三家村札记》（与吴晗、廖沫沙合写），《燕山夜话》等。

“伟大的空话”

有的人擅长于说话，可以在任何场合，嘴里说个不停，真好比悬河之口，滔滔不绝。但是，听完他的说话以后，稍一回想，都不记得他说的是什么了。

这样的例子可以举出不少。如果你随时留心，到处都可以发现。说这种话的人，有的自鸣得意，并且向别人介绍他的经验说：“我遵守古人语不惊人死不休的遗训，非用尽人类最伟大的语言不可。”

你听，这是多么大的口气啊！可是，许多人一听他说话，就讥笑他在做“八股”。我却以为把这种话叫做“八股”并不确切，还是叫它做“伟大的空话”更恰当一些。当然，它同八股是有密切关系的，也许只有从八股文中才能找到它的渊源。

举一个典型的例子吧，有一篇八股文写道：

夫天地者，六合宇宙之乾坤，大哉久矣，数千万年而非一日也。

你看，这作为一篇八股文的“破题”，读起来不是也很顺口吗？其中不但有“天地”、“六合”、“宇宙”、“乾坤”等等大字眼，而且音调铿锵，煞是好听。如果用标准的八股调子去念，可以使人摇头摆尾，忘其所以。

但是，可惜得很，这里所用的许多大字眼，都是重复的同义语，因此，说了半天还是不知所云，越解释越糊涂，或者等于没有解释。这就是伟大的空话的特点。

不能否认，这种伟大的空话在某些特殊的场合是不可避免的，因而在一定的意义上有其存在的必要。可是，如果把它普遍化起来，到处搬弄，甚至于以此为专长，那就相当可怕了。假若再把这种说空话的本领教给我们的后代，培养出这么一批专家，那就更糟糕了。因此，遇有这样的事情，就必须加以劝阻。

凑巧得很，我的邻居有个孩子近来常常模仿大诗人的口气，编写了许多“伟大的空话”，形式以新诗为最多，并且他常常写完一首就自己朗诵，十分得意。不久以前，他写了一首《野草颂》，通篇都是空话。他写的是：

老天是我们的父亲，
大地是我们的母亲，
太阳是我们的保姆，
东风是我们的恩人，
西风是我们的敌人。
我们是一丛野草，
有人喜欢我们，
有人讨厌我们，
但是不管怎样，
我们还要生长。

你说这叫做什么诗？我真为他担忧，成天写这类东西，将来会变成什么样子！如果不看题目，谁能知道他写的是野草颂呢？但是这个孩子写的诗居然有人予以夸奖，我不了解那是什么用意。

这首诗里尽管也有天地、父母、太阳、保姆、东风、西风、恩人、敌人等等引人注目的字眼，然而这些都被他滥用了，变成了陈词滥调。问他本人，他认为这样写才显得内容新鲜。实际上，他这么搞一点也不新鲜。

任何语言，包括诗的语言在内，都应该力求用最经济的方式，表达最丰富的内容。到了有话非说不可的时候，说出的话才能动人。否则内容空虚，即便用了最伟大的字眼和词汇，也将无济于事，甚至越说得多，反而越糟糕。因此，我想奉劝爱说伟大的空话的朋友，还是多读，多想，少说一些，遇到要说话的时候，就去休息，不要浪费你自己和别人的时间和精神吧！

事事关心

风声、雨声、读书声，声声入耳；
家事、国事、天下事，事事关心。

这是明代东林党首领顾宪成撰写的一副对联。时间已经过去了三百六十多年，到现在，当人们走进江苏无锡“东林书院”旧址的时候，还可以寻见这副对联的遗迹。为什么忽然想起这副对联呢？因为有几位朋友在谈话中，认为古人读书似乎都没有什么政治目的，都是为读书而读书，都是读死书的。为了证明这种认识不合事实，才提起了这副对联。而且，这副对联知道的人很少，颇有介绍的必要。

上联的意思是讲书院的环境便于人们专心读书。这十一个字很生动描写了自然界的风雨声和人们的读书声交织在一起的情景，令人仿佛置身于当年的东林书院中，耳朵里好像真的听见了一片朗诵和讲学的声音，与天籁齐鸣。

下联的意思是讲在书院中读书的人都要关心政治。

这十一个字充分地表明了当时的东林党人在政治上的抱负。他们主张不能只关心自己的家事，还要关心国家的大事和全世界的事情。那个时候的人已经知道天下不只是一个中国，还有许多别的国家。所以，他们把天下事与国事并提，可见这是指的世界大事，而不限于本国的事情了。

把上下联贯串起来看，它的意思更加明显，就是说一面要致力读书，一面要关心政治，两方面要紧密结合。而且，上联的风声、雨声也可以理解为语带双关，即兼指自然界的风雨和政治上的风雨而言。因此，这副对联的意义实在是相当深长的。

从我们现在的眼光看上去，东林党人读书和讲学，显然有他们的政治目的。尽管由于历史条件的限制，他们当时还是站在封建阶级的立场上，为维护封建制度而进行政治斗争。但是，他们比起那一班读死书的和追求功名利禄的人，总算进步得多了。

当然，以顾宪成和高攀龙等人为代表的东林党人，当时只知道用“君子”和“小人”去区别政治上的正邪两派。顾宪成说：“当京官不忠心事主，当地方官不留心民生，隐居乡里不讲求正义，不配称君子。”在顾宪成死后，高攀龙接着主持东林讲席，也是继续以“君子”与“小人”去品评当时的人物，议论万历、天启年间的时政。他们的思想，从根本上说，并没有超出宋儒理学，特别是程、朱学说的范围，这也是可以理解的。因为顾宪成讲学的东林书院，本来是宋儒杨龟山创立的书院。杨龟山是程颢、程颐两兄弟的门徒，是“二程之学”的正宗嫡传。朱熹等人则是杨龟山的弟子。顾宪成重修东林书院的时候，很清楚地宣布，他是讲程朱学说的，也就是继承杨龟山的衣钵的。人们如果要想从他的身上，打到反封建的革命因素，那恐怕是不可能的。

我们决不需要恢复所谓东林遗风，就让它永远成为古老的历史陈迹去吧。我们只要懂得努力读书和关心政治，这两方面紧密结合的道理就够了。

片面地只强调读书，而不关心政治；或者片面地只强调政治，而不努力读书，都是极端错误的。不读书而空谈政治的人，只是空头的政治家，决不是真正的政治家。真正的政治家没有不努力读书的。完全不读书的政治家是不可思议的。同样，不问政治而死读书本的人，那是无用的书呆子，决不是真正有学问的学者。真正有学问的学者决不能不关心政治。完全不懂政治的学者，无论如何他的学问是不完全的。就这一点说来，所谓“事事关心”实际上也包含着对一切知识都要努力学习的意思在内。

既要努力读书，又要关心政治，这是愈来愈明白的道理。古人尚且知道这种道理，宣扬这种道理，难道我们还不如古人，还不懂得这种道理吗？无论如何，我们应该比古人懂得更充分，更深刻，更透彻！

【杨　朔】

杨朔（1913—1968），山东蓬莱人。原名杨毓瑨。中共党员。1939年参加八路军，从事革命文艺工作，后到延安，在中央党校三部学习，解放战争时期任中国人民解放军华北野战军第十九兵团战地记者，1949年后随铁路工人组成的志愿军入朝，回国后历任中国作家协会外国文学委员会副主任，中国保卫世界和平委员会副秘书长，亚非团结委员会副主席，亚非人民团结理事会常设书记处书记，中国亚非作家常设局联络委员会秘书长。全国政协委员，中国作家协会第二届理事。1953年加入中国作家协会。著作有《杨朔散文选》、《三千里江山》、《杨朔短篇小说集》等。

荔枝蜜

花鸟草虫，凡是上得画的，那原物往往也叫人喜爱。蜜蜂是画家的爱物，我却总不大喜欢。说起来可笑，孩子时候有一回上树掐海棠花，不想叫蜜蜂蜇了一下，痛得我差点儿跌下来。大人告诉我说：蜜蜂轻易不蜇人，准是误以为你要伤害它，才蜇。一蜇，它自己就耗尽了生命，也活不久了。我听了，觉得那蜜蜂可怜，原谅它了。可是从此以后，每逢看见蜜蜂，感情上疙疙瘩瘩的，总不怎么舒服。

今年四月，我到广东从化温泉小住了几天。那里四围是山，环抱着一潭春水，那又浓又翠的景色，简直是一幅青绿山水画。刚去的当晚是个阴天，偶尔倚着楼窗一望，奇怪啊，怎么楼前凭空涌起那么多黑黝黝的小山，一重一重的，起伏不断？记得楼前是一片比较平坦的园林，不是山。这到底是什么幻景呢？赶到天明一看，忍不住笑了。原来是满野的荔枝树，一棵连一棵，每棵的叶子都密得不透缝，黑夜看去，可不就像小山似的！

荔枝也许是世上最鲜最美的水果。苏东坡写过这样的诗句：“日啖荔枝三百颗，不辞长作岭南人。”可见荔枝的妙处。偏偏我来得不是时候，满树刚开着浅黄色的小花，并不出众。新发的嫩叶，颜色淡红，比花倒还中看些。从开花到果子成熟，大约得三个月，看来我是等不及在从化温泉吃鲜荔枝了。

吃鲜荔枝蜜，倒是时候。有人也许没听说这稀罕物儿吧？从化的荔枝树多得像汪洋大海，开花时节，满野嘤嘤嗡嗡，忙得那蜜蜂忘记早晚，有时趁着月色还采花酿蜜。荔枝蜜的特点是成色纯，养分大。住在温泉的人多半喜欢吃这种蜜，滋养精神。热心肠的同志为我也弄到两瓶。一开瓶子塞儿，就是那么一股甜香；调上半杯一喝，甜香里带着股清气，很有点鲜荔枝味儿。喝着这样好的蜜，你会觉得生活都是甜的呢。

我不觉动了情，想去看看自己一向不大喜欢的蜜蜂。

荔枝林深处，隐隐露出一角白屋，那是温泉公社的养蜂场，却起了个有趣的名儿，叫“养蜂大厦”。正当十分春色，花开得正闹。一走近“大厦”，只见成群结队的蜜蜂出出进进，飞去飞来，那沸沸扬扬的情景，会使你想：说不定蜜蜂也在赶着建设什么新生活呢。

养蜂员老梁领我走进“大厦”。叫他老梁，其实是个青年人，举动很精细。大概是老梁想叫我深入一下蜜蜂的生活，他小小心心地揭开一个木头蜂箱，箱里隔着一排板，板上满是蜜蜂，蠕蠕地爬动。蜂王是黑褐色的，身量特别长，每只蜜蜂都愿意用采来的花精来供养它。

老梁赞叹似的轻轻说：“你瞧这群小东西，多听话！”

我就问道：“像这样一窝蜂，一年能割多少蜜？”

老梁说：“能割几十斤。蜜蜂这东西，最爱劳动。广东天气好，花又多，蜜蜂一年四季都不闲着。酿的蜜多，自己吃的可有限。每回割蜜，留下一点点，够它们吃的就行了。它们从来不争，也不计较什么，还是继续劳动，继续酿蜜，整日整月不辞辛苦……”

我又问道：“这样好蜜，不怕什么东西来糟蹋么？”

老梁说：“怎么不怕？你得提防虫子爬进来，还得提防大黄蜂。大黄蜂这贼最恶，常常落在蜜蜂窝洞口，专干坏事。”

我不觉笑道：“噢！自然界也有侵略者。该怎么对付大黄蜂呢？”

老梁说：“赶！赶不走就打死它。要让它呆在那儿，会咬死蜜蜂的。”

我想起一个问题，就问："一只蜜蜂能活多久？"

老梁回答说："蜂王可以活三年，一只工蜂最多能活六个月。"

我说："原来寿命这样短。你不是总得往蜂房外边打扫死蜜蜂么？"

老梁摇一摇头说："从来不用。蜜蜂是很懂事的，活到限数，自己便悄悄死在外边，再也不回来了。"

我的心不禁一颤：多可爱的小生灵啊，对人无所求，给人的却是极好的东西。蜜蜂是在酿蜜，又是在酿造生活；不是为自己，而是在为人类酿造最甜的生活。蜜蜂是渺小的，蜜蜂却又多么高尚啊！

透过荔枝树林，我沉吟地望着远远的田野，那儿正有农民立在水田里，辛辛勤勤地分秧插秧。他们正用劳力建设自己的生活，实际也是在酿蜜——为自己，为别人，也为后世子孙酿造着生活的蜜。

这天夜里，我做了个奇怪的梦，梦见自己变成一只小蜜蜂。

雪浪花

凉秋八月，天气分外清爽。我有时爱坐在海边礁石上，望着潮涨潮落，云起云飞。月亮圆的时候，正涨大潮。瞧那茫茫无边的大海上，滚滚滔滔，一浪高似一浪，撞到礁石上，唰地卷起几丈高的雪浪花，猛力冲激着海边的礁石。那礁石满身都是深沟浅窝，坑坑坎坎的，倒象是块柔软的面团，不知叫谁捏弄成这种怪模怪样。

几个年轻的姑娘赤着脚，提着裙子，嘻嘻哈哈追着浪花玩。想必是初次认识海，一只海鸥，两片贝壳，她们也感到新奇有趣。奇形怪状的礁石自然逃不出她们好奇的眼睛，你听她们议论起来了：礁石硬得跟铁差不多，怎么会变成这样子？是天生的，还是錾子凿的，还是怎的？

"是叫浪花咬的，"一个欢乐的声音从背后插进来。说话的人是个上年纪的渔民，从刚扰岸的渔船跨下来，脱下黄油布衣裤，从从容容晾到礁石上。

有个姑娘听了笑起来："浪花也没有牙，还会咬？怎么溅到我身上，痛都不痛？咬我一口多有趣。"

老渔民慢条斯理说："咬你一口就该哭了。别看浪花小，无数浪花集到一起，心齐，又有耐性，就是这样咬啊咬的，咬上几百年，几千年，几万年，哪怕是铁打的江山，也能叫它变个样儿。姑娘们，你们信不信？"

说的妙，里面又含着多么深的人情世故。我不禁对那老渔民望了几眼。老渔民长得高大结实，留着一把花白胡子。瞧他那眉目神气，就象秋天的高空一样，又清朗，又深沉。老渔民说完话，不等姑娘们搭言，早回到船上，大声说笑着，动手收拾着满船烂银也似的新鲜鱼儿。

我向就近一个渔民打听老人是谁，那渔民笑着说："你问他呀，那是我们的老泰山。老人家就有这个脾性，一辈子没养女儿，偏爱拿人当女婿看待。不信你叫他一声老泰山，他不但不生气，反倒摸着胡子乐呢。不过我们叫他老泰山，还有别的缘故。人家从小走南闯北，经的多，见的广，生产队里大事小事，一有难处，都得找他指点，日久天长，老人家就变成大伙依靠的泰山了。"

此后一连几日，变了天，飘飘洒洒落着凉雨，不能出门。这一天晴了，后半晌，我披着一片火红的霞光，从海边散步回来，瞟见休养所院里的苹果树前停着辆独轮小车，小车旁边的个人俯在磨刀石磨剪刀。那背影有点儿眼熟。走到跟前一看，可不正是老泰山。

我招呼说："老人家，没出海打鱼么？"

老泰山望了望我笑着说："哎，同志，天不好，队里不让咱出海，叫咱歇着。"

我说："象你这样年纪，多歇歇也是应该的。"

老泰山听了说："人家都不歇，为什么我就应该多歇着？我一不瘫，二不瞎，叫我坐着吃闲饭，等于骂我。好吧，不让咱出海，咱服从；留在家里，这双手可得服从我。我就织鱼网，磨鱼钩，照顾照顾生产队里的果木树，再不就推着小车出来走走，帮人磨磨刀，钻钻磨眼儿，反正能做多少活就做多少活，总得尽我的一份力气。"

"看样子你有六十了吧？"

"哈哈！六十？这辈子别再想那个好时候了——这个年纪啦。"说着老泰山捏起右手的三根指头。

我不禁惊疑说："你有七十了么？看不出。身板骨还是挺硬朗。"

老泰山说："哎，硬朗什么？头四年，秋收扬场，我一连气还能扬它一两千斤谷子。如今不行了，胳膊害过风湿痛病，抬不起来，磨刀磨剪子，胳膊往下使力气，这类活儿还能做。不是胳膊拖累我，前年咱准要求到北京去油漆人民大会堂。"

"你会的手艺可真不少呢。"

"苦人哪，自小东奔西跑的，什么不得干。干的营生多，经历的也古怪，不瞒同志说，三十年前，我还赶过脚呢。"说到这儿，老泰山把剪刀往水罐里蘸了蘸，继续磨着，一面不紧不慢地说："那时候，北戴河跟今天可不一样。一到三伏天，来歇伏的差不多净是蓝眼珠的外国人。有一回，一个外国人看上我的驴。提起我那驴，可是百里挑一：浑身乌黑乌黑，没一根杂毛，四只蹄子可是白的。这有个讲究，叫四蹄踏雪，跑起来，极好的马也追不上。那外国人想雇我的驴去逛东山。我要五块钱，他嫌贵。你嫌贵，我还嫌你胖呢。胖的象条大白熊，别压坏我的驴。讲来讲去，大白熊答应我的价钱，骑着驴逛了半天，欢欢喜喜照数付了脚钱。谁料想隔不几天，警察局来传我，说是有人把我告下了，告我是红胡子，硬抢人家五块钱。"

老泰山说的有点气促，喘嘘嘘的，就缓了口气，又磨着剪子说："我一听气炸了肺。我的驴，你的屁，爱骑不骑，怎么能诬赖人家是红胡子？赶到警察局一看，大白熊倒轻松，望着我乐的闭不拢嘴。你猜他说什么？你说：你的驴快，我要再雇一趟去秦皇岛，到处找不着你。我就告你。一告，这不是，就把红胡子抓来了。"

我忍不住说："瞧他多聪明！"

老泰山说："聪明的还在后头呢，你听着啊。这回倒到省事，也不用争，一张口他就给我十五块钱，骑上驴，他拿着根荆条，抽着驴紧跑。我叫他慢着点，他直夸奖我的驴有几步好走，答应回头再加点脚钱。到秦皇岛一个来回，整整一天，累的我那驴浑身湿淋淋的，顺着毛往下滴汗珠——你说叫人心疼不心疼？"

我插问道："脚钱加了没有？"

老泰山直起腰，狠狠吐了口唾沫说："见他的鬼！他连一个铜子儿也不给，说是上回你讹诈我五块钱，都包括在内啦，再闹，送你到警察局去。红胡子！红胡子！直骂我是红胡子。”

我气的问：“这个流氓，他是哪国人？”

老泰山说：“不讲你也猜得着。前几天听广播，美国飞机又偷着闯进咱们家里。三十年前，我亲身吃过他们的亏，这笔账还没算清。要是倒退五十年，我身强力壮，今天我呀——”休养所的窗口有个妇女探出脸问：“剪子磨好没有？”

老泰山应声说：“好了。”就用大拇指试试剪子刃，大声对我笑着说：“瞧我磨的剪子，多快。你想天的云霞，做一床天大的被，也剪得动。”

西天上正铺着一片金光灿烂的晚霞，把老泰山的脸映得红彤彤的。老人收起磨刀石，放到独轮车上，跟我道了别，推起小车走了几步，又停下，弯腰从路边掐了枝野菊花，插到车上，才又推着车慢慢走了，一直走进火红的霞光里去。他走了，他在海边对几个姑娘讲的话却回到我的心上。我觉得，老泰山恰似一点浪花，跟无数浪花集到一起，形成这个时代的大浪潮，激扬飞溅，早已把旧日的江山变了个样儿，正在勤勤恳恳塑造着人民的江山。

老泰山姓任。问他叫什么名字，他笑笑说：“山野之人，值不得留名字。”竟不肯告诉我。

茶花赋

久在异国他乡，有时难免要怀念祖国的。怀念极了，我也曾想：要能画一幅画儿，画出祖国的面貌特色，时刻挂在眼前，有多好。我把这心思去跟一位擅长丹青的同志商量，求她画。她说：“这可是个难题，画什么呢？画点零山碎水，一人一物，都不行。再说，颜色也难调。你就是调尽五颜六色，又怎么画得出祖国的面貌？”我想了想，也是，就搁下这桩心思。

今年二月，我从海外回来，一脚踏进昆明，心都醉了。我是北方人，论季节，北方也许正是搅天风雪，水瘦山寒，云南的春天却脚步儿勤，来得快，到处早像催生婆似的正在催动花事。

花事最盛的去处数着西山华庭寺。不到寺门，远远就闻见一股细细的清香，直渗进人的心肺。这是梅花，有红梅、白梅、绿梅，还有朱砂梅，一树一树的，每一树梅花都是一树诗。白玉兰花略微有点儿残，娇黄的迎春却正当时，那一片春色啊，比起滇池的水来不知还要深多少倍。

究其实这还不是最深的春色。且请看那一树，齐着华庭寺的廊檐一般高，油光碧绿的树叶中间托出千百朵重瓣的大花，那样红艳，每朵花都像一团烧得正旺的火焰。这就是有名的茶花。不见茶花，你是不容易懂得“春深似海”这句诗的妙处的。

想看茶花，正是好时候。我游过华庭寺，又冒着星星点点细雨游了一次黑龙潭，这都是看茶花的名胜地方。原以为茶花一定很少见，不想在游历当中，时时望见竹篱茅屋旁边会闪出一枝猩红的花来。听朋友说：“这不算稀奇。要是在大理，差不多家家户户都养茶花。花期一到，各样品种的花儿争奇斗艳，那才美呢。”

我不觉对着茶花沉吟起来。茶花是美啊。凡是生活中美的事物都是劳动创造的。是谁白天黑夜，积年累月，拿自己的汗水浇着花，像抚育自己儿女一样抚育着花秧，终于培养出这样绝色的好花？应该感谢那为我们美化生活的人。

普之仁就是这样一位能工巧匠，我在翠湖边上会到他。翠湖的茶花多，开得也好，红彤彤的一大片，简直就是那一段彩云落到湖岸上。普之仁领我穿着茶花走，指点着告诉我这叫大玛瑙，那叫雪狮子；这是蝶翅，那是大紫袍……名目花色多得很。后来他攀着一棵茶树的小干枝说：“这叫童子面，花期迟，刚打骨朵，开起来颜色深红，倒是最好看的。”

我就问：“古语说：看花容易栽花难——栽培茶花一定也很难吧？”

普之仁答道：“不很难，也不容易。茶花这东西有点特性，水壤气候，事事都得细心。又怕风，又怕晒，最喜欢半阴半阳。顶讨厌的是虫子。有一种钻心虫，钻进一条去，花就死了。一年四季，不知得操多少心呢。”

我又问道：“一棵茶花活不长吧？”

普之仁说：“活的可长啦。华庭寺有棵松子鳞，是明朝的，五百多年了，一开花，能开一千多朵。”

我不觉噢了一声：想不到华庭寺见的那棵茶花来历这样大。

普之仁误会我的意思，赶紧说：“你不信么？大理地面还有一棵更老的呢，听老人讲，上千年了，开起花来，满树数不清数，都叫万朵茶。树干子那样粗，几个人都搂不过来。”说着他伸出两臂，做个搂抱的姿势。

我热切地望着他的手，那双手满是茧子，沾着新鲜的泥土。我又望着他的脸，他的眼角刻着很深的皱纹，不必多问他的身世，猜得出他是个曾经忧患的中年人。如果他离开你，走进人丛里去，立刻便消逝了，再也不容易寻到他——他就是这样一个极其普通的劳动者。然而正是这样的人，整月整年，劳心劳力，拿出全部精力培植着花木，美化我们的生活。美就是这样创造出来的。

正在这时，恰巧有一群小孩也来看茶花，一个个仰着鲜红的小脸，甜蜜蜜地笑着，唧唧喳喳叫个不休。

我说：“童子面茶花开了。”

普之仁愣了愣，立时省悟过来，笑着说：“真的呢，再没有比这种童子面更好看的茶花了。”

一个念头忽然跳进我的脑子，我得到一幅画的构思。如果用最浓最艳的朱红，画一大朵含露乍开的童子面茶花，岂不正可以象征着祖国的面貌？我把这个简单的构思记下来，寄给远在国外的那位丹青能手，也许她肯再斟酌一番，为我画一幅画儿吧。

【孙　梨】

孙犁（1913—2002），河北安平人。原名孙树勋，曾用笔名芸夫。1927年开始文学创作。1939年后参加抗日工作，1942年加入中国共产党。曾任河北抗战学院教官，晋察通讯社、晋察冀边区文联、晋察冀日报社及华北联合大学编辑、教师等职业，延安鲁迅艺术文学院教师，《平原杂志》编辑。著有《孙犁全集》，被誉为“荷花淀派”的创始人。

采蒲台的苇

我到了白洋淀，第一个印象，是水养活了苇草，人们依靠苇生活。这里到处是苇，人和苇结合的是那么紧。人好像寄生在苇里的鸟儿，整天不停地在苇里穿来穿去。

我渐渐知道，苇也因为性质的软硬、坚固和脆弱，各有各的用途。其中，大白皮和大头栽因为色白、高大，多用来织小花边的炕席；正草因为有骨性，则多用来铺房、填房碱；白毛子只有漂亮的外形，却只能当柴烧；假皮织篮捉鱼用。

我来的早，淀里的凌还没有完全融化。苇子的根还埋在冰冷的泥里，看不见大苇形成的海。我走在淀边上，想象假如是五月，那会是苇的世界。

在村里是一垛垛打下来的苇，它们柔顺地在妇女们的手里翻动。远处的炮声还不断传来，人民的创伤并没有完全平复。关于苇塘，就不只是一种风景，它充满火药的气息，和无数英雄的血液的记忆。如果单纯是苇，如果单纯是好看，那就不成为冀中的名胜。

这里的英雄事迹很多，不能一一记述。每一片苇塘，都有英雄的传说。敌人的炮火，曾经摧残它们，它们无数次被火烧光，人民的血液保持了它们的清白。

最好的苇出在采蒲台。一次，在采蒲台，十几个干部和全村男女被敌人包围。那是冬天，人们被围在冰上，面对着等待收割的大苇塘。

敌人要搜。干部们有的带着枪，认为是最后战斗流血的时候到来了。妇女们却偷偷地把怀里的孩子递过去，告诉他们把枪支插在孩子的裤裆里。搜查的时候，干部又顺手把孩子递给女人……十二个女人不约而同地这样做了。仇恨是一个，爱是一个，智慧是一个。

枪掩护过去了，闯过了一关。这时，一个四十多岁的人，从苇塘打苇回来，被敌人捉住。敌人问他："你是八路？""不是！""你村里有干部？""没有！"敌人砍断他半边脖子，又问："你的八路？"

他歪着头，血流在胸膛上，说："不是！""你村的八路大大的！""没有！"妇女们忍不住，她们一齐沙着嗓子喊："没有！没有！"

敌人杀死他，他倒在冰上。血冻结了，血是坚定的，死是刚强！

"没有！没有！"

这声音将永远响在苇塘附近，永远响在白洋淀人民的耳朵旁边，甚至应该一代代传给我们的子孙。永远记住这两句简短有力的话吧！

织席记

真是一方水土养一方人。我从南几县走过来，在蠡县、高阳，到处是纺线、织布。每逢集日，寒冷的早晨，大街上还冷冷清清的时候，那线子市里已经挤满了妇女。她们怀抱着一集纺好的线子，从家里赶来，霜雪粘在她们的头发上。她们挤在那里，急急卖出自己的线子，买回棉花；赚下的钱，再买些吃食零用，就又匆匆忙忙家去了。回家路上的太阳才融化了她们头上的霜雪。

到端村。集日那天，我先到了席市上。这和高、蠡一带的线子市，真是异曲同工。妇女们从家里把席一捆捆背来，并排放下。她们对于卖出成品，也是那么急迫，甚至有很多老太太，在乞求似地招唤着席贩子："看我这个来呀，你过来呀！"

她们是急于卖出席，再到苇市去买苇。这样，今天她们就可解好苇，甚至轧出眉子，好赶织下集的席。时间就是衣食，劳动是紧张的，她们的热情的希望永远在劳动里旋转着。

在集市里充满热情的叫喊、争论。而解苇、轧眉子，则多在清晨和月夜进行。在这里，几乎每个妇女都参加了劳动。

那些女孩子们，相貌端庄地坐在门前，从事劳作。

这里的房子这样低、挤、残破。但从里面走出来的妇女、孩子们却生的那么俊，穿的也很干净。普遍的终日的劳作，是这里妇女可亲爱的特点。她们穿的那么讲究，在门前推送着沉重的石砘子。她们的花鞋残破，因为她们要经常在苇子上来回践踏，要在泥水里走路。

她们，本质上是贫苦的人。也许她们劳动是希望着一件花布褂，但她们是这样辛勤的劳动人民的后代。

在一片烧毁了的典当铺的广场上，围坐着十几个女孩子，她们坐在席上，垫着一小块棉褥。她们晒着太阳，编着歌儿唱着。她们只十二三岁，每人每天可以织一领丈席。劳动原来就是集体的，集体劳动才有乐趣，才有效率，女孩子们纺线愿意在一起，织席也愿意在一起。问到她们的生活，她们说现在是享福的日子。

生活史上的大创伤是敌人在炮楼"戳"着的时候，提起来，她们就黯然失色，连说不能提了，不能提了。那个时候，是"掘地梨"的时候，是端村街上一天就要饿死十几条人命的时候。

敌人决堤放了水，两年没收成，抓夫杀人，男人也求生不得。敌人统制了苇席，低价强收，站在家里等着，织成就抢去，不管你死活。

一个女孩子说："织成一个席，还不能点火做饭！"还要在冰凌里，用两只手去挖地梨。

她们说："敌人如果再呆一年，端村街上就没有人了！"那天，一个放鸭子的也对我说："敌人如果再呆一年，白洋淀就没有鸭子了！"

她们是绝处逢生，对敌人的仇恨长在。对民主政府扶植苇席业，也分外感激。公家商店高价收买席子，并代她们开辟销路，她们的收获很大。

生活上的最大变化，还是去年分得了苇田。过去，端村街上，只有几家地主有苇。他们可以高价卖苇，贱价收席，践踏着人民的劳动。每逢春天，穷人流血流汗帮地主去上泥，因此他家的苇子才长的那么高。可是到了年关，穷人过不去，二百户人，到地主家哀告，过了好半天，才看见在钱板上端出短短的两戳铜子来。她们常常提说这件事！她们对地主的剥削的仇恨长在。这样，对于今天的光景，就特别珍重。

1947年3月

【刘白羽】

刘白羽（1916—2005），北京通州人。1936年，发表第一个短篇小说《冰天》。1937年出版第一个短篇集《草原上》，收入巴金主编的文学丛刊。1938年12月加入中国共产党。历任中华全国文艺界抗敌协会延安分会党支部书记、重庆《新华日报》副刊部主任、北平军事调处执行部记者、新华社总社军事特派记者、中国作家协会党组书记、作协副主席、作协书记处书记、中华人民共和国文化部副部长、中国人民解放军总政治部文化部部长、顾问、《人民文学》主编等职。著有短篇小说集《五台山下》，散文《长江三日》等。

长江三日（节选）

十一月十八日

在信中，我这样叙说：“这一天，我象在一支雄伟而瑰丽的交响乐中飞翔。我在海洋上远航过，我在天空上飞行过，但在我们的母亲河流长江上，第一次，为这样一种大自然的威力所吸摄了。”

朦胧中听见广播到奉节。停泊时天已微明。起来看了一下，峰峦刚刚从黑夜中显露出一片灰蒙蒙的轮廓。启碇续行，我到休息室里来，只见前边两面悬崖绝壁，中间一条狭狭的江面，已进入瞿塘峡了。江随壁转，前面天空上露出一片金色阳光，象横着一条金带，其余天空各处还是云海茫茫。瞿塘峡口上，为三峡最险处，杜甫《夔州歌》云：“白帝高为三峡镇，瞿塘险过百牢关。”古时歌谣说：“滟滪大如马，瞿塘不可下；滟滪大如猴，瞿塘不可游；滟滪大如龟，瞿塘不可回；滟滪大如象，瞿塘不可上。”这滟滪堆指的是一堆黑色巨礁。它对准峡口。万水奔腾一冲进峡口，便直奔巨礁而来。你可想象得到那真是雷霆万钧，船如离弦之箭，稍差分厘，便撞得个粉碎。现在，这巨礁，早已炸掉。不过，瞿塘峡中，激流澎湃，涛如雷鸣，江面形成无数游涡，船从漩涡中冲过，只听得一片哗啦啦的水声。过了八公里的瞿塘峡，乌沉沉的云雾，突然隐去，峡顶上一道蓝天，浮着几小片金色浮云，一注阳光象闪电样落在左边峭壁上。右面峰顶上一片白云象白银片样发亮了，但阳光还没有降临。这时，远远前方，无数层峦叠嶂之上，迷蒙云雾之中，忽然出现一团红雾，你看，绛紫色的山峰，衬托着这一团雾，真美极了。就象那深谷之中向上反射出红色宝石的闪光，令人仿佛进入了神话境界。这时，你朝江流上望去，也是色彩缤纷：两面巨岩，倒影如墨；中间曲曲折忻，却象有一条闪光的道路，上面荡着细碎的波光；近处山峦，则碧绿如翡翠。时间一分钟一分钟过去，前面那团红雾更红更亮了。船越驶越近，渐渐看清有一高峰亭亭笔立于红雾之中，渐渐看清那红雾原来是千万道强烈的阳光。八点二十分，我们来到这一片晴朗的金黄色朝阳之中。

抬头望处，已到巫山。上面阳光垂照下来，下面浓雾滚涌上去，云蒸霞蔚，颇为壮观。刚从远处看到那个笔直的山峰，就站在巫峡口上，山如斧削，隽秀婀娜，人们告诉我这就是巫山十二峰的第一峰，它仿佛在招呼上游来的客人说："你看，这就是巫山巫峡了。""江津"号紧贴山脚，进入峡口。红通通的阳光恰在此时射进玻璃厅中，照在我的脸上。峡中，强烈的阳光与乳白色云雾交织一处，数步之隔，这边是阳光，那边是云雾，真是神妙莫测。几只木船从下游上来，帆篷给阳光照的象透明的白色羽翼，山峡却越来越狭，前面两山对峙，看去连一扇大门那么宽也没有，而门外，完全是白雾。

八点五十分，满船人，都在仰头观望。我也跑到甲板上来，看到万仞高峰之巅，有一细石耸立如一人对江而望，那就是充满神奇缥缈传说的美女峰了。据说一个渔人在江中打鱼，突遇狂风暴雨，船覆灭顶，他的妻子抱了小孩从峰顶眺望，盼他回来，一天一天，一月一月，他终未回来，而她却依然不顾晨昏，不顾风雨，站在那儿等候着他至今还在那儿等着呢！……

如果说瞿塘峡象一道闸门，那么巫峡简直象江上一条迂回曲折的画廊。船随山势左一弯，右一转，每一曲，每一折，都向你展开一幅绝好的风景画。两岸山势奇绝，连绵不断，巫山十二峰，各峰有各峰的姿态，人们给它们以很高的美的评价和命名，显然使我们的江山增加了诗意，而诗意又是变化无穷的。突然是深灰色石岩从高空直垂而下浸入江心，令人想到一个巨大的惊叹号；突然是绿茸茸草坂，象一支充满幽情的乐曲；特别好看的是悬岩上那一堆堆给秋霜染得红艳艳的野草，简直象是满山杜鹃了，峡急江陡，江面布满大大小小漩涡，船只能缓缓行进，象一个在丛山峻岭之间慢步前行的旅人。但这正好使远方来的人，有充裕时间欣赏这莽莽苍苍、浩浩荡荡长江上大自然的壮美。苍鹰在高峡上盘旋，江涛追随着山峦激荡，山影云影，日光水光，交织成一片。

十点，江面渐趋广阔，急流稳渡，穿过了巫峡。十点十五分至巴东，已入湖北境。十点半到牛口，江浪汹涌，把船推在浪头上，摇摆着前进。江流刚奔出巫峡，还没来得及喘息，却又冲入第三峡西陵峡了。

西陵峡比较宽阔，但是江流至此变得特别凶恶，处处是急流，处处是险滩。船一下象流星随着怒涛冲去，一下又绕着险滩迂回浮进。最著名的三个险滩是：泄滩、青滩和崆岭滩。初下泄滩，你看着那万马奔腾的江水会突然感到江水简直是在旋转不前，一千个、一万个漩涡，使得“江津”号剧烈震动起来。这一节江流虽险，却流传着无数优美的传说。十一点十五分到秭归。据袁崧《宜都山川记》载：秭归是屈原故乡，是楚子熊绎建国之地。后来屈原被流放到汨罗江，死在那里。民间流传着：屈大夫死日，有人在汨罗江畔，看见他峨冠博带，美髯白皙，骑一匹白马飘然而去。又传说：屈原死后，被一大鱼驮回秭归，终于从流放之地回归楚国。这一切初听起来过于神奇怪诞，却正反映了人民对屈原的无限怀念之情。

秭归正面有一大片铁青色礁石，森然耸立江面，经过很长一段急流绕过泄滩。在最急峻的地方，“江津”号用尽全副精力，战抖着，震颤着前进。急流刚刚滚过，看见前面有一奇峰突起，江身沿着这山峰右面驶去，山峰左面却又出现一道河流，原来这就是王昭君诞生地香溪，它一下就令人记起杜甫的诗：“群山万壑赴荆门，生长明妃尚有村。”我们遥望了一下香溪，船便沿着山峰进入一道无比险峻的长峡兵书宝剑峡。这儿完全是一条窄巷，我到船头上，仰头上望，只见黄石碧岩，高与天齐，再驶行一段就到了青滩。江面陡然下降，波涛汹涌，浪花四溅，当你还没来得及仔细观看，船已象箭一样迅速飞下，巨浪为船头劈开，旋卷着，合在一起，一下又激荡开去。江水象滚沸了一样，到处是泡沫，到处是浪花。船上的同志指着岩上一片乡镇告我："长江航船上很多领航人都出生在这儿……每只木船要想渡过青滩，都得请这儿的人引领过去。"这时我正注视着一只逆流而上的木船，看起这青滩的声势十分吓人，但人从汹涌浪涛中掌握了一条前进途径，也就战胜了大自然了。

中午，我们来到了崆岭滩眼前，长江上的人都知道："泄滩青滩不算滩，崆岭才是鬼门关。"可见其凶险了。眼看一片灰色石礁布满水面，"江津"号却抛锚停泊了。原来崆岭滩一条狭窄航道只能过一只船，这时有一只江轮正在上行，我们只好等下来。谁知竟等了那么久，可见那上行的船只是如何小心翼翼了。当我们驶下崆岭滩时，果然是一片乱石林立，我们简直不象在浩荡的长江上，而是在苍莽的丛林中找寻小径跋涉前进了。

日出

登高山看日出，这是从幼小时起，就对我富有魅力的一件事。

落日有落日的妙处，古代诗人在这方面留下不少优美的诗句，如象"大漠孤烟直，长河落日圆"、"落日照大旗，马鸣风萧萧"，可是再好，总不免有萧瑟之感。不如攀上奇峰陡壁，或是站在大海岩头，面对着弥漫的云天，在一瞬时间内，观察那伟大诞生的景象，看火、热、生命、光明怎样一起来到人间。但很长很长时间，我却没有机缘看日出，而只能从书本上去欣赏。

海涅曾记叙从布罗肯高峰看日出的情景：

我们一言不语地观看，那绯红的小球在天边升起，一片冬意朦胧的光照扩展开了，群山象是浮在一片白浪的海中，只有山尖分明突出，使人以为是站在一座小山丘上。在洪水泛滥的平原中间，只是这里或那里露出来一块块干的土壤。

善于观察大自然风貌的屠格涅夫，对于日出，却作过精辟的描绘：

……朝阳初升时，并未卷起一天火云，它的四周是一片浅玫瑰色的晨曦。太阳，并不厉害，不象在令人窒息的干旱的日子里那么炽热，也不是在暴风雨之前的那种暗紫色，却带着一种明亮而柔和的光芒，从一片狭长的云层后面隐隐地浮起来，露了露面，然后就又躲进它周围淡淡的紫雾里去了。在舒展着云层的最高处的两边闪烁得有如一条条发亮的小蛇；亮得象擦得耀眼的银器。可是，瞧！那跳跃的光柱又向前移动了，带着一种肃穆的欢悦，向上飞似的拥出了一轮朝日。……

可是，太阳的初升，正如生活中的新事物一样，在它最初萌芽的瞬息，却不易被人看到。看到它，要登得高，望得远，要有一种敏锐的视觉。从我个人的经历来说，看日出的机会，曾经好几次降临到我的头上，而且眼看就要实现了。

一次是在印度。我们从德里经孟买、海德拉巴、帮格罗、科钦，到翠泛顿。然后沿着椰林密布的道路，乘三小时汽车，到了印度最南端的科摩林海角。这是出名的看日出的胜地。因为从这里到南极，就是一望无际的、碧绿的海洋，中间再没有一片陆地。因此这海角成为迎接太阳的第一位使者。人们不难想象，那雄浑的天穹，苍茫的大海，从黎明前的沉沉暗夜里升起第一线曙光，燃起第一支火炬，这该是何等壮观。我们到这里来就是为了看日出。可是听了一夜海涛，凌晨起来，一层灰蒙蒙的云雾却遮住了东方。这时，拂拂的海风吹着我们的衣襟，一卷一卷浪花拍到我们的脚下，发出柔和的音响，好象在为我们惋惜。

还有一次是登黄山。这里也确实是一个看日出的优胜之地。因为黄山狮子林，峰顶高峻。可惜人们没有那么好的目力，否则从这儿俯瞰江、浙，一直到海上，当是历历可数。这种地势，只要看看黄山泉水，怎样象一条无羁的白龙，直泄新安江、富春江，而经钱塘入海，就很显然了。我到了黄山，开始登山时，鸟语花香，天气晴朗，收听气象广播，也说二三日内无变化，谁知结果却逢到了徐霞客一样的遭遇："深雾弥漫，抵狮子林，风愈大，雾愈厚……雨大至……"只听了一夜风场雨声，至于日出当然没有看成。

但是，我却看到了一次最雄伟、最瑰丽的日出景象。不过，那既不是在高山之巅，也不是在大海之滨，而是从国外向祖国飞航的飞机飞临的万仞高空上。现在想起，我还不能不为那奇幻的景色而惊异。是在我没有一点准备、一丝预料的时刻，宇宙便把它那无与伦比的光华、丰彩，全部展现在我的眼前了。当飞机起飞时，下面还是黑沉沉的浓夜，上空却已游动着一线微明，它如同一条狭窄的暗红色长带，带子的上面露出一片清冷的淡蓝色晨曦，晨曦上面高悬着一颗明亮的启明星。飞机不断向上飞翔，愈升愈高，也不知穿过多少云层，远远抛开那黑沉沉的地面。飞机好象唯恐惊醒人们的安眠，马达声特别轻柔，两翼非常平稳。这时间，那条红带，却慢慢在扩大，象一片红云了，象一片红海了。暗红色的光发亮了，它向天穹上展开，把夜空愈抬愈远，而且把它们映红了。下面呢？却还象苍莽的大陆一样，黑色无边。这是晨光与黑夜交替的时刻，这是即将过去的世界与即将到来的世界交替的时刻。你乍看上去，黑夜还似乎强大无边，可是一转眼，清冷的晨曦变为磁蓝色的光芒。原来的红海上簇拥出一堆堆墨蓝色云霞。一个奇迹就在这时诞生了。突然间从墨蓝色云霞里矗起一道细细的抛物线，这线红得透亮闪着金光，如同沸腾的溶液一下抛溅上去，然后象一支箭一直向上冲，这时我才恍然大悟，原来这就是光明的白昼由夜空中迸射出来的一刹那。然后在几条墨蓝色云霞的隙缝里闪出几个更红更亮的小片。开始我很惊奇，不知这是什么？再一看，几个小片冲破云霞，密接起来，溶合起来，飞跃而出，原来是太阳出来了。它晶光耀眼，火一般鲜红，火一般强烈，不知不觉，所有暗影立刻都被它照明了，一眨眼工夫，我看见飞机的翅膀红了，窗玻璃红了，机舱座里第一个酣睡者的面孔红了。这时一切一切都宁静极了，宁静极了。整个宇宙就象刚诞生过婴儿的母亲一样温柔、安静，充满清新、幸福之感。再向下看，云层象灰色急流，在滚滚流开，好让光线投到大地上去，使整个世界大放光明。我靠在软椅上睡熟了。醒来时我们的飞机正平平稳稳，自由自在，向我的亲爱的祖国、向太阳升起的地方航行。黎明时刻的种种红色、灰色、黛色、蓝色，都不见了，只有上下天空，一碧万顷，空中的一些云朵，闪着银光，象小孩子的笑脸。这时，我深切感到这个光彩夺目的黎明，正是新中国瑰丽的景象；我忘掉了为这一次看到日出奇景而高兴，而喜悦，我却进入一种庄严的思索，我在体会着“我们是早上六点钟的太阳”这一句诗那最优美、最深刻的含意。

晨

淡淡的朝阳刚把树梢照亮。顺了石柱攀缘到三层楼上来的老藤树比来时茂盛多了，有些柔韧的枝蔓伸展开来，带着绿叶，向人轻拂，似在表达它的欣快之感。在露珠晶莹的树叶丛中，一只小蝉用稚哑的嗓门，轻轻嘶叫。愈来愈明亮的阳光却显示：将要来临的又是十分炎热的一天。但，不论回头将怎样火热，甚或会从燠热之中来一阵风掣电闪，现在这早晨却如此清新、宁静。

如若仔细地分析一下，这清晨之可爱究竟在何处呢？是这清凉，是这朝露，是这潮湿泥土的芬芳，是这云霞烂漫的宁静。是的，我想是这一切。但更重要的是，它是一个新的起点。在一个人的生活之中，不知要经历多少曲新复杂的道路——他焦灼，困难，轻松，欢乐。而千千万万早晨之中的每一个早晨，当它到来的时候，都使你感到建第一次和它接触一样新鲜。它永远那样清新澄碧，而又永远那样鼓舞人意。人们在日常谈论中，常常用“朝气”与“暮气”这两个极端相反的字眼，评判一人一事，来说明那是生气勃勃的，还是气息奄奄的。这个“朝气”就是从永远给人清新之感的早晨发展而来的。朝气——使人想到：精力充沛，双眸明亮，两颊鲜红，向新的未来迈开脚步。也许这未来之中充满莫可测的事变，而那早晨总还是那样令人欣喜，令人振奋，以无限情意督促人们起步。

今天早晨就是这样可爱，我望着它就像第一次看到早晨。那几片朝云，给阳光照得像嫩红的玫瑰花瓣一样轻柔、绰约、缥缈、悠然。病中，我常常感觉到：愈是在困苦的时候，愈觉得清晨之可贵。因为我们送走了芙，而又开始了新一天的生活。这一天的逝去与一天的来临，便标志着人生又迈出了新的一步。我现在浸沉于晨光的快感之中，我思索着，这个清晨像什么？很像早霞中升起来的一片白帆，也就是每一个早晨都在我们生活的航道上升起的白帆。它是那样洁白，它是那样漂亮，但它标志着永远向前，而且标志着坚定不移的方向。

在我沉思默想时，不知不觉的，那一片片的云由红色而变得发白发亮，像给强烈光线照得透明的、轻柔的羊毛卷一样，它们朝着蓝天远处冉冉飞去，就如同白帆朝远天航去一样。

突然，一切一切，偌大的天空和地面都变得出奇的宁静，蝉声没了，人声没了，那赫然闪耀的宇宙中充满一种庄严肃穆之感。一个真正的早晨开始了。

【碧　野】

碧野（1916—2008），广东大埔人。原名黄潮洋。曾任中华全国文艺界抗敌协会成都分会理事，莽原出版社总编辑。曾在晋冀鲁豫边区北方大学艺术学院、华北大学文艺学院任教。新中国成立后，历任中央文学研究所创作员，中国作协第三、四届理事和湖北分会副主席。1980年加入中国共产党。著有散文集《在哈萨克牧场》、《情满青山》、《月亮湖》和《碧野散文选》等。

天山景物记

朋友，你到过天山吗？天山是我们祖国西北边疆的一条大山脉，连绵几千里，横亘准噶尔盆地和塔里木盆地之间，把广阔的新疆分为南北两半。远望天山，美丽多姿，那长年积雪高插云霄的群峰，像集体起舞时的维吾尔族少女的珠冠，银光闪闪；那富于色彩的连绵不断的山峦，像孔雀开屏，艳丽迷人。

天山不仅给人一种稀有美丽的感觉而且更给人一种无限温柔的感情。它有丰饶的水草，有绿发似的森林。当它披着薄薄云纱的时候，它象少女似的含羞；当它被阳光照耀得非常明朗的时候，又像年轻母亲饱满的胸膛。人们会同时用两种甜蜜的感情交织着去爱它，既像婴儿喜爱母亲的怀抱，又像男子依偎自己的恋人。

如果你愿意，我陪你进天山去看一看。

雪峰·溪流·森林

七月间新疆的戈壁滩炎暑逼人，这时最理想的是骑马上天山。新疆北部的伊犁和南部的焉耆都出产良马，不论伊犁的哈萨克马或者焉耆的蒙古马，骑上它爬山就像走平川，又快又稳。

进入天山，戈壁滩上的炎暑就远远地被撇在后边，迎面送来的雪山寒气，立刻会使你感到像秋天似的凉爽。蓝天衬着高矗的巨大的雪峰，在太阳下，几块白云在雪峰间投下云影，就像白缎上绣上了几朵银灰的暗花。那融化的雪水，从峭壁断崖上飞泻下来，像千百条闪耀的银链。这飞泻下来的雪水，在山脚汇成冲激的溪流，浪花往上抛，形成千万朵盛开的白莲。可是每到水势缓慢的洄水涡，却有鱼儿在跳跃。当这个时候，饮马溪边，你坐在马鞍上，就可以俯视那阳光透射到的清澈的水底，在五彩斑斓的水石间，鱼群闪闪的磷光映着雪水清流，给寂静的天山添上了无限的生机。

再往里走，天山越来越显得越优美，沿着白皑皑群峰的雪线以下，是蜿蜒无尽的翠绿的原始森林，密密的塔松像撑天的巨伞，重重叠叠的枝丫，只漏下斑斑点点细碎的日影，骑马穿行林中，只听见马蹄溅起漫流在岩石上的水的声音，增添了密林的幽静。在这林海深处，连鸟雀也少飞来，只偶然能听到远处的几声鸟鸣。如果你下马坐在一块岩石上吸烟休息，虽然林外是阳光灿烂，而在遮去了天日的密林却闪耀着你烟头的红火光。从偶然发现的一棵两棵烧焦的枯树看来，这里也许来过辛勤的猎人，在午夜中他们生火宿过营，烧过猎获的野味。这天山有的是成群的野羊、草鹿、野牛、和野骆驼。

如果说进到天山这里还像是秋天，那么再往里走就像是春天了。山色逐渐变得柔嫩，山形也逐渐变得柔和，很有一伸手就可以触摸到凝脂似的感觉。这里溪流缓慢，萦绕着每一个山脚，在轻轻荡漾着的溪流两岸，满是高过马头的野花，红、黄、白、紫，五彩缤纷，像织不完的织锦那么绵延，像天边的彩霞那么耀眼,像高空的长虹那么绚烂。这密密层层成丈高的野花，朵儿赛八寸的玛瑙盘马走在花海中，显得格外矫健，人浮在花海上，也显得格外精神。在马上你用不着离鞍，只要稍为伸手就可以满怀捧到你最心爱的大鲜花。

虽然天山这时并不是春天，但是有哪一个春天的花园能比得过这时天山的无边繁花呢？

迷人的夏季牧场

就在雪的群峰的围绕中，一片奇丽的千里牧场就展现在你的眼前。墨绿的原始森林和鲜艳的野花，给这辽阔的千里牧场镶上了双重富丽的花边。千里牧场上长着一色青翠的稣油草，清清的溪水齐着两岸的草丛在漫流。草原是这样无边的平展，就象风平浪静的海洋。在太阳下，那点点水泡似的蒙古包在闪烁着白光。当你策马在这千里草原上弛骋的时候，处处都可见千百成群肥壮的羊群、马群和牛群。他们吃了含有乳汁的酥油草，毛色格外发亮，好象每一根毛尖都冒着油星。特别是那些被碧绿的草原衬托得十分清楚的黄牛、花牛、白羊、红羊，在太阳下就像绣在绿色缎面上的彩色图案一样美。

有的时候，风从牧群中间送过来银铃似的丁当声，那是哈萨克牧女们坠满衣角的银饰在风中击响。牧女们骑着骏马，健美的身姿映衬在蓝天、雪山和绿草之间。她们欢笑着跟着嘻逐的马群驰骋，而每当停下来，就骑马轻轻地挥动着牧鞭歌唱她们的爱情。

这雪峰、绿林、繁花围绕着的天山千果牧场，位置在海拔两三千米以上。每当一片乌云飞来，云脚总是扫着草原，洒下阵雨，牧群在云雨中出没，加浓了云意，很难分辨得出哪是云头哪是牧群。而当阵雨过后，雨洗后的草原就变得更加清新碧绿，远看像块巨大的蓝宝石，近看那缀满草尖的水珠，却又像数不清的金刚钻。

特别诱人的是牧场的黄昏，落日映红周围的雪峰，像云霞那么灿烂；雪峰的红光映射到这辽阔的牧场上，形成了一个金碧辉煌的世界，蒙古包、牧群和牧女们，都镀上了一色的玫瑰红，当落日沉没，周围雪峰的红光逐级消褪，银灰色的暮霭笼罩着草原的时候，你就看见无数点点的红火光，那是牧民们在烧起铜壶准备晚餐。

你不用客气，任何一个蒙古包都是你的温暖的家，只要你朝火光的地方走去，不论走进哪一家的蒙古包，好客的哈萨克牧民都会像对待亲兄弟似的热情地接待你。渴了你可以先喝一盆马奶，饿了有烤羊排，有酸奶疙瘩，有酥油饼，你可以一如哈萨克牧民那样豪情地狂饮大嚼。

当家家蒙古包的吊壶三脚下的野牛粪只剩下一片片红火烬的时候，夜风就会送来东不拉的弦音和哈萨克牧女们婉转嘹亮的歌声。这是十家八家聚居在一处的牧民们齐集到一家比较大的蒙古包里，欢度一天最后的幸福时辰。

过后，整个草原沉浸在夜静中。如果这时你披上一件皮衣走出蒙古包，在月光下或者繁星下，你就可以朦胧地看见牧群在夜的草原上轻轻地游荡，夜的草原是那么宁静而安详，只有漫流的溪水声引起你对这大自然的遐思。

野马·蘑菇圈·旱獭·雪莲

夜牧中，草原在繁星的闪烁下或者在月光的披照中，该发生多少动人的情景，但人们却在安静的睡眠中疏忽过去了；只有当黎明来到这草原上，人们才会发现自己的马群里的马匹在一夜间忽然变多了，而当人们怀着惊喜的心情走拢去，马匹立刻就分为两群，其中一群会立刻奔腾离你远去，那长长的鬣鬃在黎明淡青的天光下，就像许多飘曳的缎幅。这个时候，你才知道那是一群野马。它们由几匹最骠壮的公野马领群，机警善跑，游走无定，夜间混入牧群。它们对许多牧马都熟悉，相见彼此用鼻子对闻，彼此用头亲热地摩擦，然后就合群在一起吃草、嬉逐。黎明，当牧民们走出蒙古包，就是它们分群的一刻。公野马总是掩护着母野马和野马驹远离人们。当野马群远离人们站定的时候，在日出的草原上，还可以看见屹立护群的公野马的长鬣鬃，那鬣鬃一直披垂到膝下，闪着美丽的光泽。日出后的草原千里通明，这时最便于去发现蘑菇。天山蘑菇又大又肥厚，鲜嫩无比。这个时候你只要立马了望，便可以发现一些特别翠绿的圆点子，那就是蘑菇圈。你朝它马前去，就很容易在这三四丈宽的一圈沁绿的酥油草丛里，发现像夏天夜空里的繁星似的蘑菇。眼看着这许许多多雪白的蘑菇隐藏在碧绿的草丛中，谁都会动心。一只手忙不过来，你自然会用双手去采，身上的口袋装不完，你自然会添上你的帽子、甚至马靴去装。第一次采到这么多新鲜的蘑菇，对一个远来的客人是一桩最快乐的事。你把鲜蘑菇在溪水里洗净，不要油，不要盐，光是白煮来吃就有一种特别鲜甜的滋味，如果你再加上一条野羊腿，那就又鲜甜又浓香。

天山上奇珍异品很多，我们知道水獭是生活在水滨和水里的，而天山上却生长着旱獭。在牧场边缘的山脚下，你随处都可以看见一个个洞穴，这就是旱獭居住的地方。从九十月大雪封山，到第二年四五月冰消雪化，旱獭要整整在它们的洞穴里冬封半年。只有到了夏至后，发青的酥油草才把它们养得胖敦敦，圆滚滚。这时它们的毛色麻黄发亮，肚子拖着地面，短短的四条腿行走迟缓，正可以大量捕捉。

另一种奇珍异品是雪莲。如果你从山脚往上爬，超越天山雪线以上，就可以看见青凛凛的雪的寒光中挺立着一朵朵玉琢似的雪莲，这习惯于生长在奇寒环境中的雪莲，根部扎入岩隙间，汲取着雪水，承受着雪光，洁白晶莹。柔静多姿，这生长在人迹罕到的海拔几千公尺以上的灵花异草，据说是稀世之宝--一种很难求得的妇女良药。

天然湖与果子沟

在天山峰峦的高处，常常出现有巨大的天然湖。湖面平静，水清见底，高空的白云和四周的雪峰清晰地倒影水中，把湖山天影融为晶莹的一体。在这幽静的湖中，唯一活动的东西就是天鹅。天鹅的洁白增添了湖水的明净，天鹅的叫声增添了湖面的幽静。人家说山色多变，而事实上湖色也是多变，如果你再留意一看，接近你的视线的是鳞光闪闪，想千万条银鱼在游动，而远处平展如镜，没有一点纤尘或者没有一根游丝的侵扰。湖色越远越深，由近到远，是银白、淡蓝、深青、墨绿，界线非常分明。传说中有这么一个湖是古代一个不幸的哈萨克少女滴下的眼泪，湖色的多变正是象征着那个古代少女的万种哀愁。

就在这个湖边，传说中的少女的后代子孙们现在已在放牧着羊群。湖水滋润着湖边的青草，青草喂胖了羊群，羊奶哺育着少女的后代子孙。这象征着哈萨克族不幸的湖，今天已经变为实际的幸福湖。

山高爽朗，湖边清净，日里披满阳光，夜里缀满星辰，牧民们的蒙古包随着羊群环湖周游，他们的羊群一年年繁殖，他们弹琴歌唱自己的幸福生活。

高山的雪水汇入湖中，又从像被一刀劈开的峡谷岩石间，泻落到千丈以下的山涧里去，水从悬崖上像条飞练似的泻下，即使站在十几里外的山头上，也能看见那飞练的白光。如果你走到悬崖跟前，脚下就会受到一种惊心动魄的震撼。俯视水练冲泻到深谷的涧石上，溅起密密的的飞沫，在月光的阳光中，形成蒙蒙的瑰丽的彩色水雾。就在急湍的涧流边，绿色的深谷里也散布着一顶顶牧民的蒙古包，像对洗的玉石那么洁白。

如果你顺着弯弯曲曲的涧流走，沿途汇入千百泉流就逐渐形成溪流，然后沿途再汇入涧流和溪流，就形成河流奔腾出天山。

就在这种深山野谷的溪流边，往往有着果树夹岸的野果子沟。春天繁花开遍峡谷，秋天果实压满山腰。每当花红果熟，正是鸟雀野兽的乐园。这种野果子沟往往不为人们所发现。其中有这么一条野果子沟，沟里长满野苹果，连绵五百里。春天，五百里的苹果开花无人知，秋天，五百里成熟累累的苹果无人采。老苹果树凋枯了，更多的新苹果树苗长起来。多少年来，这条长沟堆满了几丈厚的野苹果泥。

现在，已经有人发现了这条野苹果沟，开始在沟里开辟猪场，用野苹果来养育成群的乌克兰大白猪，而且有人已经开始计划在沟里建立酿酒厂，把野苹果酿造成大量芬芳的美酒，让这大自然的珍品化成人们的营养，增进人们的健康。

朋友，天山的丰美景物何止这些，天山绵延八千里，不论高山、深谷，不论草原、湖泊，不论森林、河流，处处都有丰饶的物品，处处都有奇丽的美景，你要我说我可真的说不完，如果哪一天你有豪情去游天山，临行前别忘了通知我一声，也许我可以给你当一个不很出色的向导。不过当向导在我只是一个漂亮的借口，其实我私心里也很想找个机会去重游天山。

【吴运铎】

吴运铎（1917—1991），祖籍湖北武汉，生于江西萍乡。早年曾在安源煤矿当矿工。1938年参加新四军，1939年加入中国共产党。历任新四军司令部修械所车间主任，淮南根据地子弹厂厂长、军工部副部长，华中军工处炮弹厂厂长，大连联合兵工企业引信厂厂长，株洲兵工厂厂长，中南兵工局第二副局长，机械科学研究院副总工程师，五机部科学研究院副院长、顾问等职。曾在生产与研制武器弹药中多次负伤，失去了左眼，左手、右腿致残，经过20余次手术，身上还留有几十处弹片没有取出，仍以顽强毅力战胜伤残，坚持战斗在生产第一线。1951年10月，中央人民政府政务院和全国总工会授予他特邀全国劳动模范称号，并将他誉为中国的“保尔•柯察金”。

劳动的开端

记得我12岁那年，家里穷得揭不开锅。看着一家人挨饿，我心里像油煎一样。我要用劳动来解除饥饿的威胁。

萍乡煤矿四面是高山，在东北方的深山里，煤藏离地面很近。土煤窑星星点点，到处都是。土煤窑完全靠人工开采。窑主随便挑个地方，挖一个斜洞，就算是煤窑。工人进出连腰也伸不直，像狗一样爬进去挖煤，又像狗一样把煤从窑里拖出来。

把煤从山里运到外地去，也靠人工。挑脚的一担一担地把煤挑到车站。

我看见比我大点儿的穷孩子都去挑煤，也打算靠自己的力气去挣几个小钱。

我找从小在一起玩的小赵商量，想叫他带我去。

小赵歪着脑袋，把我左看右看，笑着说：“得了吧！你也挑得动煤？像个瘦猴子，不要让扁担把你压扁了！”

"我的力气大得很。不信，咱们俩摔跤试试！"

"我不跟你摔跤，你要去就去吧，明天早点儿起来！"

要去挑煤半夜就得动身。我家没有灯笼，也没有火把。我跑到矿上电机房去找了些用过的油棉纱，在机器上擦点机器油，绑在木头棍子上，准备半夜点着照路。

母亲知道我要去挑煤，心里当然舍不得，可是她也不愿意眼看着孩子们挨饿。她半夜起来不声不响地送我到门口。我约上小赵，匆匆忙忙走了。

我们爬过几座山，穿过几片树林，赶到挑煤的地方。哪知来得太早，还没有一个人影，小煤窑办事的地方门关得紧紧的，里面没有灯光，人都在睡觉。

屋檐底下有两张方桌，是窑上开票记帐用的。我看天还没亮，爬上桌去躺着，一合眼就瞅着了。睡得正熟，我匆忙摔了下来，好像落在万丈深渊时辰，浑身疼痛。原来桌子被人抽掉，矿上的办事人来开磅称煤了。

我爬起来揉揉胳膊，心想，出门做工真不容易，穷人到哪里都要受欺侮。

我很想多挑一些，试了试，挑不动，又去掉一点。

矿上办事人不耐烦地说："你要不挑就算了，别打麻烦！"

我一赌气挑上就走。

我挑着煤赶路，一开头还跟得上人家，可走了不到一公里就渐渐落在后头了。扁担把肩膀压得生疼，担子从左肩换到右肩，从右肩移到右肩，换来移去，两个肩膀都吃不住劲了，只好停下来歇一歇。

哪知挑东西走路，越歇越想歇，越歇越觉得担子重。不一会儿又要爬山。这山原来没有路，那些人踩出来的小路滑极了，一步三滑，肩上的煤筐来回晃荡，像是打秋千。

爬上山头，已经是中午了。我解开衫子一看，肩也肿了，皮也破了。

我鼓足勇气，仍旧挑起煤筐往前走，一不留神，脚底下被石头一绊，一个跟头栽倒在半山腰。我的胳膊和脚擦破好几道口子，煤撒了一地。

太阳落山了，别的挑煤的人大概都早已到车站了，只剩下我一个留在荒山上，离车站还有二三公里路。就是我挑到车站，收煤站也收秤关门了。我怎么办呢？

红肿的肩头跟滚水烫过一样疼，腿上的伤口不住流血，我只好挑着两只空筐回到家里。

一进门，我一头倒在床上，一动也不想动，饥饿和疲劳把我压倒了。

母亲走过来轻轻地问道："孩子，你怎么啦？"

我说煤没挑到站，都扔在半山腰了。母亲含着眼泪，给我打来洗脚水。

我怕母亲见了我的伤口又要难过，不肯下地洗脚。

我对母亲说："妈妈，不要紧，我明天还去挑。"

母亲问我："你吃过饭了吗？"

我回答："我不饿。"

第二天一早，我喝了野菜粥，又翻过高山去挑煤。扁担一压上红肿的肩头，头上就直冒冷汗。我想应该趁力气还没使尽的时候，先多赶几步路，免得磨到天黑又误事，就咬紧牙，两脚不停，一直把这担煤挑到车站。

从此我走上艰难的生活道路。

【胡　绳】

胡绳（1918—2000），江苏苏州人。1938年加入中国共产党。大学毕业后长期从事历史研究和马克思主义宣传工作。新中国成立后，曾任政务院出版总署党组书记、中共中央党校一部主任、中央宣传部秘书长、中央政治研究室副主任、《红旗》杂志社副总编辑、毛泽东著作编委会办公室副主任、中共中央文献研究室副主任，中共中央党史研究室主任，中国社会科学院院长，香港、澳门特别行政区基本法起草委员会副主任委员，全国人大常委。著有《从鸦片战争到五四运动》、《中国共产党的七十年》等，出版有《胡绳文集》、《胡绳全书》。

想和做

有些人只会空想，不会做事。他们凭空想了许多念头，滔滔不绝地说了许多空话，可是从来没认真做过一件事。

也有些人只顾做事，不动脑筋。他们一天忙到晚，做他们一向做惯的或者别人要他们做的事。他们做事的方法只是根据自己的习惯，或者别人的命令，或一般人的通例。自己一向这样做，别人要他们这样做，一般人都这样做，他们就“依葫芦画瓢”，照样做去。到底为什么要做这件事，为什么要这样做，有没有更好的办法，他们从来不想一想。

我们瞧不起前一种人，说他们是“空想家”，可是往往赞美后一种人，说他们能够“埋头苦干”。能够苦干固然是好的，但是只顾埋着头，不肯动动脑筋来想想自己做的事，其实并不值得赞美。

这种埋头做事不动脑筋的人简直是——说得不客气一点——跟牛马一样。拉磨的牛成年累月地在鞭子下绕着石磨转，永远不会想一想为什么要做这件事，为什么要这样做，有没有更好的办法。能够这样想的只有人。人在劳动中不断地动脑筋，想办法，才清清楚楚地知道自己做这件事为什么目的，有什么意义，有什么缺点，才渐渐想出节省劳力，提高效率的方法。人类能够这样劳动，能够一面做，一面想，所以文化能够不断地进步。要不，今天的人类就只能像几万年以前的人类一样，过着最原始最简单的生活了。

一事不做，凭空设想，那是“空想”。不动脑筋，埋头苦干，那是“死做”。无论什么事情，工作也好，学习也好，“空想”和“死做”都不会得到进步。想和做是分不开的，一定要联结起来。

想和做怎样才能够联结起来呢?我们常常听说“从实际出发”这句话，这就是想和做联结起来的一条路。想的时候要从实际出发，就不能“空想”，必须去接近实际。怎样才能够接近实际?当然要观察。光靠观察还不够，还得有行动。举个例子来说，人怎样学会游泳的呢?光靠观察各种物体在水中浮沉的现象，光靠观察鱼类和水禽类的动作，那是不够的；一定要自己跳下水去试验，一次，两次，十次，几十次地试验，才学会了游泳。如果只站在水边，先是一阵子呆看，再发一阵子空想，即使能够想出一大堆“道理”来，自己还是不会游泳，对于别的游泳的人也没有好处。这样空想出来的“道理”其实并不算什么道理。真正的道理是在行动中取得的经验，再根据经验想出来的。而且想出来的道理到底对不对，还得拿行动来证明：行得通的就是对的，行不通的就是错的。

一面做，一面想。做，要靠想来指导；想，要靠做来证明。想和做是紧密地联结在一起的。

在学校里，有些同学很“用功”，可是不会用思想。他们学习语文，就硬读课文。因为只读不想，同一个语言文字上的道理，在这一课里老师讲明白了，出现在别一课里，他们又不理解了。他们学习数学，就硬记公式。因为只记不想，用这个公式算出了一道题，碰到同类的第二道题就又不会算了。从旧经验里得到的道理，不能应用在新事物上，这就是不会用思想的缘故。另外也有些同学，他们能想出些省力的有效的方法，拿来记住动植物的分类，弄清历史的年代。我们固然不赞成为了应付考试想出一些投机取巧的办法；但是我们承认，在学习各种功课和训练记忆力上，是可以有一些比较省力的有效的方法的。这些方法也得从学习的经验中取得。假如只是埋头苦读，不动脑筋想一想，那就得不到。除了学习功课以外，做种种课外活动，也要把想和做联结起来。

例如开会，演说，办壁报，组织班会和学术团体，这些实际的行动，如果光凭一腔热情，埋头苦干，不根据已有的成绩和经验，想想怎样才能把这些事情做得更好，更有效果，那么，结果常常会劳而无功。

无论什么人，不管他怎样忙，应该抽点功夫来想一想。想什么?想他自己做过的事，想自己做事得到的经验。这样，他脑子里所有的就不是空想，他的行动也就可以不断地得到进步。

【秦　牧】

秦牧（1919—1992），广东澄海人，出生于香港。童年和少年时代在新加坡侨居。13岁回国后，先后在澄海、汕头、香港等地就学。抗日战争时期，他在香港华侨中学念高中三年级，遂中止学业，离开香港赴内地参加抗日宣传工作，辗转在广州、桂林、重庆等地，担任演员、战地工作队员，教师、编辑等。1938年开始在广州报刊上发表作品。1941年参加中华全国文艺界抗敌协会。1946年至1948年，在香港从事写作。1949年8月，参加中国人民解放军粤赣湘边区纵队，1962年加入中国共产党。著有散文集《秦牧杂文》、《星下集》、《贝壳集》、《花城》、《潮汐和船》、《艺海拾贝》等。

花　城

一年一度的广州年宵花市，素来脍炙人口。这些年常常有人从北方不远千里而来，瞧一瞧南国花市的盛况。还常常可以见到好些国际友人，也陶醉在这东方的节日情调中，和中国朋友一起选购着鲜花。往年的花市已经够盛大了，今年这个花海又涌起了一个新的高潮。因为农村人民公社化以后，花木的生产增加了，今年春节又是城市人民公社化之后的第一个春节，广州去年有累万的家庭妇女和街坊居民投入了生产和其他的劳动队伍。加上今年党和政府进一步安排群众的节日生活，花木供应空前多了，买花的人也空前多了，除原来的几个年宵花市之外，又开辟了新的花市。如果把几个花市的长度累加起来，“十里花街”，恐怕是名不虚传了。在花市开始以前，站在珠江岸上眺望那条浩浩荡荡、作为全省三十六条内河航道枢纽的珠江，但见在各式各样的楼船汽轮当中，还错杂着一艘艘载满鲜花盆栽的木船，它们来自顺德、高要、清远、四会等县，载来了南国初春的气息和农民群众的心意。“多好多美的花！”“今年花的品种可多啦！”江岸上的人们不禁啧啧称赏。广州有个文化公园，园里今年也布置了一个大规模的“迎春会”，花匠们用鲜艳的盆花堆砌出“江山如此多娇”的大花字，除了各种色彩缤纷的名花瓜果外，还陈列着一株花朵灼灼、树冠直径达一丈许的大桃树。这一切，都显示出今年广州的花市是不平常的。

人们常常有这么一种体验：碰到热闹和奇特的场面，心里面就象被一根鹅羽撩拨着似的，有一种痒痒麻麻的感觉。总想把自己所看到和感受的一切形容出来。对于广州的年宵花市，我就常常有这样的冲动。虽然过去我已经描述过它们了，但是今年，徜徉在这个特别巨大的花海中，我又涌起这样的欲望了。

农历过年的各种风习，是我们民族在几千年的历史中形成的。我们现在有些过年风俗，一直可以追溯到一两千年前的史迹中去。这一切，是和许多的历史故事、民间传说、巧匠绝技和群众的美学观念密切联系起来的。在中国的年节中，有的是要踏青的，有的是要划船的，有的是要赶会的……这和外国的什么点灯节、泼水节一样，都各各有它们的生活意义和诗情画意。过年的时候，一向我们各地的花样可多啦：贴春联、挂年画、耍狮子、玩龙灯、跑旱船、放花炮……人人穿上整洁衣服，头面一新，男人都理了发，妇女都修整了辫髻，大姑娘还扎上了花饰。那“糖瓜祭灶，新年来到，姑娘要花，小子要炮，老头儿要一顶新毡帽”的北方俗谚，多少描述了这种气氛。这难道只是欢乐欢乐，玩儿玩儿而已么？难道我们从这隆重的节日情调中不还可以领略到我们民族文化的源远流长，和千百年来人们热烈向往美好未来的心境么？在旧时代苦难的日子里，自然劳动人民不是都能欢乐地过年，但是贫苦的农户，也要设法购张年画，贴对门联；年轻的闺女也总是要在辫梢扎朵绒花，在窗棂上贴张大红剪纸，这就更足以想见无论在怎样困苦中，人们对于幸福生活的强烈的憧憬。在新的时代，农历过年中那种深刻体现旧社会烙印的习俗被革除了，赌博、酗酒，向舞龙灯的人投掷燃烧的爆竹，千奇面怪的禁忌，这一类的事情没有了，那些耍猴子的凤阳人、跑江湖扎纸花的石门人，那些摇着串上铜钱的冬青树枝的乞丐，以及号称从五台山峨嵋山下来化缘的行脚僧人不见了。而一些美好的习俗被发扬光大起来，一些古老的风习被赋予了崭新的内容。现在我们也燃放爆竹，但是谁想到那和“驱傩”之类的迷信有什么牵联呢！现在我们也贴春联，但是有谁想到“岁月逢春花遍地；人民有党劲冲天”“跃马横刀，万众一心驱穷白；飞花点翠，六亿双手绣山河”之类的春联，和古代的用桃木符辟邪有什么可以相提并论之处呢！古老的节日在新时代里是充满青春的光辉了。

这正是我们热爱那些古老而又新鲜的年节风习的原因。“风生白下千林暗，雾塞苍天百卉殚”的日子过去了，大地的花卉越种越美，人们怎能不热爱这个风光旖旎的南国花市，怎能不从这个盛大的花市享受着生活的温馨呢！

而南方的人们也真会安排，他们选择年宵逛花市这个节目作为过年生活里的一个高潮。太阳的热力是厉害的，在南方最热的海南岛上，有一些象菠萝蜜之类的果树，根部也可以伸出地面结出果子来；有一些树木，锯断了用来做木桩，插在地里却又能长出嫩芽。在这样的地带，就正象昔人咏月季花的诗所说的：“花谢花开无日了，春来春去不相关。”早在春节到来之前一个月，你在郊外已经可以到处见到树上挂着一串串鲜艳的花朵了。而在年宵花市中，经过花农和园艺师门的努力，更是人工夺了天工，四时的花卉，除了夏天的荷花石榴等不能见到外，其他各种各样的花几乎都出现了。牡丹、吊钟、水仙、大丽、梅花、菊花、山茶、墨兰……春秋冬三季的鲜花都挤在一起啦！

广州今年最大的花市设在太平路，就是历史上著名的“十三行”一带，花棚有点象马戏的看棚，一层一层衔接而上。那里各个公社、园艺场、植物园的旗帜飘扬，卖花的汉子们笑着高声报价。灯色花光，一片锦绣。我约略计算了一下花的种类，今年总在一百种上下。望着那一片花海，端详着那发着香气、轻轻颤动和舒展着叶芽和花瓣的植物中的珍品，你会禁不住赞叹，人们选择和布置这么一个场面来作为迎春的高潮，真是匠心独运！那千千万万朵笑脸迎人的鲜花，仿佛正在用清脆细碎的声音在浅笑低语：“春来了！春来了！”买了花的人把花树举在头上，把盆花托在肩上，那人流仿佛又变成了一道奇特的花流。南国的人们也真懂得欣赏这些春天的使者。大伙不但欣赏花朵，还欣赏绿叶和鲜果。那象繁星似的金桔、四季桔、吉庆果之类的盆果，更是人们所欢迎的。但在这个特殊的、春节黎明即散的市集中，又仿佛一切事物都和花发生了联系。鱼摊上的金鱼，使人想起了水中的鲜花；海产摊上的贝壳和珊瑚，使人想起了海中的鲜花；至于古玩架上那些宝兰、均红、天青、粉采之类的瓷器和历代书画，又使人想起古代人们的巧手塑造出来的另一种永不凋谢的花朵了。

广州的花市上，吊钟、桃花、牡丹、水仙等是特别吸引人的花卉。尤其是这南方特有的吊钟，我觉得应该着重地提它一笔。这是一种花开花后花叶的多年生灌木。花蕾未开时被鳞状的厚壳包裹着，开花时鳞苞里就吊下了一个个粉红色的小钟状的花朵。通常一个鳞苞里有七八朵，也有个别多到十多朵的。听朝鲜的贵宾说，这种花在朝鲜也被认为珍品。牡丹被人誉为花王，但南国花市上的牡丹大抵光秃秃不见叶子，真是“卧丛无力含醉妆”。唯独这吊钟显示着异常旺盛的生命力，插在花瓶里不仅能够开花，还能够发叶。这些小钟儿状的花朵，一簇簇迎风摇曳，使人就象听到了大地回春的铃铃铃的钟声。

花市盘桓，令人撩起一种对自己民族生活的深厚情感。我们和这一切古老而又青春的东西异常水乳交融。就正象北京人逛厂甸、上海人逛城隍庙、苏州人逛玄妙观所获得的那种特别亲切的感受一样。看着繁花锦绣，赏着姹紫嫣红，想起这种一日之间广州忽然变成了一座“花城”，几乎全城的人都出来深夜赏花的情景，真是感到美妙。

在旧时代绵长的历史中，能够买花的只是少数的人，现在一个纺织女工从花市举一株桃花回家，一个钢铁工人买一盆金桔托在头上，已经是很平常的事情了。听着卖花和买花的劳动者互相探询春讯，笑语声喧，令人深深体味到，亿万人的欢乐才是大地上真正的欢乐。

在这个花市里，也使人想到人类改造自然威力的巨大，牡丹本来是太行山的一种荒山小树，水仙本来是我国东南沼泽地带的一种野生植物，经过千百代人们的加工培养，竟使得它们变成了“国色天香”和“凌波仙子”！在野生状态时，菊花只能开着铜钱似的小花，鸡冠花更象是狗尾草似的，但是经过花农的悉心培养，人工的世代选择，它们竟变成这样丰腴艳丽了。“天工人可代，人工天不如。”生活的真理不正是这样么！

在这个花市里，你也不禁会想到各地的劳动人民共同创造历史文明的丰功伟绩。这里有来自福建的水仙，来自山东的牡丹，来自全国各省各地的名花异卉，还有本源出自印度的大丽，出自法国的猩红玫瑰，出自马来亚的含笑，出自撒哈拉沙漠地区的许多仙人掌科植物。各方的溪涧汇成了河流，各地劳动人民的创造汇成了灿烂的文明，在这个熙熙攘攘的市集中不也让人充分感受到这一点么！

你在这里也不能不惊叹群众审美的眼力。一盆花果，群众大抵能够一致指出它们的优点和缺点。在这种品评中，我们不也可以领略到好些美学的道理么！

总之，徜徉在这个花海中，常常使你思索起来，感受到许多寻常的道理中新鲜的涵义。十一年来我养成了一个癖好，年年都要到花市去挤一挤，这正是其中的一个理由了。

我们赞美英勇的斗争和艰苦的劳动，也赞美由此而获得的幸福生活。因此，花市归来，象喝酒微醉似的，我拉拉扯扯写下这么一些话。让远地的人们也来分享我们的欢乐。

1961年2月，广州

土　地

我们生活在一个开辟人类新历史的光辉时代。在这样的时代，人们对许许多多的自然景物也都产生了新的联想、新的感情。不是有无数人在讴歌那光芒四射的朝阳、四季常青的松柏、庄严屹立的山峰、澎湃翻腾的海洋吗？不是有好些人在赞美挺拔的白杨、明亮的灯火、奔驰的列车、崭新的日历吗？睹物思人，这些东西引起人们多少丰富和充满感情的想象！

这里我想来谈谈大地，谈谈泥土。

当你坐在飞机上，看着我们无边无际的像覆盖上一张绿色地毯的大地的时候；当你坐在汽车上，倚着车窗看万里平畴的时候；或者，在农村里，看到一个老农捏起一把泥土，仔细端详，想鉴定它究竟适宜于种植什么谷物和蔬菜的时候；或者，当你自己随着大伙在田里插秧，黑油油的泥土吱吱地冒出脚缝的时候，不知道你曾否为土地涌现过许许多多的遐想？想起它的过去，它的未来，想起世世代代的劳动人民为要成为土地的主人，怎样斗争和流血，想起在绵长的历史中，我们每一块土地上面曾经出现过的人物和事迹，他们的苦难、愤恨、希望、期待的心情？

有时，望着莽莽苍苍的大地，我骑着思想的野马奔驰到很远很远的地方，然后，才又收住缰绳，缓步回到眼前灿烂的现实中来。

我想起了二千六百多年前北方平原上的一幕情景。

一队亡命贵族，在黄土平原上仆仆奔驰。他们虽然仗剑驾车，然而看得出来，他们疲倦极了，饥饿极了。他们用搜索的眼光望着田野，然而骄阳在上，田垅间麦苗稀疏，哪里有什么可吃的东西！一个农民正在田里除草。那流亡队伍中一个王子模样的人物，走下车子来，尽量客气地向农民请求着："求你给我们弄点吃的东西吧！你总得要帮忙才好，我们已经好几天没有吃的了。"衣不蔽体、家里正在愁吃愁穿的农民望了这群不知稼穑艰难的人们一眼，一句话也没说，从田地里捧起一大块泥土，送到王子模样的人物面前，压抑着悲愤说："这个给你吧！"王子模样的人显然被激怒了，他转身到车上取下马鞭，怒气冲冲地想逞一下威风，鞭打那个胆敢冒犯他的尊严的农民。但是一个上了年纪的、大臣模样的人物上前去劝阻住了："这是土地，上天赐给我们的，可不正是我们的好征兆么！"于是，一幕怪剧出现了，那王子模样的人突然跪下地来，叩头谢过上苍，然后郑重地捧起土块，放到车上，一行人又策马前进了。辘辘大车过处卷起了漫天尘土……

这是《左传》记载下来的、春秋时代晋国公子重耳在亡命途中发生的故事。

为什么会发生这样奇怪的事情？除了因为这群贵族是在亡命途中，不得不压抑着威风外，还有一个原因是：在他们心目中，土地代表着上天不可思议的赏赐，代表了财富和权力！他们知道，只要掌握了土地的所有权，就可以永不休止地榨取农民的血汗。

古代中国皇帝把疆土封赠给公侯时，就有这么一个仪式：皇帝站在地坛上，取起一块泥土来，用茅草包了，递给被封的人。上一个世纪，当殖民主义强盗还处在壮年时期，他们大肆杀戮太平洋各个岛屿上的土人，强迫他们投降，有一种被规定的投降仪式，就是要土人们跪在地上，用砂土撒到头顶。许许多多地方的部落，为了不愿跪着把神圣的泥土撒上天灵盖，就成批成批地被杀戮了。

呵！这宝贵的土地！不事稼穑的剥削阶级只知道想方设法的掠夺它，把它作为榨取劳动者血汗的工具，亲自在上面播种五谷的劳动者，才真正对它具有强烈的感情，把它当做命根子，把它比喻成哺育自己的母亲。谈到这里，我想起了好些令人掀动感情波澜的事情。几个世纪以来，那些当年被迫得走投无路的破产的中国农民，漂流到海外去谋生的当儿，身上就常常怀着一撮家乡的泥土。那时，闽粤沿海港口上，一艘艘用白粉髹腹，用朱砂油头，头部两旁画上两个鱼眼睛似的小圈的红头船，乘着信风，把一批批失掉了土地的农民送到海外各地。当时离乡别井的人们，都习惯在远行之前，从井里取出一撮泥土，珍重地包藏在身边。他们把这撮泥土叫做“乡井土”。直到现在，海外华侨的床头箱里，还有人藏着这样的乡井土！试想想，在一撮撮看似平凡的泥土里，寄托了人们多少丰富深厚的感情！

过去，多少劳动者为了土地而进行了连绵不断的悲壮斗争！当外国侵略者犯境的时候，又有多少英雄义士为保卫它而英勇地献出了生命！在我国福建沿海地方，历史上就流传着许多可歌可泣的保卫土地的抗敌爱国故事。在明末御倭和抗清的浪潮中，那里曾经进行过保卫每一寸土地的激烈斗争。有的地方，妇女的发髻上流行着插上三支短剑似的装饰品，那是明代妇女准备星夜和突然来袭的倭寇搏斗的装束的遗迹。有的地方，从前曾经流行过成人死后入殓时在面部盖上白布的风俗，那是明朝遗民羞见先人于地下、一种激励后代的葬仪。这些风俗，多么沉痛，多么壮烈！在我国的湛江地方，有一座桥梁被命名为“寸金桥”，就寓有“一寸土地一寸金”的意思，这是用来纪念当年抵抗帝国主义侵略的民族英雄们的。土地的长度和面积计算单位可以用丈，用公里，有亩，用公顷，然而在含有国土的意义的时候，它的计算单位应该用一寸、一撮来衡量。因为它代表一个国家的主权，一寸土都决不容侵犯，一撮土都是珍宝。这里，我想到了我们中国的整个版图，在我们这一代人的手里，一定要使它真真正正地完整无缺。台、澎等地还被一小撮反动派所盘踞，我们必须把它解放。从福建前线，我们听到了多少动人的故事呵！不仅我们英勇而强大的海军和空军，给予美蒋反动派以沉重的打击，就是民兵队伍，也巧妙地打击了敌人。就是好些少年儿童，在大炮轰击中也自动奔跑接驳电线，传信送物。他们体现了全体中国人民保卫每一寸国土的坚强意志。

今天，在世界范围内，许许多多被殖民者奴役着的地方，也正在进行着驱逐侵略者、保卫国土的斗争。呵！一寸土，一撮土，在这种场合意义是多么神圣！

提到了一寸土这几个字，我又禁不住想到一些岛屿上的人民战士。登上那些岛屿，你会更深地认识到“一寸土”的严肃意义。我到过一个小岛，那岛屿很小。然而，岛上的生活却是多么沸腾呵！这里的海滩、天空、海面，决不容许任何侵略者窥探和侵入一步，人民的子弟兵日夜守着大炮阵地，从望远镜里、从炮镜里观测着海洋上的任何动静。这些岛屿像大陆的眼睛，这些战士又像是岛屿的眼睛。不论是在月白风清还是九级风浪的夜里，他们都全神贯注地盯着宽阔的海域。不仅这样，他们还把小岛建成花园一样美丽。本来是蛇虫蜿蜒、荆榛遍地的荒凉小岛，经过他们付出艰苦劳动，在上面建起了坚固的营房，辟出了林荫大道，又从祖国各地要来了花种，广植着笑脸迎人的各种花卉和鲜嫩的蔬菜；还建起畜牧栏，竖起鸽棚；又从海里摸出了石花，堆成小岛的美术图案。看到这些，令人不禁想到，我们所有的土地，一个个的岛屿，一寸寸的土壤，都在英雄们的守卫和汗水灌溉之下，迅速地在改变面貌了。

在我们看来很平凡的一块块的田野，实际上都有过极不平凡的经历。在几十万年之间，人类在这上面追逐着野兽，放牧着牛羊，捡拾着野果，播种着五谷，那时候人们匍匐在大自然的威力之下，风雨雷霆，电光野火，都曾经使他们畏惧颤栗。几十万年过去了，人类进入了阶级社会，一片片的土地像被带上了镣铐似的，多少世代的农民，在大地上流尽了血汗，却挣不上温饱，有多少人在这一片片土地上面仰天叹息，椎心痛恨！又有多少人揭竿起义，画着眉毛，扎着头巾参加战斗，把压迫他们的贵族豪强杀死在这些土地上面。到了近代，又有多少人民的军队为了从封建地主阶级手里，把土地夺回来，和帝国主义的军队、剥削者的军队在这上面鏖战过。二十年代以来，中国共产党领导全国人民进行了革命斗争，打垮了反动统治者，推翻了剥削制度，进行了土地改革，土地的镣铐才被彻底打碎，劳动人民才真正成了土地的主人。我们热爱土地，我们正在豪迈地改造着土地，使他变成一片锦绣。当你这么思索的时候，大地上的红土黑土，黄土白土，仿佛都变成感情丰富的东西了，它们仿佛就像古代神话中的“息壤”似的，正在不断变化，不断成长，就像具有生命一样。

几千年来披枷带锁的土地，一旦回到人民手里，变化是多么神速啊！你试展开一幅地图，思索一下各地的变化，该有多么惊人。沙漠开始出现了绿洲，不毛之地长出了庄稼，濯濯童山披上了锦裳，水库和运河像闪亮的镜子和一条条衣带一样缀满山谷和原野。有一次我从凌空直上的飞机的舱窗里俯瞰珠江三角洲，当时苍穹明净，我望了下去，真禁不住喝采，珠江三角洲壮观秀丽得几乎难以形容。水网和湖泊熠熠发光，大地竟像是一幅碧绿的天鹅绒，公路好似刀切一样的笔直，一丘丘的田野又赛似棋盘般整齐。嘿！千百年前的人们，以为天上有什么神仙奇迹，其实真正的奇迹却在今天的大地上。劳动者的力量把大地改变得多美！一个巧手姑娘所绣的只是一小幅花巾，广大劳动者却以大地为巾，把本来丑陋难看的地面变得像苏绣广绣般美丽了。

你也许在火车的了望车上看过迅速掠过的美丽的大地；也许参加过几万人挑灯修筑水电站大坝的工程，在那种场合，千千万万人仿佛变成了一个挥动着巨臂的巨人，正在做着开天辟地工作。在华南，有些隔离大陆的岛屿给筑起了一条堤坝，和大陆连起来了；有些小山被填到海里，大海涌出陆地来了；干旱的雷州半岛被开出了一条比苏彝士运河还要长的运河；潮汕平原上的土地被整理成棋格一样齐整。我们时代的人既以一寸寸的土地为单位在精细工作着，又以一千里，一万里，更确切来说，又以全部已解放的九百多万平方公里土地作为一个整体来规划和工作着。这十几年来，同是千万年世代相传的大地上，长出了多少崭新的植物品种啊！每逢看到了欣欣向荣的庄稼，看到刚犁好的涌着泥浪的肥沃的土地，我的心头就涌起像《红旗歌谣》中的民歌所描写的——“沙果笑的红了脸，西瓜笑的如蜜甜，花儿笑的分了瓣，豌豆笑的鼓鼓圆”这一类带着泥土、露水、草叶、鲜花香味的大地的情景。让我们对土地激发起更强烈的感情吧！因为大地母亲的镣铐解除了，现在就看我们怎样为哺育我们的大地母亲好好工作了。

事实上，无数的人也正在一天天地发展着这样的感情。你可以从细小或者巨大的场面中觉察到这一切。你看过公社干部率领着一群老农在巡田的情景吗？他们拿着一根软尺，到处量着，计算着一块块土地的水稻穗数；不管是不是自己管理的，看到任何一丘田里面的一根稗草都要涉水下去把它拔掉。你看到农村中的青年技术员在改变土壤的场面吗？有时他们把几千年未曾见过天日的沃土底下的砾土都翻动了，

或者深夜焚起篝火烧土，要使一处处的土地都变得膏腴起来。

几万人围在一片土地上建筑堤坝，几千人举着红旗浩浩荡荡上山的情景尤其动人心魄。那呐喊，那笑声，尤其是那一对对灼热的眼睛！虽然在紧张的劳动中大家都少说话了，但是那眼光仿佛在诉说着一切：“干呵干呵，向土地夺宝，把我们所有的土地都利用起来。一定要用我们这一代人的双手，搬掉落后和穷困这两座大山！”有时这些声音寄托于劳动号子，寄托于车队奔驰之中，仿佛令人感到战鼓和进军号的撼人的气魄……

让我们捧起一把泥土来仔细端详吧！这是我们的土地呵！怎样保卫每一寸的土地呢？怎样使每一寸土地都发挥它的巨大的潜力，一天天更加美好起来呢？党正在领导和率领着我们前进。青春的大地也好象发出巨大的声音，要求每一个中国人民都作出回答。

1960年

【方　纪】

方纪（1919—1998），河北束鹿人。原名冯骥。1936年加入中国共产党，并参加左联。抗战开始，先后在武汉、长沙、重庆等地做政治宣传工作，1939年到延安。解放战争时期，在《冀中导报》工作，参加过土改工作队。抗日战争胜利后，任热河省文联主席。新中国成立后，曾先后担任《天津日报》编委、文艺部主任，天津市文化局局长，中共天津市委宣传部副部长，天津市文联党组书记等职。著有长篇小说《老桑树底下的故事》，诗集《大江东去》，散文集《挥手之间》等。

挥手之间

一九四五年八月二十八日清早，从清凉山上望下去，见有不少的人，顺山下大路朝东门外飞机场走去。我们《解放日报》的同志，早得了消息，见博古、定一同志相约下山，便也纷纷跟了下来，加入向东的人群，一同走向飞机场去。

人们的心情很不平静。近两个星期来形势的发展，真如天际风云，瞬息万变；表现了一个历史转折时期特有的复杂关系。记得十日夜间，新华社的译电员带着刚刚收到的日本投降的消息，一路喊着从我们的窑洞门前跑过，不到天亮，这个消息便像一阵风传遍了延安。第二天晚上，南门外新市场上便出现了群众自发的庆祝集会。卖水果的农民，把一筐一筐的花红果子抛向空中，喊着要人们吃“胜利果实”。有些学校的学生，把棉袄里的棉花掏出来，扎在棍子上，蘸着煤油点起火把来，在大路上游行。

当时群众对抗战胜利的热烈心情，是谁也不会觉得过分的。但是过了两天，令人气愤的消息便接连传来：蒋介石下命令不准八路军、新四军受降，阎锡山派兵进攻上党解放区……新的内战危机，忽又迫在眉睫了！毛主席八月十三日做了报告（即《抗日战争胜利后的时局和我们的方针》），指出“内战危险是十分严重的，因为蒋介石的方针已经定了”。

这几天，不要说那些烧棉袄的人不免后悔，许多人心里都憋了一肚子气；把胜利的欢喜，化做对蒋介石的愤怒，早从精神上百倍地警惕起来。

前天延安飞机场上飞来一架美国飞机，这是美国特使赫尔利和国民党政府的代表张治中来了。来做什么？“还不是缓兵之计！”人们私下这样议论。昨天夜里，支部忽然传达了中央关于和国民党政府进行和平谈判的通知，思想上说甚么也转不过弯来；并且是，毛主席要亲自去重庆！当时，心里像压上一块石头，点着一把火，又沉重，又焦急，通夜不能入睡！

也许，那天夜里，延安的许多同志，各个解放区的许多同志，都是在一种焦急和不安当中度过的吧？谁不知道蒋介石是个最无信无义的大流氓？谁不知道是美帝国主义在支持蒋介石政府挑动中国的内战？虽说赫尔利假惺惺的跑到延安来，难保不是一伙强盗做就的圈套！

回想起当时的情形，真是令人不安！不少同志义愤地说：谈判自然可以，这无非表示了蒋介石和美帝国主义，不能不承认党所领导的人民力量的强大；不能不承认中国人民的强烈的和平愿望；不能不承认苏联战胜法西斯以后，国际形势更有利于和平民主罢了。但是，毛主席不能去！要谈判，请他蒋介石自己到延安来，咱们保证和“西安事变”一样，有来有去；谈不成不要紧，要打仗，战场上去见高低！

更有不少老同志，感情深重地说：自从上了井冈山，毛主席就没有离开过我们一步！五次“围剿”，万里长征，八年抗战，毛主席和我们在一起，没有离开过自己的军队，自己的根据地；如今，却要亲自去重庆，和他蒋介石谈判！

但是，中央决定了；通知也说得清楚：这是斗争！在当时形势下，我党中央提出了和平、民主、团结三大口号，是符合全国人民的要求的。要是蒋介石竟敢冒天下之大不韪，拒绝和谈，发动内战，无非是他自取灭亡，革命胜利来得更快一些，如后来的历史所证明的那样罢了。

这正是我们党在决定国家命运的重要关头，所采取的惟一正确的方针，所表现的大公无私态度。毛主席的亲自去重庆，更是为国家民族，置个人安危于度外的大义大勇的行为！单是这一点，已大可以昭革命之信义于天下了。

送行的人群，陆续朝飞机场走去。出了东关大街，转过一个山嘴，不远就是飞机场。机场上停了一架绿色的军用座机。记得去年修飞机场时，延安的许多同志都参加了劳动，把凿得平平整整的大石头，一块块从山上拖来，一块块按直线铺平，放稳，砸结实，几十个人拉着大石磙子碾来碾去。朱总司令和许多其他领导同志都参加了劳动，和大家一起唱着歌，喊着号子。当时人们都很兴奋，劳动得特别卖力气，心里想着，在延安修飞机场了，这就是说，咱们也要有飞机了，抗战形势要发生重大变化，胜利快来了。

是的，胜利来了。人们所盼望的，所流血争取的独立自由和平民主的生活，又要被蒋介石和美帝国主义破坏！为了制止这种灾难，保卫人民的权利，实现人民的愿望，毛主席现在要从这里，从延安的同志们亲手修造的飞机场上，动身到斗争的最前线去！

飞机场上人越来越多，一会儿就聚集了上千人。但是，谁也不讲话，沉默着：整个机场上空气十分严肃，就像是在前线，战斗将要打响前的一刹那。

汽车的马达声清晰地传来，人们一齐转过头，望着大路。一辆吉普车驶出山嘴，驶入机场。车上跳下周恩来同志、王若飞同志，后面跟了穿着整齐、身佩短剑的张治中将军。按照当时的情形，张治中将军在延安人眼睛里只能是一位尴尬的角色；何况他那一套标准的国民党将官制服，在飞机场上出现，就显得十分不自然了。这种不自然，大约他自己也感觉到了，站在汽车跟前犹豫了一下。这时，博古同志迎上前去，和他握手寒暄，似乎还开了一句什么玩笑，引得他突然高声地大笑起来。

接着又是一辆吉普车驰来。车上跳下一个美国人，戴黑眼镜，叼着纸烟，衣服特别瘦，特别短，这使他显得脸比胸膛宽，腿有上身的两倍长，这就是美国的所谓“特使”赫尔利了。

人们转过身去，鼓起眼睛望着他——当然不是表示欢迎的意思。这一点，赫尔利是分明地感觉到了。他犹疑地站在吉普车前，一手扶着车门，一手叉在腰间，像是在估量当前的形势。等了一会，看到人群只是静静的，望着他，于是挥一挥手，纸烟也不拿下来，朝人们喊了一声

"哈罗"，便急匆匆的朝飞机走去。

谁也不再注意他，人们又听到了汽车的马达声：一辆延安人都熟悉的带篷子的中型汽车正转过山嘴，朝飞机场驶来。立刻，人群像平静的水面上卷过一阵风，成一个整体地朝前涌去。接着，又停下来；正当汽车站住，车门打开的时候，机场上响起了一阵雷鸣般的掌声。

毛主席走下车来。和平日不同，穿一套半新的蓝布制服，皮鞋，头戴深灰色的盔式帽。整个装束，完全是像出门做客一样。这立刻引起人们一种深切的不安，和离别的情绪；眼泪不由得涌了出来。

在延安人的记忆里，主席永远穿一套总是洗得很干净的旧灰布制服，布鞋，灰布八角帽。他的伟岸的身形，明净的额，温和的目光，热情的声音，时时出现在会场上，课堂上，杨家岭山下散步时的大道边。主席生活在群众中间，生活在同志们中间。主席的音容笑貌，举手投足，人们是熟悉的，理解的，怀着无限信任和爱戴，团聚在他的周围，一步不能离开，一步不曾离开！如今，主席穿起了做客的衣服，要离我们远去了！

一霎时，人们心里，像海上波涛般起伏汹涌。千百双眼睛，热切地投向主席身边。主席在汽车边站定，目光平视，望着全体送行的人，经过每一个人的脸；好像所有在场的人，他都看到了。这时，他眼睛里露出一种亲切的、坚定的微笑，向人们点了点头。

站在前面的中央负责同志们，迎上前去。主席伸出他那宽大的手掌，和大家一一握手道别。主席的脸色是严肃的，从容的，眼睛里充满了无限的关切和鼓舞之情。然后，又停下来，望着所有送行的人，举起右手，用力一挥，便朝停在前面的飞机一直走去。

机场上人群静静地立着，千百双眼睛跟随着主席高大的身形在人群里移动，望着主席一步一步走近了飞机，一步一步踏上了飞机的梯子。

这一会儿时间好长啊！人们屏住了呼吸，一动不动地望着主席的一举手，一投足，直到他在飞机舱口停住，回转身来，又向着送行的人群。

人群又一次像疾风卷过水面，向着飞机涌了过去。主席站在飞机舱口，取下头上的帽子，注视着送行的人们，像是安慰，像是鼓励。人们不知道怎样表达自己的心情，只是拚命地一齐挥手，像是机场上蓦地刮来一阵狂风，千百条手臂挥舞着，从下面，从远处，伸向主席。

主席也举起手来，举起他那顶深灰色的盔式帽；但是举得很慢很慢，像是在举起一件十分沉重的东西。一点一点的，一点一点的，举起来，举起来；等到举过了头顶，忽然用力一挥，便停止在空中，一动不动了。

主席的这个动作，给全体在场的人，以极其深刻的印象。它像是表达了一种思维的过程，作出了断然的决定；像是集中了所有在场的人，以及不在场的所有革命的干部、战士和群众的心情，而用这个动作表达出来。这是一个特定的、历史性的动作，概括了当那个伟大的历史转折时期到来的时候，领袖，同志，战友，以及广大革命群众之间，无间的亲密，无比的决心，无上的英勇。

请感谢我们的摄影师吧，为人们留下了这刹那间的、永久的形象；这无比鲜明的、历史的纪录！正是在这挥手之间，表明了一种深刻的历史过程，表现了主席的伟大性格。愿所有的人，通过这张照片，能够理解和体会，那当抗日战争胜利，我们的国家处在十字路口，处在两种命运、两个前途决定胜败的斗争的严重时刻，我们的党和毛主席，为国家和人民做出了怎样的贡献！

飞机的发动机响了，螺旋桨转动起来。随着这声音，人们的心猛烈的跳动，人们的眼睛一刻也不离开这架就要起飞的飞机；任凭螺旋桨卷起了盖地的尘砂，遮住了人们的眼睛。这架飞机该有多大的重量啊！它载负着解放区人民的心，载负着全中国人民的希望，载负着我们国家的命运！

主席的面容出现在飞机窗口，人们又一次涌上前去，拼命地挥手。主席把手抚在机窗的玻璃上，手指无声地弯动。直到飞机转了弯，奔上跑道，起在空中，在头顶上盘旋，然后向南飞去，人们还是仰着头，目光越过宝塔山上的塔顶，望着南方的天空，久久地不肯离去。

以后的事，大家都知道了。毛主席在重庆住了四十三天，最后才签订了“双十协定”。从《毛泽东选集》四卷《关于重庆谈判》一文的注释里，我们可以看到，当时为了顾全大局，为了实现全国人民要求的和平、民主的生活，我们党是做了怎样的有原则的让步，进行了怎样的针锋相对的斗争。如果不是九月间的上党战役消灭了阎锡山的三万五千人，恐怕连这样的“双十协定”也不会有的！

现在，重读《抗日战争胜利后的时局和我们的方针》，《中共中央关于同国民党进行和平谈判的通知》，以及《关于重庆谈判》等等伟大的历史文献，想起了当时在延安机场上为毛主席送行的情景，真如同是一面历史的镜子，照亮了过去，也照亮了今天和未来……

以后，是在战争中了。蒋介石撕毁了他亲手签订的“双十协定”，在美帝国主义支持下，向解放区大举进攻。解放战争全面打响了。一个夜晚，在承德前线，读到一位从北平“军调部”来的同志抄在一个小本子上的毛主席的《沁园春•雪》——这首诗第一次在重庆发表出来，震动了整个所谓“大后方”的人士，他们从这里看到了决定历史命运的真正力量，听到了革命进程的脚步声音！而我们，在前线，在炮火声中，在闪耀的火光里望着战士们持枪跃进的身形，这诗里的思想，情绪，完全变成伸手可触的形象，身置其中的境界了。于是，诗的每一个字，如同火炬一般，燃烧起来。刹那间，整个前沿阵地，仿佛一片通明！解放战争的炮火，正在摧毁旧中国的一切黑暗势力。当时的敌人，看来是强大的；但是，正如诗里所写，决定历史命运的不是秦皇汉武，唐宗宋祖，而是人民自己，是当代的“风流人物”！

记得初到前方时，部队的同志告诉我：八月二十八日清早，部队上传达了毛主席亲自去重庆谈判的通知，当天十点钟，所有的战士都翘首西望，在天空中寻找那架从延安起飞的飞机，谛听着飞机的声音；并且当真，他们像是听到了这架飞机的沉重的隆隆声响！那时，我们的战士怀着怎样的心情啊！他们握紧手里的武器，等待事情的结局。如今，战士手中的武器，正在发挥自己的威力了。于是，在震耳的炮火声中，我们不禁高声朗诵起来——

…………

俱往矣，

数风流人物，

还看今朝！

延安机场上送行的情景，又出现在眼前了：主席伟岸的身形，站在飞机舱口；坚定的目光，望着送行的人群；宽大的手掌，握住那顶深灰色的盔式帽；慢慢的举起，举起，然后有力地一挥，停止在空中……

在他面前，是无数的战士，正朝着他所指引的方向，奋勇前进。

【魏　巍】

魏巍（1920—2008），河南郑州人。原名魏鸿杰，曾用笔名红杨树。毕业于延安抗日军政大学。1938年加入中国共产党。1950年底，奔赴朝鲜前线，和志愿军一起生活、战斗。回国后发表了一批文艺通讯，其中《谁是最可爱的人》在全国引起了广泛影响。1978年，创作完成了抗美援朝题材长篇小说《东方》，1983年获首届茅盾文学奖。

谁是最可爱的人

在朝鲜的每一天，我都被一些东西感动着；我的思想感情的潮水，在放纵奔流着；我想把一切东西都告诉给我祖国的朋友们。但我最急于告诉你们的，是我思想感情的一段重要经历，这就是：我越来越深刻地感觉到谁是我们最可爱的人！

谁是我们最可爱的人呢？我们的战士，我感到他们是最可爱的人。

也许还有人心里隐隐约约地说：你说的就是那些“兵”吗？他们看来是很平凡、很简单的哩，既看不出他们有什么高深的知识，又看不出他们有什么丰富的感情。可是，我要说，这是由于他跟我们的战士接触太少，还没有了解我们的战士：他们的品质是那样的纯洁和高尚，他们的意志是那样的坚韧和刚强，他们的气质是那样的淳朴和谦逊，他们的胸怀是那样的美丽和宽广！

让我还是来说一段故事吧。

还是在二次战役的时候，有一支志愿军的部队向敌后猛插，去切断军隅里敌人的逃路。当他们赶到书堂站时，逃敌也恰恰赶到那里，眼看就要从汽车路上开过去。这支部队的先头边就匆匆占领了汽车路边一个很低的光光的小山冈，阻住敌人。一场壮烈的搏斗就开始了。敌人为了逃命，用了32架飞机、10多辆坦克发起集团冲锋，向这个连的阵地汹涌卷来，整个山顶的土都被打翻了，汽油弹的火焰把这个阵地烧红了。但是，勇士们在这烟与火的山冈上，高喊着口号，一次又一次把敌人打死在阵地前面。敌人的死尸像谷个子似的在山前堆满了，血也把这山冈流红了。可是敌人还是要拼死争夺，好使自己的主力不致覆灭。这场激战整整持续了八个小时。最后，勇士们的了弹打光了。蜂拥上来的敌人占领了山头，把他们压到山脚。飞机掷下的汽油弹把他们的身上烧着了火。这时候，勇士们是仍然不会后退的呀，他们把枪一摔，向敌人扑去，身上帽子上呼呼地冒着火苗，把敌人抱住，让身上的火，也把占领阵地的敌人烧死。……据这个营的营长告诉我，战后，这个连的阵地上，枪支完全摔碎了，机枪零件扔得满山都是。烈士们的遗体，保留着各种各样的姿势，有抱住敌人腰的，有抱住敌人头的，有掐住敌人脖子把敌人摁倒在地上的，和敌人倒在一起，烧在一起。有一个战士，他手里还紧握着一个手榴弹，弹体上沾满脑浆；和他死在一起的美国鬼子，脑浆迸裂，涂了一地。另一个战士，嘴里还衔着敌人的半块耳朵。在掩埋烈士遗体的时候，由于他们两手扣着，把敌人抱得那样紧，分都分不开，以致把有些人的手指都掰断了。……这个连虽然伤亡很大，他们却打死了300多敌人，更重要的，他们使得我们部队的主力赶上来，聚歼了敌人。

这就是朝鲜战场上一次最壮烈的战头——松骨峰战斗，或者叫书堂站战斗。假若需要立纪念碑的话，让我把带火扑敌和用刺刀跟敌人拼死在一起的烈士们的名字记下吧。他们的名字是：王金传、邢玉堂、王文英、熊官全、王金侯、赵锡杰、隋金山、李玉安、丁振岱、张贵生、崔玉亮、李树国。还有一个战士，已经不可能知道他的名字了。让我们的烈士们千载万世永垂不朽吧！

这个营的营长向我叙说了以上的情形，他的声调是缓慢的，他的感情是沉重的。他说在阵地上掩埋烈士的时候，他掉了眼泪。但是，他接着说："你不要以为我是为他们伤心，不，我是为他们骄傲！我觉得我们的战士太伟大了，太可爱了，我不能不被他们感动得掉下泪来。"

朋友，当你听到这段英雄事迹的时候，你的感想如何呢？你不觉得我们的战士是可爱的吗？你不以我们的祖国有着这样的英雄而自豪吗？

我们的战士，对敌人这样狠，而对朝鲜人民却是那样的爱，充满国际主义的深厚热情。

在汉江北岸，我遇到一个青年战士，他今年才21岁，名叫马玉祥，是黑龙江青冈县人。他长着一副微黑透红的脸膛，高高的个儿，站在那儿，像秋天田野里一株红高粱那样淳朴可爱。不过因为他才从阵地上下来，显得稍微疲劳些，眼里的红丝还没有退净。他原来是炮兵连的。有一天夜里，他被一阵哭声惊醒了，出去一看，是一个朝鲜老妈妈坐在山冈上哭。原来她的房子被炸毁了，她在山里搭了个窝棚，窝棚又被炸毁了。回来，他马上到连部要求调到步兵连去，正好步兵连也需要人，就批准了他。我说："在炮兵连不是一样打敌人吗？""那，不同！"他说，"离敌人越近，越觉着打得过瘾，越觉着打得解恨！"

在汉江南岸阻击敌人的日子里，有一天他从阵地上下来做饭。刚一进村，有几架敌机袭过来，打了一阵机关炮，接着就扔下了两个大燃烧弹。有几间房子着了火，火又盛，烟又大，使人不敢到跟前去。这时候，他听见烟火里有一个小孩子哇哇哭叫的声音。他马上穿过浓烟到近处一看，一个朝鲜的中年男人在院子里倒着，小孩子的哭声还在屋里。他走到屋门口，屋门口的火苗呼呼的，已经进不去人，门窗的纸已经烧着。小孩子的哭声随着那滚滚的浓烟传出来，听得真真切切。当他叙述到这里的时候，他说："我能够不进去吗？我不能！我想，要在祖国遇见这种情形，我能够进去，那么，在朝鲜我就可以不进去吗？朝鲜人民和我们祖国的人民不是一样的吗？我就踹开门，扑了进去。呀！满屋子灰洞洞的烟，只能听见小孩哭，看不见人。我的眼也睁不开，脸烫得像刀割一般。我也不知道自己的身上着了火没有，我也不管它了，只是在地上乱摸。先摸着一个大人，拉了拉没拉动；又向大人的身后摸，才摸着小孩的腿，我就一把抓着抱起来，跳出门去。我一看小孩子，是挺好的一个小孩儿啊。他穿着小短褂儿，光着两条小腿儿，小腿儿乱蹬着，哇哇地哭。我心想：'不管你哭不哭，不救活你家大人，谁养活你哩！'这时候，火更大了，屋子里的家具什物也烧着了。我就把他往地上一放，就又从那火门里钻了进去一拉那个大人，她哼了一声，我就使劲往外拉，见她又不动了。凑近一看，见她脸上流下来的血已经把她胸前的白衣染红了，眼睛已经闭上。我知道她不行了，才赶忙跳出门外，扑灭身上的火苗，抱起这个无父无母的孩子。……"

朋友，当你听到这段事迹的时候，你的感觉又是如何呢？你不觉得我们的战士是最可爱的人吗？

谁都知道，朝鲜战场是艰苦些。但战士们是怎样想的呢？有一次，我见到一个战士，在防空洞里，吃一口炒面，就一口雪。我问他："你不觉得苦吗？"他把正送往嘴里的一勺雪收回来，笑了笑，说："怎么能不觉得？我们革命军队又不是个怪物。不过我们的光荣也就在这里。"他把小勺儿干脆放下，兴奋地说，"就拿吃雪来说吧。我在这里吃雪，正是为了我们祖国的人民不吃雪。他们可以坐在挺豁亮的屋子里，泡上一壶茶，守住个小火炉子，想吃点什么就做点什么。"他又指了指狭小潮湿的防空洞说，"再比如蹲防空洞吧，多憋闷得慌哩，眼看着外面好好的太阳不能晒，光光的马路不能走。可是我在这里蹲防空洞，祖国的人民就可以不蹲防空洞啊，他们就可以在马路上不慌不忙地走啊。他们想骑车子也行，想走路也行，边遛达边说话也行。只要能使人民得到幸福，就是我们最大的幸福。所以，"他又把雪放到嘴里，像总结似的说"我在这里流点血不算什么，吃这点苦又算什么哩！"我又问："你想不想祖国啊？"他笑起来："谁不想哩，说不想，那是假话，可是我不愿意回去。如果回去，祖国的老百姓问，'我们托付给你们的任务完成得怎么样啦？'我怎么答对呢？我说'朝鲜半边红，半边黑'，这算什么话呢？"我接着问："你们经历了这么多危险，吃了这么多苦，你们对祖国对朝鲜有什么要求吗？"他想了一下，才回答我："我们什么也不要。可是说心里话，——我这话可不一定恰当啊，我们是想要这么大的一个东西……"他笑着，用手指比个铜子儿大小，怕我不明白，"一块'朝鲜解放纪念章'，我们愿意戴在胸脯上，回到咱们的祖国去。"

朋友们，用不着多举例，你们已经可以了解我们的战士是怎样一种人，这种人有一种什么品质，他们的灵魂多么地美丽和宽广。他们是历史上、世界上第一流的战士，第一流的人！他们是世界上一切伟大人民的优秀之花！是我们值得骄傲，我们以我们的祖国有这样的英雄而骄傲，我们以生在这个英雄的国度而自豪！

亲爱的朋友们，当你坐上早晨第一列电车驰向工厂的时候，当你扛上犁耙走向田野的时候，当你喝完一杯豆浆、提着书包走向学校的时候，当你坐到办公桌前开始这一天工作的时候，当你往孩子口里塞苹果的时候，当你和爱人一起散步的时候……朋友，你是否意识到你是在幸福之中呢？你也许很惊讶地说："这是很平常的呀！"可是，从朝鲜归来的人，会知道你正生活在幸福中。请你意识到这是一种幸福吧，因为只有你意识到这一点，你才能更深刻了解我们的战士在朝鲜奋不顾身的原因。朋友！你是这么爱我们的祖国，爱我们的伟大领袖毛主席，你一定会深深地爱我们的战士，——他们确实是我们最可爱的人！

【田家英】

田家英（1922—1966），四川成都人。1936年在成都参加抗日救亡工作。次年参加中华民族解放先锋队。1938年入陕北公学学习。同年加入中国共产党。曾任延安马列学院教员、中共中央政治研究室研究员、中共中央宣传部历史组组员。1948年至1966年任毛泽东秘书。中共八大代表、第三届全国人大代表。参加了《毛泽东选集》第一至四卷的编辑出版工作。著有《学习<为人民服务>》、《宣传毛泽东思想》、《中国妇女生活史话》，编有《民国以来大事年表》等。

从侯方域说起

两年前读过《侯方域文集》，留下的印象是：太悲凉了。

至今未忘的句子“烟雨南陵独回首，愁绝烽火搔上毛”，就是清晰地刻画出书生遭变，恣睢辛苦，那种愤懑抑郁，对故国哀思的心情。

一个人，身经巨变，感慨自然会多的。不过也要这人还有血性，热情，不作“摇身一变”才行，不然，便会三翻四覆，前后矛盾。比如侯方域吧，“烟雨南陵独回首”，真有点“侧身四顾不忘故国者能有几人”的口气；然而曾几何时，这位复社台柱，前明公子，已经出来应大清的顺天乡试，投身新朝廷了。这里自然我们不能苛责他的，“普天之下”此时已是“莫非”大清的“王土”，这种人也就不能指为汉奸，况且过去東奴的奴才已经成为奴隶，向上爬去原系此辈常性，也就不免会企望龙门一跳，跃为新主子的奴才。“后之视今，亦犹今之视昔”，近几年来我们不是看得很多：写过斗争，颂过光明，而现也正在领饷作事，倒置是非的作家们的嘴脸。

不过侯方域究竟是一个生长在离乱年间的书生，晚年写作虽处处在避免触着新主的隐痛，言文早已含蓄婉转，但也还有一二精辟的意见。

比如在《与李其书》，论到统制言论的问题：当天下分裂之际，倘朝野清议犹存，则其乱暂；若夫骨鲠在喉不能吐，直言苦日不得陈，则国尚何可为！

这意见是大致不错的。古今中外的史实都在证明，临到国破世乱，民族在生死中挣扎时，我们常见的倒不仅清议不存，且正是混淆黑白的言论充斥不堪。明末如此，三百多年后的今天也何尝不如此。近一二年来，国内言论的道路不正是愈来愈为险窄，也愈来愈为魑魅吗？不准写，不准看的明法暗规很多很多，坚持抗战进步的文字被删削到不知所云，人民的喉舌在重压下面，萎缩干枯以至于死。收买，威迫……一切昏愦无耻法宝的使用，正在“方兴未艾”呢！

而这，还有“以宣传对宣传”的一面。——其实不稳当的言论早已或是逼死，或是困难发行，那里还有“宣传”可“对”，应当叫做独家专卖了吧。就以近两月的来看：有的在《抗战胜利后的中国》题目之下，大家谈梦说幻，写出的理想不外坐汽车兜风于绿荫蔽行的大路之上，卧躺椅喝冰琪琳于斗室之中等等之类。有的正在研讨中国作家中那些属于“技巧派”，这回连“汪政权”下的文化小狗穆时英的大文也捧出来“示范”。除开“艳史”，“秘闻”，身边琐事，那“经国大业”是：有的写作“中共党史”，结论自然是共产党历史太不清白。激进的主张：“先瓦解八路军，以后扫荡边区”。稳重的在“从历史的叙述，政策的检讨，以及革命性质的分析中”，“证明中共参加国民革命而又破坏居民革命是必然的”，“除了最后解决外，没有其它办法”。喊喊喳喳，说是在说“良心话”了，其实真使人分不出人言还是鬼语。翘起一条尾巴，算做一面大旗，萃聚几名同类，便有书报期刊，冲杀上阵，浩浩荡荡。……

这样清议不存，鬼论塞道的原因，侯方域是不了解，或者了解了却未便名言，他只客客气气地带过一笔：“夫门户日深，水火日急也。”他自己参加过明末的“门户”“水火”，这里自然有点“忏悔”的意思。其实真像不在“日深”“日急”，而是有人恋着自己的权势；防制蚁民翻身，需要设备格杀异端的绞架，维持秩序的监狱，也需要颠倒是非的言论，对付“纷歧错综思想”的方法，是与防制异己的政治同时存在。

结果是弄到青年学生无书可读。侯方域在同文另一段说："青箧之悬，士论诋之。"这说的是阮大铖得势之日，禁止复社文字流布，自己却"付梓"了许多文存，但当时士林都以案置这类文籍为耻。若干年来中国人在欺骗愚弄之下，从别人说谎、自己受欺中间，已经生长成了智慧和聪明，已经具备了生存的起码常识：凡他们惧的、骂的、禁的就是好的；凡要知道这事实的真相，就首先不相信他们的傥论与正言。

深夜烛光摇曳中，偷读禁书的青年很多，到官办书坊购买几册的却是太少。尽管编辑先生一再捏言"本刊近来接到香港以及国内各地来信很多，读者爱护之深，使我们感愧"；订费一再跌价，"减轻读者负担"；其实那怕贬价到零，派订还附送画报，也难博得阅者正眼相视。表面在故装热闹，骨子里的空虚和荒凉是显然的。

【何　为】

何为（1922—2011），浙江定海人。原名何敬业。中共党员。1943年毕业于上海圣约翰大学。1945年参加革命工作，曾任上海《文汇报》记者，上海电影文学研究所编剧，上海电影剧本创作所编辑，江南电影制片厂编辑，福建省电影制片厂编辑组长，中国作家协会第四届理事，中国作家协会全国委员会名誉委员，中国散文学会副会长，顾问，福建省作家协会副主席、名誉主席。

临江楼记

闽西上杭县浮桥门东边的临江楼，是一座革命的小楼。伟大领袖和导师毛泽东同志一生的旧居何止千百处，这不过是其中的一处，而且时间只有20天左右。但是，对每一个衷心景仰的来访者，临江楼却是不寻常的革命楼。它令人神思飞越，引起多少人的深切思念！许多人都这样猜测，毛主席在1929年10月间写下的《采桑子・重阳》，就是在这江天万里秋风劲吹 的临江楼头构思成篇的。

临江楼原是一家名为“广福楼”纸栈的旧址，先后设过酒店。厚实的木门内，一个小小的庭院，迎面一座三层楼的珠灰色楼房。楼的底层和二层走廊前，上下各有石砌藻饰的三个拱形廊檐，远远望去，宛如六个巨大的永不凋落的花环嵌在屋前。楼外近处，一棵威严的百年老榕树，顶着擎天的华盖，昂然挺立，隔墙对望。大榕树盘根错节伸出来的根茎，比一般的小树还粗壮。青枝绿叶，俯临江水。这条江就是毛主席著名诗句“红旗跃过汀江，直下龙岩上杭”中提到的汀江。如同一条历史的长河奔腾向前，不由使人回溯到将近半个世纪前的汀江两岸，老红军们，赤卫队员们，少先队员们和儿童团员们，用梭标和红缨枪书写下的可歌可泣的故事。

1927年的大革命在血雨腥风中被断送了，是毛主席挽救了革命，在井冈山披荆斩棘创建了我国第一个农村革命根据地。1929年，毛主席又率领红四军相继开辟了赣南、闽西革命根据地，纵横千百里，播下了一片又一片革命的火种：发动土地革命，展开武装斗争，建立红色政权，“星星之火” 燃遍了汀江两岸！然而时隔不久，红四军受到了党内各种错误思想的干扰和破坏，离开了毛主席正确路线的领导，给中国革命和红军造成了重大损失。

那是第二次国内革命战争时期。毛主席为了同红四军内非无产阶级思想作斗争，坚持深入群众，作调查研究，仅到上杭一地就不下十次。1929年10月上旬，毛主席又一次来到这里，就住在临江楼二楼一间明朗的前厢房内。戎马倥偬的战争年代，毛主席得了病，由几个赤卫队员护送，进入解放了的小山城。其时，临江楼外暮色渐浓，秋意很深了。毛主席与同来的赤卫队员们一个个握手，感谢他们一路上的细心照顾，热情挽留大家在城里留宿一宵。老乡们却婉言辞谢，怎么也留不住，一问，才知道他们要连夜赶着上路，回家去过重阳节!据老红军回忆，那时临江楼的楼上楼下，确实种了很多菊花，连小小庭院里都种满了黄菊。霜晨，站在三层楼上，四顾江天空阔，汀江岸边盛开的菊花，经了一夜寒霜，一簇簇，一丛丛，一片片，深深浅浅的黄色，黄灿灿如同遍地耀眼的碎金。就在前不久，红四军和地方武装力量解放上杭县城，战场上硝烟未尽，万里霜天下，战地黄花显得更为娇艳夺目了。在老红军炽热的记忆中，在他们心往神驰指指点点的手势里，将近50年前一页革命历史的图景历历如在目前。

1976年10月上旬，在经历了那些心碎的追思和悲怆的哀悼日子以后，我第一次来到毛主席早年居住过的临江楼头。讲解员低声说，贴着前边走廊，楼上的这间向阳卧室里，外面那间设有天窗的明净楼厅里，毛主席带病操劳，时常工作到深夜。到临江楼来的人也是日夜不断。向毛主席汇报过工作的一个老红军记得，那天他下了楼梯，回首仰望，毛主席身穿朴素的灰布长衫，脚穿黑布鞋，面容清癯，亲切地安详地笑着。他高高的身材，站在楼台上挥手的姿势，永久闪现在老红军心里，正如毛主席每一句令人鼓舞的亲切教导，永久地铭刻在人们的心灵深处一样。

第二次重登临江楼，只不过隔了几天。这一天，门前挂着“上杭县革命纪念馆”的临江楼是一个学习日，可是今天却又不同于平常的学习日。人人脸上都浮现着难以抑制的喜悦。留下过毛主席足迹的临江楼呵，我又来了！登上楼屋最高处，在空旷的平台上临风而立，红军时代遗留的山城旧址，屋瓦接堞，尽收眼底。

一阵秋风把我从往昔的斗争岁月中拉回。仅仅几天以前，我第一次来到这个纪念楼，心头还凝结着重重愁云。然而这一回，层层乌云过去了，晴朗的秋空更高更明净了。党中央一举粉碎了“四人帮”篡党夺权的罪恶阴谋，亿万群众用最强烈的声音，最激越的语言，千百遍欢呼人民自己的胜利，欢呼光明的中国的胜利！在这胜利的十月里，我在临江楼上极目远眺，只见与当年毛主席率领的红军血肉相连的汀江秋水，浩渺旷远，流向天际，更觉心潮澎湃，思绪万千。光艳的秋阳下，阵阵秋风吹着我灼热的脸，连同我的燃烧的心。“人生易老天难老，岁岁重阳。今又重阳，战地黄花分外香。”这时，只有在这时，我似乎对这博大精深的词句稍稍懂得多了一些。人生有尽，宇宙无穷，红心永在！中国是有希望的。人类是充满希望的。迎接灿烂辉煌的明天吧，胜利一定属于战斗的无产者！

离开上杭县前，第三次到临江楼，恰是1976年的重阳节。连日以来，北京的捷报频传，整个山城都沸腾了。欢庆的游行队伍川流不息，男女老少倾城而出。从爆竹的脆响中，从礼花的纷飞中，从锣鼓的节奏中，从起伏似海涛的口号声中，从纵情欢笑而又热泪盈眶的人群中，从举国上下的一片欢腾中，宣告了中国革命的一个新纪元！

“一年一度秋风劲，不似春光。胜似春光，寥廓江天万里霜。”经受锻炼的中国人民，摧枯拉朽，要扫尽一切妖魔鬼怪。随之而来的将是一个社会主义的灿烂春天。人人只感到春意盎然，有如置身于姹紫嫣红的百花园里。而对那些祸国殃民的“四人帮”，历史无情，人民对他们将予以最严厉的审判！

我从临江楼走向深深扎根在汀江水边的老榕树下，凝视着绿荫低垂的水面。这棵生机旺盛的　大树，数十年来守望着临江楼，在这个金黄色的秋天，更显得容光焕发，青春长在。秋风吹过，满树繁枝密叶飒飒作响，似乎连这颗大树顿时也感到振奋起来，一遍又一遍随风传播那高亢激越的诗篇……

【马铁丁】

马铁丁，20世纪50年代初期陈笑雨（1917—1966）、张铁夫（1922—2006）、郭小川（1919—1976）三人在《长江日报》、《中国青年》等报刊发表“思想杂谈”时合用的笔名。三人的合作，并无严格的分工，陈笑雨、郭小川常侧重于关注文化、教育、艺术等类问题，张铁夫因主管农业战线的报道，故多在这方面落墨。1957年7月以后，三人工作有所变动，合作便告结束，而“马铁丁”则成为陈笑雨独用的笔名。

俭以养德

“我的劳动所得，我愿怎么花就怎么花，你管得着吗？”

啊哟哟，同志，何必那么生气？我们并不是吝啬鬼，并不是那种临死的时候看见点两根灯草就闭不上眼睛的人，适当地改善自己的生活，有节制地满足自己合理的物质要求，岂但“你管得着吗”，而且是顺乎天理，合乎人情的。我们只是认为：无节制地信手乱花，即使是自己的劳动所得，也是有悖于节约精神的。

“要富日子穷过”的原则，适用于整个国家，每个集体，每个家庭，也适用于每个人。

诸葛亮在《诫子书》中说：“静以修身，俭以养德。”节俭不仅是经济方面的事，而且牵涉到思想品质。是故作惊人之谈吗？不是。

一个人的脑子，容量总是有限的。这方面想得多，那方面就想得少了。脑子里过多地想着一顿佳肴，一件漂亮衣服，一架好无线电收音机之类，就不可能有更多的精力和时间去考虑工作。

鲁迅的一条裤子穿了好几十年。孙伏园受周老太太之托，劝他换一条新棉裤。鲁迅说：“我岂但不穿棉裤而已，你看我的棉被，也是多少年没有换的老棉花，我不愿意换。你再看我的铺板，我从来不愿意换藤绷或棕绷，我也从来不愿意换厚褥子。生活太安逸了，工作就被生活所累了。”

是鲁迅连一条棉裤也穿不起吗？当然不是。是鲁迅吝啬吗？当然更不是。鲁迅对青年，对革命，向来是十分大方，慷慨的。鲁迅深刻地领悟到这一真理：工作容易被安逸的生活所累。许多人都会有这样的经验：物质的追求和安逸的生活可以分散人们在工作，劳动，学习上的精力;还可以养成人们拖拉懒散的作风。此其一。

其二，如果你是国家干部或者先进的劳动者，还得考虑到你的一举一动都会对周围的人发生影响。

高尔基回忆列宁，写道：“生活俭朴，没有烟酒的嗜好，从早到晚忙于复杂而又困难的工作，他完全不会关心自己，可是仔细地注意同志们的生活。”高尔基感到，列宁有一个生活逻辑：“人们生活过得坏，那就是说，我也应当过得坏。”

当大多数人生活水平还比较低的时候，你在生活上过分突出，一方面容易脱离群众，另一方面如果相互效尤，形成风气，也就会无形中浪费了本来可以节省的国家物质财富。

其三，一个人开始大手大脚花钱，他总是有条界线的，这就是限于自己的劳动所得。但是，由俭入奢易，由奢入俭难，大手大脚花惯了，那条劳动所得的防线也不见得就是马其诺防线，即使是马其诺防线，也是可以被自己的贪欲攻破的。由于平时胡花乱用而堕落为贪污犯，盗窃犯的，不是在“三反”“五反”斗争中发现过吗？

我国是一穷二白的国家，这个总前提就规定了每个人必须学会过穷日子。只有会过穷日子才能产生出富来，才能在我们的国土上建立起人间的天堂。

我们谈的“俭以养德”，在当今社会主义时期，也是美德。艰苦朴素是我们的光荣传统，发扬光大，不是应该的吗？

1959年8月12日

“工作气氛”与“庸俗气氛”

一个工作部门，一个机关，要把工作做好，少不了一种严肃的“工作气氛”。

这所谓“工作气氛”，就是：部门、机关里的所有成员（至少是绝大多数）都把全副注意力集中在当前的工作任务上面，而不让那些生活琐事与各种空谈分散精力。

与这种工作气氛相对立的，我们可以叫它“庸俗气氛”。如同我们常见到的，几个人聚在一起开谈起来，不是张家长、李家短，就是某某人的恋爱，某某人的服饰和姿态，某某人的作风（最糟糕的是：有的入“专门”喜欢谈人家的缺点）……之类，我们当然不是绝对反对谈这些问题（只要有正确的态度），但不应该让它形成风气，以至于减弱了对工作的关心。如果有这种情形，那，无疑是一种“庸俗气氛”，是一种没出息的习惯。

一个部门，机关的负实际领导工作的人，应该经常注意把所属人员的思想引导到关心重大的工作问题上面来，使每个人都能费尽心机地去克服自己面对的工作困难，并且不断地提高对新鲜事物的敏锐感觉，只有这样，才能有效地抵抗各种政治的微生物。当一个部门、机关为这种“工作气氛”所统治的时候，即使有什么无原则纠纷及其他不良倾向偶一出现，也才比较容易克服下去，因为“胳膊是扭不过大腿”的。

我们的国家已经步入伟大的和平建设时期，我们的时间，每个工作者的精力，十分宝贵，时间、精力的任何浪费，都是一种不能容许的罪过。

我们的繁忙而有成效的工作万岁！

启　事

《红文一百篇》收录文章101篇，其中有部分作品尚在版权保护期内，因时间有限，很多作者的著作权继承人未能及时联系上，恳请尽快与本社联系，让我们献上微薄的报酬与诚挚的敬意。

电话：020-83000503

出版者谨启